GAROTAS DA RUA BEACON

Este livro pertence a:

VERITAS AMICITIA GAUDIUM
verdade amizade diversão!

2012, Editora Fundamento Educacional Ltda.
Reimpresso em 2013

Editor e edição de texto: Editora Fundamento
Editoração eletrônica: Bella Ventura Eventos Ltda. (Lorena do Rocio Mariotto)
CTP e impressão: Impressul Indústria Gráfica Ltda.
Tradução: Vale Comp Equipamentos de Informática Ltda. (Patricia Veloso)
Preparação de texto: Útil Assessoria e Consultoria Empresarial Ltda.(Fabiane Ariello)

Produzido originalmente por B*tween Productions, Inc.
Copyright © 2009 B*tween Productions, Inc., Home of the Beacon Street Girls. Beacon Street Girls é uma marca registrada de B*tween Productions, Inc.

Nenhuma parte deste livro pode ser arquivada, reproduzida ou transmitida de qualquer forma ou por qualquer meio, seja eletrônico ou mecânico, incluindo fotocópia e gravação de backup, sem permissão escrita do proprietário dos direitos.

Dados Internacionais de Catalogação na Publicação (CIP)
(Câmara Brasileira do Livro, SP, Brasil)

Bryant, Annie
    Garotas da Rua Beacon 14: Alerta de Paixão / Annie Bryant; [versão brasileira da editora] – 1. ed. – São Paulo, SP: Editora Fundamento Educacional Ltda, 2012.

    Título original: Beacon Street Girls: Crush Alert

    1. Literatura infantojuvenil I. Título

10-13880   CDD-028.5

Índices para catálogo sistemático:
1. Literatura infantojuvenil 028.5
2. Literatura juvenil 028.5

Fundação Biblioteca Nacional

Depósito legal na Biblioteca Nacional, conforme Decreto nº 1.825, de dezembro de 1907. Todos os direitos reservados no Brasil por Editora Fundamento Educacional Ltda.

Impresso no Brasil

Telefone: (41) 3015 9700
E-mail: info@editorafundamento.com.br
Site: www.editorafundamento.com.br

Este livro foi impresso em papel pólen soft 80 g/m² e a capa em papel-cartão 250 g/m².

GAROTAS DA RUA BEACON®

Alerta de Paixão

❀

annie bryant

EDITORA FUNDAMENTO

Parte 1

A GRANDE PAIXÃO

CAPÍTULO 1

O DILEMA DO PAR PERFEITO

— ACHO AS SEGUNDAS-FEIRAS simplesmente horríveis! – Maeve anunciou com um gesto exagerado, mastigando seu sanduíche de salada de atum e olhando para suas amigas. As Garotas da Rua Beacon, também conhecidas como GRB, estavam sentadas juntas no refeitório, como faziam todos os dias na Escola de Ensino Fundamental Abigail Adams. A balbúrdia das crianças rindo, conversando e comendo tomava conta do ambiente, misturada com o aroma de pizza, hambúrgueres e batatas fritas.

— Não se preocupe, Maeve. Muita gente odeia segunda-feira – Charlotte opinou, enfiando uma batatinha na boca. – Até eu! E olhe que eu adoro a escola!

Charlotte estremeceu ligeiramente quando se lembrou de como tinha se enroscado nas cobertas naquela manhã assim que o despertador tocou. Ela queria continuar ali, daquele jeito, o dia todo, lendo, coçando o queixo de Marty (o mascote oficial das GRB) e tomando chocolate quente.

Mas seu pai logo foi entrando, chamando-a para que se levantasse "para se encontrar com o dia". Ele também não era um grande fã das manhãs de segunda-feira, mas, quando já estava quase na hora de os dois saírem, às vezes ele cantava em uma voz de ópera alta e desafinada até que a filha deixasse a cama. Hoje fora uma dessas manhãs.

— Adoro segunda-feira... especialmente *esta* segunda-feira! — Avery exclamou. — Vamos treinar futebol depois da aula hoje.

— Em fevereiro? Em pleno inverno neste nosso lindo Hemisfério Norte? — Isabel perguntou.

— Alôô! Não percebeu a massa de ar quente que anda por aí?

— Ahh — Maeve soltou mais um suspiro exagerado e encarou seu sanduíche molenga. — Bem, na minha opinião, a segunda-feira é o pior dia de todos! Para começar, tem aqueles testes surpresa que a srta. O'Reilly dá na aula de Estudos Sociais. Fala sério: quem é que aguenta uma prova surpresa às 8h da manhã?

Katani balançou a cabeça e seus brincos de argola dourados balançaram na orelha.

— Maeve, você ficou acordada até tarde ontem assistindo àqueles reality shows?

Maeve suspirou.

— Eu precisava descobrir o que tinha acontecido com o Chad e a Lara! — Ela balançou os cachos ruivos. — Além do mais, como é que vou aprender a me tornar uma grande atriz se eu não assistir a grandes atores?

Avery falou:

— Maeve! Caia na real. O Chad e a Lara não são atores! São dois exibidos pagos para fazer aquilo.

Maeve deu uma risadinha.

— Tem razão, Ave. Mas o Chad é muuuito fofo!

Isabel deu uma mordida em sua maçã e mastigou pensativa. Uma mecha de seus cabelos negros caiu sobre os olhos e ela a empurrou para o lado.

– Falando sério. Não sou muito fã de prova surpresa também, mas acho que gosto das segundas-feiras. Fico sempre mais inspirada no começo da semana. É quando estou mais criativa e faço os meus melhores trabalhos de arte. Estou relaxada por causa do fim de semana e fico toda animada para um novo desafio.

Maeve se inclinou para a frente, apoiando-se nos cotovelos, com um brilho travesso nos olhos.

– Muito bem, meninas. Já chega de segunda-feira. Vamos conversar sobre algo muito mais interessante. Tipo sexta-feira. *Esta* sexta, em específico. Pessoal, hello! O baile do Dia dos Namorados! Estou superansiosa!

Repentinamente, ela uniu as mãos junto do peito. Maeve, a "grande" atriz, estava a toda.

– Quero dizer, vai ser igual àquele filme antigo em preto e branco em que a menina vai ao baile e acaba se encontrando com o príncipe, que está disfarçado. Ele se apaixona por ela, e ela nem faz ideia de que ele é da família real. É com aquele ator inglês chamado sir Laurence Olivier. Não é um nome adorável?

Com uma expressão sonhadora, ela agitou as mãos, quase derrubando o sanduíche.

– Adorável – Avery balbuciou para as outras GRB.

– Bem, eu concordo com a Maeve. O baile vai ser totalmente *maravilloso*! – Isabel disse, sorrindo para as amigas. – Não vejo a hora! Cheguei mais cedo hoje e me encontrei com o comitê de decoração para pendurar os cartazes que desenhamos na semana passada.

As habilidades artísticas de Isabel eram famosas na Abigail

Adams, por isso não era surpresa para suas amigas o fato de terem pedido a ela que ajudasse a elaborar os cartazes.

— Então — uma Maeve determinada continuou. — Alguém já pensou com quem quer ir a esse baile *incrível*?

A mesa ficou em silêncio.

— Srta. Ramsey — Maeve começou, encarando Charlotte fixamente e segurando um microfone invisível bem embaixo do nariz da amiga —, nossa plateia quer saber: o que você pensa em relação a certo garoto bonito, charmoso e popular com as iniciais NM?

As bochechas de Charlotte ficaram imediatamente cor-de-rosa e as amigas explodiram em risos.

— O Nick é só um amigo — ela murmurou, secretamente querendo estrangular Maeve.

Destemida, Maeve cruzou os braços, ergueu as sobrancelhas e sorriu despreocupadamente.

— Próxima! E a nossa querida amiga Katani? Com quem ela deverá ir ao baile?

Pousando o dedo indicador sobre a bochecha, Maeve se virou para encarar a amiga sofisticadíssima.

— Essa é fácil — Isabel se intrometeu, limpando a boca com um guardanapo. — Com o Reggie. Desde que ele deu aquela rosa para ela na feira de ciências, esse menino aproveita todas as oportunidades que tem para conversar com a garotaK. Até parece que ele está a-pai-xo-na-do — ela soletrou.

— Não está, não — Katani protestou, mas lutou contra um sorriso, esforçando-se para manter a sua famosa personalidade centrada de garotaK.

Reggie, também conhecido como sr. Cálculo, era uma gracinha. Na verdade, ele era simplesmente adorável, em especial depois que desistiu do jeito nerd de cursinho. Além disso, na semana passada ele tinha colado um cartão engraçado no armário dela.

– O fato de a gente conversar não significa que esteja apaixonado nem nada, embora ele realmente esteja cheio de estilo agora.

Sem jeito, Katani tirou um fiozinho inexistente da blusa preta que vestia. Tinha comprado a blusa no brechó, franzido a gola e *voilà*: a sua criação parecia ter saído direto das passarelas de Nova York!

– É melhor ficar de olho, Katani – Charlotte avisou. – A Rainha dos Romances aqui – ela indicou Maeve com a cabeça – está atirando flechas de amor em todo mundo!

Aproveitando a deixa, Maeve lançou uma flecha invisível em Isabel.

– Senhoras e senhores, esta linda senhorita aqui talvez já tenha um par para o baile!

Isabel transformou o saquinho do almoço em uma bolinha e olhou para as amigas em volta da mesa.

– Sério? Quem? – perguntou, fingindo-se de inocente.

– Kevin Connors – a outra GRB soltou.

Kevin era o amigo *especial* de Isabel: um artista sensível que era também, por acaso, um dos astros do esporte da Abigail Adams. Os dois andavam juntos desde que Kevin se viu encrencado com Isabel quando as Rainhas Malvadas espalharam boatos mentirosos sobre ela alguns meses atrás.

Isabel se permitiu um pequeno sorriso, mas se recusou a comentar o assunto. Ela iria curtir todos os minutos do baile, Kevin indo com ela ou não, só por estar lá com as amigas. Mas era mesmo divertido imaginar com quem cada uma das GRB iria ao baile. Voltou a prestar atenção em Maeve.

– Muito bem, reporterzinha de variedades da Abigail Adams. Agora é sua vez. Desembuche! Quem é o par perfeito para você?

Maeve mordeu o lábio, olhou em volta para se certificar de que ninguém mais conseguia ouvir e confessou.

– O Dillon... é claro. Ele é o menino mais lindo da escola.

Katani gemeu e jogou os braços para o alto.

– Garota, você acha que quase todos os meninos da Abigail Adams são os mais lindos.

– É, é verdade – a aspirante a estrela de cinema afirmou, jogando os cabelos para trás do ombro. – Mas o Dillon é o mais lindo dos lindos!

– Maeve, você não existe – Katani anunciou, e as outras GRB concordaram.

Maeve engoliu o último gole do seu iogurte de morango e, então, se inclinou para a frente a fim de perguntar quais eram os planos da única GRB que tinha ficado a conversa toda arremessando ervilhas contra um gol feito com a caixinha do leite.

– Muito bem, Ave. Diga aí. Quem terá a honra de acompanhá-la ao baile do Dia dos Namorados?

Avery deu de ombros, lançando uma ervilha até o outro lado, em Billy Trentini.

– Sei lá – respondeu, desviando-se do pedaço de bolacha recheada que Billy atirou nela. – Só quero fazer o que eu sempre faço...

– E – as GRB completaram em coro – ver o que acontece!

Avery fez para as amigas um sinal de positivo, sua marca registrada. As GRB sabiam que ela era o tipo de garota que gostava de seguir a maré.

Maeve abanou a cabeça.

– Avery, mas desta vez é diferente! É o baile do Dia dos Namorados! Você deve ser a *única* menina da escola que não se importa com quem vai com você.

— Não é nada de mais — Avery deu de ombros, enfiando um pedaço de bolacha dentro da boca. — Além disso, não vou ser a única menina sem companhia.

Quando as amigas continuaram a encará-la de um jeito cético, ela se inclinou de volta na cadeira e esticou os braços acima da cabeça.

— Sério — ela disse, gesticulando em direção a uma mesa de meninos que observavam quantas bolachas recheadas Billy Trentini conseguia enfiar na boca. — Se vocês acham que qualquer um deles vai chamar uma garota para o baile, estão doidinhas da silva!

Maeve fez uma careta quando viu o rosto de Billy inchado, parecendo o de um esquilo.

— Acho que você tem razão.

— Bem, promete que pelo menos vai dançar? — Katani provocou.

Todas riram, incluindo Avery. Seus "criativos" movimentos de dança eram lendários!

De repente, um braço comprido se enrolou em volta do pescoço de Avery em uma leve gravata. Antes que ela se desse conta, quatro nós de dedos se enfiaram em sua cabeça.

— Ei! — Avery gritou, desvencilhando-se para ver Dillon abrindo um sorriso atrás dela. — Eu sabia que era você, seu pateta!

Quando Avery não estava com as GRB, costumava ser encontrada se divertindo com Dillon e sua gangue: os gêmeos Trentini, Henry Yurt e, vez ou outra, Nick Montoya. Avery e Dillon gostavam das mesmas coisas: futebol, basquete e beisebol, especialmente o time dos Red Sox. Avery achava hilário o fato de muitas meninas na escola (incluindo Maeve) serem completamente apaixonadas pelo garoto. E, para deixar as coisas ainda mais engraçadas, Dillon quase nunca notava as meninas babando nele pelos corredores.

— O que foi? Não gostou do meu supercascudo? – ele perguntou, jogando um punhado de cabelos loiros para trás.

"Ele é muito fofo", Maeve pensou, quase se engasgando com uma batatinha, enquanto Avery dava um murro de brincadeira no ombro de Dillon.

— Nossa! – ele brincou, esfregando o braço. – Andou levantando peso?

— Ei, cara, você mereceu.

Então Avery cruzou os braços e anunciou:

— Isso não é nada em comparação com o que você vai sentir no jogo de hoje. Vou destruir o campo com o meu novo chute a gol. Pratiquei o fim de semana inteiro com o meu irmão, o Scott.

— Só acredito vendo – Dillon retrucou, mas parecia um pouco inseguro. Avery era uma competidora feroz.

Maeve mordeu o lábio inferior com ansiedade. Dillon era muito encantador! Ele costumava achá-la encantadora também, mas a menina tinha cometido um enorme erro quando mentiu para os pais e as amigas e foi escondida a um jogo com Dillon e o pai dele no outono passado. Desde então, as coisas tinham esfriado um pouco.

Mesmo assim, por algum motivo, sempre que Maeve via o sorriso lindo e os estonteantes olhos azuis de Dillon, seu coração fazia uma dancinha frenética de sapateado.

"Tenho certeza de que o nosso destino é ficarmos juntos, e depende de mim fazer isso acontecer!", pensou ela.

Maeve tentou entrar na conversa, mas Dillon continuava fazendo palhaçadas com Avery. Ela não conseguia acreditar em como Avery conseguia ser amiga de praticamente todos os meninos da 7ª série.

"Será que essa menina não percebe quando um garoto é bonito? O que a Elle Woods, de *Legalmente Loira*, faria em uma situação dessas?", Maeve ficou imaginando. "Hummm... assumir o controle!", veio a resposta.

Maeve inspirou, alisou os cachos rebeldes e colocou no rosto o seu melhor sorriso de estrela de cinema.

– Oi, Dillon.

Ele se virou e retribuiu com um sorriso simpático.

– E aí, Maeve?

Katani, Isabel e Charlotte observaram a normalmente confiante Maeve ganhar três tons diferentes de rosa e dar uma risadinha. Todos os meninos gostavam de Maeve. Havia algo na sua personalidade cintilante que deixava o dia um pouco mais iluminado para todos.

Dillon, porém, simplesmente deu de ombros e se virou para Avery.

– Cara, você terminou a lição de matemática?

Avery levantou as sobrancelhas.

– Ah, é. Na verdade vim para a escola dez minutos antes e consegui terminar o último problema. E você?

Dillon pareceu surpreso, como se não estivesse muito certo de que Avery tivesse concluído de fato a lição. Os dois costumavam se queixar de como lição de casa era uma perda de tempo.

Maeve estava ficando em pânico. Era sobre *isso* que Dillon queria conversar? Lição de matemática? Seu cérebro rapidamente tentou pensar em algo para dizer... para fazer com que ele olhasse para ela. Bem, se era lição de matemática que ele queria, então era lição de matemática que ele teria.

Maeve deu uma risada tão aguda que parecia que ela tinha sugado o ar de uma bexiga com gás hélio.

– Eu sou péssima em matemática. Quero dizer, mal estou conseguindo tirar 6. Eu adoraria ter alguém para ser o meu professor particular.

– Ahn, Terra chamando! Maeve, você já tem um professor particular – Avery a lembrou. – Ou se esqueceu do Matt? O "universitário charmoso" sobre quem você não conseguia parar de falar, tipo, há duas semanas?

Maeve seria capaz de matar Avery por envergonhá-la daquele jeito na frente do lindo Dillon... o garoto que ela adorava! Em vez disso, Maeve simplesmente piscou e encarou Avery.

– É claro que eu me lembro do Matt. Quero dizer... você sabe... Preciso de outro professor. Alguém que esteja estudando a mesma matéria – Maeve tropeçou sem graça nas palavras. – Porque... tipo... preciso de muita ajuda.

– Nossa, eu também preciso de um professor, Maeve. Pode me passar o telefone do seu? – Dillon perguntou.

– Humm, claro – ela respondeu.

Com o coração apertado, ela observou o menino se virar para Avery de novo. Mal ouviu Katani lhe garantindo que ela não era *tão* ruim assim em matemática.

Maeve apoiava o queixo na mão, tentando acalmar os pensamentos incômodos que giravam na sua cabeça. Talvez tivesse interpretado mal Dillon. Mas meninos eram engraçados: às vezes ignoravam uma menina quando gostavam dela. Não é? *Não é?*

Bem naquela hora, Riley, o líder da banda O Macaco Mostarda, passou pela mesa das GRB. Todos os dias ele passava por elas pelo menos uma vez durante o horário do almoço. Seus olhos imediatamente travaram em Maeve quando ele se aproximou.

Riley abriu a boca, como se fosse dizer algo, mas mudou de ideia na última hora e deu meia-volta. Intrigadas, Charlotte e Isabel olharam para o roqueiro enquanto ele se afastava apressado.

– Que estranho – Isabel murmurou para Charlotte.

– É o Dillon – Charlotte sussurrou em resposta.

Ela e Isabel suspeitavam que Riley tinha uma séria paixão por Maeve, mas era inseguro demais para conversar com ela na frente de outros meninos.

Enquanto isso, Maeve ficava cada vez mais preocupada com o fato de que, independente do que Dillon talvez tivesse sentido por ela no passado, com certeza não gostava mais dela.

"Não acredito nisso. Realmente não dá para acreditar", Maeve queria gritar. "O Dillon está aí, batendo o maior papo com a Avery, bem no meio do nosso almoço, e mal disse duas frases para mim."

Engoliu o nó na garganta e inclinou a cabeça para cima, em direção ao teto, para que as lágrimas não escorressem.

Isabel cochichou para Maeve:

– Você está bem? Por que está olhando o teto?

O rosto da Maeve ficou vermelho.

– Eu... Tem alguma coisa no meu olho.

No mesmo instante, Isabel entendeu o que estava por trás das palavras da amiga. Definitivamente, aquilo ali eram lágrimas nascendo nos olhos de Maeve.

"Ah, não!"

Isabel arregalou os olhos, de repente se dando conta de que muito provavelmente sua amiga romântica estava apaixonada por alguém que não estava apaixonado por ela.

Assim que o almoço terminou, Maeve saiu correndo para a biblioteca. Lá dentro, foi direto para a sua cadeira giratória preferida. Por algum motivo, ficar girando em círculos sempre a ajudava a pensar mais claramente. Tirou o laptop da mochila e começou a digitar.

Maeve
Anotações

1. Comprar um vestido lindo que vi na Rosa Formosa.
2. Pedir para a mãe e para o pai uma mesada maior para eu poder comprar o vestido lindo da Rosa Formosa.
3. ACHAR UM JEITO DE FAZER O DILLON GOSTAR DE MIM DE NOVO!
4. Comprar mais comida para os porquinhos-da-índia.
5. Dar outro nome para os porquinhos-da-índia. Quem sabe Raspas e Chocolate???
6. Praticar o meu novo monólogo para a aula de teatro.
7. Estudar mais matemática. Transformar o 6 em 8!!!
8. ENSINAR A AVERY A DEIXAR DE SER SEM NOÇÃO!
9. Pedir para a Katani arrumar o meu cabelo naquele penteado com franja tipo Audrey Hepburn.
10. Praticar o meu novo discurso de agradecimento para o Oscar que com certeza vou ganhar um dia.

CAPÍTULO 2

MANCHETE DO DIA

– QUE CARTAZ INCRÍVEL! – Charlotte elogiou Isabel. – Parece que vamos ter uma verdadeira convenção de corações.

– Se eu precisar desenhar um coração, já sei para quem pedir! – Chelsea Briggs abriu um sorriso.

O cartaz que Isabel tinha desenhado para o baile do Dia dos Namorados, que nos Estados Unidos é comemorado em 14 de fevereiro, estava pregado em um quadro de avisos do lado de fora da redação do jornal *Sentinela*, bem em cima de um lembrete sobre a reunião daquele dia com a equipe do jornal. Como sempre, Charlotte, Isabel e Chelsea foram as primeiras a chegar. A aluna de 8ª série e editora-chefe, a bambambã Jennifer Robinson, já estava na redação, mas ela não contava. As GRB defendiam a tese de que ela dormia lá.

– Será que eu exagerei nos corações? – Isabel questionou.

– É claro que não! Afinal, é a estação do amor – Charlotte brincou.

Escola de Ensino Fundamental
Abigail Adams

Baile do Dia dos Namorados!
Música dançante com o DJ Fantastic

Comes e bebes
Sexta-feira,
13 de fevereiro,
das 19h às 21h,
no Ginásio

Chelsea encolheu os ombros e balançou a cabeça.

– Não para mim!

– Por que, Chels?

Charlotte pousou a mão sobre o braço dela.

– Tem que ter alguém com quem você queira ir ao baile.

– Não estou a fim de ninguém – Chelsea respondeu. – Sério.

Ela costumava ser tímida e calada e tinha total certeza de que ninguém gostava dela porque estava acima do peso. Mas, desde a aventura da turma em uma excursão ao Lago Rescue, Chelsea tinha começado a entrar em forma e se mostrava mais segura.

– Não tem ninguém que você ache um pouquinho bonito? – Isabel forçou. – Quero dizer, eu meio que gosto do Kevin. Temos muita coisa para conversar, já que nós dois queremos ser artistas quando crescermos. Mostrei o cartaz para o Kevin quando estava trabalhando nele e juro que ficamos conversando por duas horas sobre o tom perfeito de rosa para o fundo!

– Hum, certo... Bem, o Nick é meio bonitinho – Chelsea soltou. – O cabelo dele é legal e o sorriso dele é lindo. Você é uma menina de sorte, Charlotte!

Não era segredo nenhum que Nick Montoya tinha uma queda por Charlotte. Às vezes, parecia que ela era a única que não notava.

Nick Montoya era o menino mais lindo que Charlotte conhecia, entretanto pensar nele dessa forma deixava a garota constrangida.

– A gente não precisa de um par de verdade para ir ao baile. Afinal, só estamos na 7ª série. A Avery, por exemplo, não quer ir com ninguém.

– Que tal... o Chase Finley? – Isabel perguntou inocente.

– O quê? – Chelsea guinchou. – Nem pensar! Tudo bem que ele seja amigo do *maravilhoso* do Kevin, mas ele é detestável!

As meninas caíram na gargalhada. Para todo mundo, Chase Finley era como um irmão muito chato, sem contar que às vezes era muito maldoso.

Pisando duro, Jennifer se aproximou da porta e a abriu.

– Oi. Isto aqui é uma redação de jornal, e não um salão de beleza. Vocês estão atrasadas.

Charlotte começou a se desculpar com a "Rainha do Jornal", Chelsea deu um passo para trás e bateu o ombro no quadro de avisos.

E então tudo desmoronou! Chelsea se virou e esticou o braço para segurar o quadro de avisos na parede, porém era tarde demais. Tudo ficou rosa e, com um estrondo, Chelsea caiu no chão.

– Chels! Ah, meu Deus, você está bem?!

Uma Isabel muito preocupada apanhou a coisa rosa, o cartaz do baile do Dia dos Namorados, do rosto de Chelsea. O quadro de avisos estava no chão, partido ao meio. Cerca de 1 milhão de panfletos verdes e rosa flutuavam ao redor de Chelsea.

"Será que agora é uma boa hora para morrer de vergonha?", uma Chelsea trêmula pensou, também considerando que talvez fosse preferível se levantar.

– Tudo bem? – uma voz preocupada perguntou.

Chelsea abriu os olhos lentamente.

Havia um menino em pé diante dela. Um menino que ela nunca tinha visto antes. Os cabelos loiros, o rosto bronzeado e os olhos verde-claros pareciam ter saído das páginas de uma revista de surfe. Havia passarinhos cantando em algum lugar ali perto? O sol estava brilhando para ela? Chelsea piscou forte. Não: ela ainda estava no chão da Escola Abigail Adams e a iluminação vinha toda de luzes fluorescentes. Mas o rosto do menino ainda estava lá e a preocupação nos olhos dele fez o coração da garota balançar.

– Aquele negócio caiu bem em cima de você! – ele disse.

Charlotte rapidamente segurou na mão de Chelsea para ajudá-la a se levantar.

– Chels? Não se preocupe, a gente arruma tudo.

Em geral era ela quem causava grande tumulto, por isso sabia como Chelsea deveria estar se sentindo terrivelmente constrangida.

– Não acredito que deixaram vocês passarem da terceira 3ª série – Jennifer gemeu e começou a recolher as tachinhas.

O garoto continuou olhando bem nos olhos de Chelsea, enquanto ela se levantava meio cambaleante.

– Ai – ela resmungou assim que começou a sentir uma dor na nuca.

– Onde fica a enfermaria? – o menino perguntou.

– Eu... eu estou bem – Chelsea conseguiu gaguejar.

Tinha a sensação de que a sua cabeça iria se partir em duas, mas aguentou firme. De jeito nenhum ela deixaria aquele menino levá-la até a enfermaria. Aquilo seria mais do que humilhante.

Jennifer estendeu algumas tachinhas para Charlotte.

– Dá para se fazer de útil e colocar isto aqui em algum lugar?

Em seguida, virou-se para o menino novo.

– Posso ajudar?

– Bem, eu estava procurando a reunião do jornal...

Ele passou os olhos por Chelsea de novo, com o mesmo ar de preocupação.

Chelsea, enquanto isso, desejava poder se esconder de novo embaixo do quadro de avisos.

Jennifer abriu um largo sorriso.

— Você está no lugar certo! Sou a editora-chefe e sempre procuro novas perspectivas dentro da equipe do meu jornal. Você tem alguma experiência?

— Claro, eu cobria tudo na minha antiga escola. Esporte, teatro, artes... é só dizer...

Ele olhou para Chelsea de novo.

— Tem certeza de que está bem?

— Sou a Chelsea – ela gaguejou.

"Mas que idiota! Ele nem perguntou o meu nome. E por que não consigo parar de balançar a cabeça? Estou me sentindo aqueles bonequinhos com pescoço de mola."

— Que nome legal – o menino disse. – Eu sou o Trevor.

— Bem, Trevor – Jennifer o interrompeu educadamente e abriu a porta do escritório da redação –, por que você não participa da nossa reunião e vemos se não achamos uma função para você?

Trevor gesticulou para que Chelsea entrasse primeiro. Charlotte lhe deu um sorriso encorajador, entrando na sala com Nick, que tinha acabado de aparecer correndo com mais dois alunos da 7ª série.

Logo a equipe do jornal estava toda acomodada na sala, conversando e rindo com a história do quadro de avisos e do baile. Compridas bancadas com computadores para os repórteres enchiam a sala. Nick e Charlotte se sentaram juntos em uma; Chelsea se sentou ao lado deles e observou Trevor conversar com Jennifer.

Finalmente Jennifer batucou um lápis na mesa, inspecionando a sala. Charlotte engoliu a sua irritação com aquele jeito superior de Jennifer.

"Estou praticando para quando tiver que lidar com um editor de verdade", lembrou a si mesma.

— Muito bem, pessoal, gostaria de apresentar um novo aluno

que talvez entre para a nossa equipe, o Trevor Miller, da cidade de Santa Monica, Califórnia. Bem, agora, quero que todos pensem em pelo menos três temas para a edição deste mês. Pensem em *amor* e *romance*, pessoal!

Houve um leve reboliço quando os alunos pegaram cadernos e lápis para anotar as ideias para possíveis tópicos de matérias. Chelsea não foi capaz de escrever. A cabeça latejava e ela não conseguia tirar os olhos de Trevor. É que ele era tão... legal. Como ele conseguia se sentir à vontade em uma sala cheia de estranhos? De onde ele tirava tanta segurança? A menina se esforçou para prestar atenção na reunião, mas foi basicamente impossível.

Jennifer batucou o lápis de novo.

– Terra chamando, Chelsea! Diga uma das suas ideias.

Chelsea encarou o papel em branco.

– Olhe – Nick começou, indo ao resgate da amiga. – Estou cansado das velhas histórias de sempre. Quero escrever sobre alguma coisa que realmente seja digna de virar notícia.

– Dê um exemplo, sr. Montoya.

Nick se inclinou para a frente.

– Alguma coisa real. Como um artigo sobre a comida nada saudável que o refeitório nos empurra todo santo dia.

– O que isso tem a ver com amor? – um aluno do outro lado da mesa provocou.

– A menos que você aaaaame batata frita! – o aluno ao lado exclamou.

– Na verdade, não é uma má ideia – Jennifer respondeu. – Mas vamos deixar isso mais geral. Alguma coisa sobre o que os alunos da Abigail Adams amam. Precisamos de um título...

Chelsea não estava escutando. Não conseguia se concentrar. Trevor girava no dedo uma mecha de cabelos queimados de sol e parecia tão focado... A camiseta era amarelo-claro, da cor dos raios de sol, que causava a impressão de parecer que a luz do sol resplandecia e no ar em volta dele.

– O amor está no ar! – Chelsea exclamou e depois tapou a boca com a mão.

"Isso saiu em voz alta?"

– Perfeito – Jennifer se levantou. – Nick, você escreve o artigo. Chelsea, você tira as fotos. Conversem com as pessoas na escola, consigam entrevistas rápidas sobre o que elas amam. Pode ser um bichinho de estimação, uma disciplina, uma disciplina, uma roupa, qualquer coisa. Podem até fazer sobre a comida predileta dos outros, se quiserem. Tirem umas fotos de casais também. Vai ficar muito bem junto com uma matéria sobre o baile do Dia dos Namorados. Charlotte, você vai cobrir o evento.

Charlotte não queria escrever sobre o baile. Não queria nem pensar no assunto! Sempre que o fazia, o rosto de Nick flutuava na sua mente e o seu estômago revirava. Mas, quando tentou erguer a mão para dizer a Jennifer que gostaria de trabalhar com Nick e Chelsea no artigo deles, seu cotovelo bateu em uma tigela enorme de salgadinhos sabor barbecue que um dos alunos tinha levado para a reunião.

"Ou tem alguma coisa no ar ou o desastre resolveu atacar *mesmo* hoje", Charlotte constrangida pensou, enquanto observava brilhantes migalhas laranja se espalharem sobre as suas anotações e sobre a camisa branca de Nick. Ele tinha sido a pior vítima do desastre. Charlotte enfiou a cabeça em uma das mãos para não ter que olhar para Nick coberto de farelos de barbecue.

– Eu sempre quis ter uma camisa laranja – Nick cochichou, sacudindo o pó de salgadinho da roupa.

Nervosa, Charlotte espiou por entre os dedos. O bondoso Nick, porém, simplesmente esfregava os restos de batatinha para dentro da tigela e sorria.

Jennifer jogou as mãos para o alto.

– O que é que está acontecendo com todo mundo hoje? Vocês precisam se concentrar e parar de agir como se estivessem na 1ª série. Por que não vão para casa e me mandam por e-mail as ideias novas que tiverem? Amanhã colo ali fora as tarefas de cada um.

– Colar onde? O quadro de avisos está destruído! – o encrenqueiro amante de salgadinhos gritou.

– Esta é a sua tarefa, Adam. Conserte aquilo lá!

E, com isso, Jennifer arrastou Trevor para o computador dela.

"Decerto ela vai entupir o menino com tarefas para o resto da vida dele", Chelsea pensou irritada.

– Vou caminhando com você até a sua casa – Nick disse para Charlotte quando a menina se levantou junto com Isabel. – Quero lhe perguntar uma coisa.

– Espere!

Uma Chelsea frenética agarrou o braço de Nick. Tinha acabado de notar como os cabelos loiros de Trevor se enrolavam encantadoramente na nuca dele.

"Preciso ficar enrolando até a Jennifer terminar de conversar com ele!", pensou ela.

– Nick, temos que planejar o nosso artigo.

– Encontro-o lá fora daqui a pouquinho – Charlotte prometeu, abrindo caminho pela porta junto com Isabel.

– Chelsea, o artigo não pode ficar para depois? – Nick parecia exasperado.

Chelsea mordeu o lábio.

– Desculpe, quero dizer, estou meio em dúvida sobre qual deve ser a abordagem.

– Você só precisa tirar as fotos!

Nick se inclinou para olhar para o lado de fora da porta, para onde Charlotte tinha desaparecido.

– E você é ótima em tirar fotos.

– Só um minutinho – ela pediu. – Eu sei, mas quais fotos? Queremos algo natural ou mais ensaiado? É para montarmos alguma coisa com retratos ou vamos entrevistar e colocar legenda?

Chelsea sabia que estava enrolando, mas não podia evitar. Se pudesse tirar uma foto de Trevor naquela hora! Chelsea enquadrou a foto mentalmente. Ele estava inclinado sobre a mesa de Jennifer com os lindos cabelos fazendo sombra nos olhos. A iluminação estava um pouco fraca, mas ela ajustaria a abertura da lente...

– Chelsea, a gente decide isso amanhã ou em qualquer outra hora. Tenho que ir.

Nick olhou para o corredor de novo.

– Não, espere! Humm... vamos praticar. O que você ama? – Chelsea fingiu posicionar a câmera, mas, no mesmo instante, soube que aquela era a pergunta errada.

As bochechas de Nick ficaram vermelhinhas e ele pareceu estar suando demais para um mês de inverno.

CAPÍTULO 3

A ARMADILHA DA PAIXÃO

O VENTO soprava forte enquanto Maeve ansiosa esperava Avery nos degraus em frente da escola. Talvez o jogo de futebol fosse cancelado e o grupo pudesse ir à Padaria dos Montoya tomar um chocolate quente.

Maeve se aquecia com esse pensamento esperançoso. No entanto, olhando em volta, percebeu que a neve tinha derretido e formado poças lamacentas e geladas e que o sol brilhava forte. Aquilo já deveria ser o suficiente para que os meninos (e Avery) corressem para o campo de futebol.

Maeve não conseguia entender como alguém poderia gostar de ficar correndo por uma hora em uma grama melequenta e descorada, especialmente quando ainda fazia frio suficiente para que ela calçasse suas botas rosa que imitavam pele de carneiro. Aquele par, pelo qual ela tinha pago mais barato, era exatamente igual ao que uma marca famosa lançara. Katani até a havia ajudado a enfeitar o pelo rosa com pedrinhas.

Mas por que suas botas tão legais não tinham chamado a atenção de Dillon? Todos na escola as adoraram! E, naquela manhã mesmo, Riley lhe dissera que elas eram iradas. Maeve baixou os olhos para as pedrinhas.

"Como é que vou fazer o Dillon me notar?"

Se pelo menos ela conseguisse ser um pouquinho como Avery... Avery não tinha o menor problema em se enturmar com meninos. Provavelmente, porque ela só sabia falar de esportes.

Maeve abriu um sorriso e estalou os dedos. Mas é claro! Por que não tinha pensado nisso antes? Sabia como fazer Dillon olhar para ela! Era tão fácil! Era só mostrar para ele que ela era uma menina totalmente ligada em esportes.

"Afinal de contas, sou uma atriz."

Ela jogou os ombros para trás e ergueu o queixo.

– Se é uma jogadora de futebol que ele quer, é uma jogadora de futebol que ele vai ter!

Um aluno da 9ª série que passava por ali lançou um olhar estranho para Maeve. Ela lhe deu o seu melhor sorriso de agradecimento pelo Oscar e observou os últimos ônibus se afastarem ruidosamente do meio-fio, cuspindo uma fumaça fedida.

– Perdeu o ônibus, estrelinha de cinema? – Joline Kaminsky zombou, desfilando na frente dela com a sua parceira de crime, Anna McMasters.

"Ótimo", Maeve pensou, "As Rainhas Malvadas."

– Está esperando a limusine dela – Anna disse. – Não, espere! Ela é pobre demais para comprar uma. Agora que a Maddie von Krupcake deu um chute nela, vai ter que andar, igual a qualquer uma de nós.

– Ah, com licença, duplinha tolinha – Maeve retrucou. – Eu me afastei da Maddie porque ela era uma grande impostora! Mas vocês sabem tudo sobre impostores, não é?

Maeve sabia que Anna tinha inveja do fato de Maeve ter estrelado uma espécie de filme e ido a Hollywood com a família Von Krupcakes, que era podre de rica. Charlotte sempre a aconselhou a ignorar os comentários das Rainhas Malvadas, mas às vezes Maeve não conseguia se segurar. Anna simplesmente era irritante *demais*.

– Sei que você vai gostar de ir a pé até a sua casa, lá longe – Anna disse e deu um risinho maldoso, jogando uma bola de futebol amarela e azul para o alto e segurando-a nas costas.

– Exibida – Maeve sussurrou quase alto o suficiente para as duas ouvirem.

"Enfim, parece que o jogo já vai começar... Talvez seja melhor eu ir ver o Dillon jogar."

Aquele pensamento logo se transformou em uma fantasia. Depois do jogo, Dillon a chamaria para ir ao baile do Dia dos Namorados. Os dois dançariam como Fred Astaire e Ginger Rogers, os atores dançarinos preferidos de Maeve, da época de filmes antigos em preto e branco que ela tanto amava. Dillon a giraria pela pista de dança enquanto ela pareceria voar em um longo vestido de gala que raspava levemente no chão quando ela rodopiava. Maeve conseguia até ver: os braços de Dillon a seguravam bem perto, os dois balançavam ao som da orquestra, o rosto dele inclinado para baixo, na direção dela, com brilho nos olhos.

– Ei, Maeve. O que foi? – uma voz familiar disse ao lado dela.

A menina se virou surpresa.

– Riley! Oi. Desculpe, não vi que você estava aí.

Riley ficou ali sem dizer nada, mordendo a parte de dentro da bochecha.

"Por que o Riley está tão inquieto?", Maeve ficou imaginando.

Aquilo ali nascendo na testa dele era suor? Nem estava quente ali fora!

Depois de um momento constrangedor de silêncio, ela finalmente perguntou:

– O que anda fazendo ultimamente?

Riley puxou a mochila mais para cima do ombro e abriu um sorriso.

– Ahn... nada de mais. Temos ensaiado bastante com o Macaco Mostarda. Vamos nos apresentar em um bar mitzvah daqui a duas semanas.

Maeve parou de girar uma mecha de cabelo e ergueu o olhar para ele.

– Sério? Mas que legal! Vocês estão decolando mesmo! Igualzinho àquele filme que eu vi ano passado sobre uma banda de garagem que lutava para ficar famosa. Eles sempre se apresentavam em uns bares xexelentos e lugares do tipo, praticamente por cachê nenhum. Então, um dia foram descobertos por um produtor musical famoso e, em um piscar de olhos, se transformaram em grandes astros do rock!

Imediatamente, ela notou os músculos tensos de Riley relaxarem. Aquilo é que era o incrível em Rilcy. Em um segundo ele poderia estar inquieto e nervoso, mas, quando ela falava sobre música, isso sempre parecia ajudá-lo a relaxar. Especialmente quando conversavam sobre a música dele e O Macaco Mostarda.

Maeve gostava do fato de Riley ser totalmente comprometido com sua música. Era inspirador. Talvez ela e Riley pudessem ir a Nova York e ser artistas juntos quando crescessem. Ela ficou pensando em como seria legal ter um amigo em uma cidade grande como Nova York.

– Bem, eu compus duas músicas novas que vamos apresentar lá.

Maeve se inclinou na direção dele, realmente mergulhando na conversa.

– Que fantástico! Sabe, sempre achei que eu deveria fazer aula de canto. Se vou ser uma estrela do cinema um dia, com certeza deveria melhorar minha voz para cantar. Quero dizer, se eu puder atuar, dançar e cantar, vou ser uma artista completa.

– Duvido que você precise de aulas de canto – Riley comentou. – A sua voz já é muito bonita.

Maeve sorriu:

– Gentileza sua, Riley. Eu...

A cabeça de Maeve se virou de repente, cobrindo o rosto de Riley com os cachos ruivos. Charlotte e Isabel desciam os degraus correndo, às gargalhadas.

Maeve disparou para envolver as amigas em um abraço em grupo. Riley ficou ao pé da escada, balançando o estojo da sua guitarra, solitário e esquecido. Ele aguardou por alguns minutos constrangedores e, depois se afastou com os ombros caídos.

– Maeve, a reunião do jornal foi péssima – Charlotte confessou.

Seu rosto corou só de pensar no seu momento desastre mais recente e no incidente de Chelsea com o quadro de avisos.

Isabel contou a Maeve as últimas notícias enquanto Charlotte ficava de olho na porta, esperando que Nick aparecesse.

– Então, por que ainda está aqui, Maeve? – Isabel perguntou depois que terminou de descrever o lindo aluno novo, Trevor.

Charlotte franziu a testa.

– É. Você é sempre a primeira a sair correndo daqui assim que o sinal toca.

Maeve revirou os olhos e torceu para que o seu rosto não estivesse ficando vermelho de vergonha.

– Ah, só estava andando por aí, esperando vocês duas aparecerem. Ainda não estava com vontade de ir para casa. Não estou a fim de encarar minhas 5 toneladas de lição.

– Bem, eu ia esperar o Nick. Ele queria me perguntar alguma coisa – Charlotte acrescentou.

Maeve suspirou.

– Que romântico! Ir embora da escola caminhando junto com o seu futuro marido. Vocês são, tipo, uma das maiores histórias de amor de todos os tempos.

– Rá-rá, muito engraçado.

Charlotte vasculhou a sua bolsa de crochê e encontrou um chiclete que enfiou na boca sorridente de Maeve.

– Talvez isso ajude a diminuir essa obsessão por amor.

– Obsessão? Que obsessão? – Maeve brincou entre uma mordida e outra.

Isabel apertou os lábios um contra o outro e girou os olhos.

– Bem, Maeve – ela provocou –, tenho certeza de que o Dillon vai gostar muito mais do cheirinho do Bola Blu do que do cheiro daquele sanduíche nojento de atum que você comeu no almoço.

– Você acha? – ela disse inquieta.

– Ah, Maeve – Charlotte respondeu, bagunçando os cachos volumosos da amiga. – Ninguém liga tanto para romance quanto você...

– Isso com certeza – Isabel concordou.

O som de enormes portas de metal se abrindo fez as meninas olharem na direção da entrada da escola. Betsy Fitzgerald desceu os degraus da frente com uma expressão muito séria. Com os cabelos presos em um rabo de cavalo impecável, ela caminhava rapidamente, como se estivesse atrasada para um compromisso importante.

– O que foi, Betsy? – Maeve perguntou, impedindo a garota séria de continuar. – Você está parecendo meio estressada.

Maeve odiava ver qualquer um infeliz, especialmente quando o amor estava pairando no ar. Charlotte estava a segundos de arranjar um encontro, e o plano de Maeve para abocanhar Dillon era infalível! Não queria que ninguém estivesse tão sério assim.

Betsy balançou a cabeça:

– Ah, não é nada, não. Só estou pensando em algumas coisas para o comitê de decoração do baile do Dia dos Namorados.

Maeve tentou não olhar para Isabel e Charlotte. Sabia que as duas estavam pensando a mesma coisa.

"Tem algum comitê nesta escola do qual a sabe-tudo da Betsy não participe?"

Ignorando a reação dela, Betsy continuou desabafando.

– É muito importante que dê tudo certo no baile. Quero dizer, eu sou a chefe do comitê e fica tudo em cima das minhas costas, sabe?

Betsy adorava impressionar os outros com as suas realizações.

Isabel, que também participava do comitê, balançou a cabeça em sinal de compreensão.

– Vamos conseguir, não se preocupe. Esse baile vai ser o evento do ano!

– Deixem os comitês para lá!

Maeve fez uma pose e estendeu um microfone imaginário.

– Alguém já a chamou para ir ao baile?

O rosto de Betsy se iluminou.

– Já. Vou com o Henry.

– O Mestre Yurt? – as outras três meninas exclamaram chocadas.

As GRB estavam completamente passadas. Por que carga-d'água Betsy iria querer ir ao baile do Dia dos Namorados com o palhaço da 7ª série? Se bem que, pensando melhor, Henry Yurt era o presidente da turma.

Betsy endireitou a gola e explicou.

— O Henry é uma gracinha quando não está tentando fazer todo mundo rir. Além disso...

— Mas, Betsy — Maeve interrompeu. — Pensei que o Henry era caidinho pela Anna.

Charlotte cutucou Maeve quando a expressão de Betsy se entristeceu.

— A Anna caçoou do Henry na semana passada, então ele não gosta mais dela.

— Nossa! — Maeve não conseguia acreditar.

Henry Yurt era louco por Anna desde que eles começaram a estudar juntos, embora ela fosse uma gigante perto dele. Agora ele iria ao baile com Betsy?

"O romance é muito imprevisível", Maeve subitamente abalada pensou.

— E, no fim das contas — Betsy continuou —, alguém que ganha a presidência de classe tem muita coisa a seu favor. Eu respeito esse tipo de ambição.

Ela puxou a mochila mais para cima do ombro.

— Bem, tenho que correr. A srta. Rodriguez me deu permissão para escrever um artigo de cinco páginas sobre William Shakespeare que vai me dar um ponto extra. Até mais!

As GRB observaram Betsy caminhar pela calçada com a mochila pesada de livros.

— Essa menina vai ser dona do mundo antes dos 18 anos — Isabel disse com uma mistura de horror e respeito.

O rosto de Maeve empalideceu.

– Cinco páginas! E ela nem *precisa* de ponto extra! – Maeve tinha que trabalhar muito duro só para tirar notas médias. Pessoas como Betsy conseguiam isso com muita facilidade... Parecia que tirar notas boas era tão simples quanto recolher conchinhas na praia.

Charlotte deu de ombros e olhou o relógio. Será que Nick ainda estava na redação do jornal conversando com Chelsea? Sobre o que eles estariam conversando a uma hora dessas? Charlotte tentou ignorar a sensação de que algo corroía a boca do seu estômago, mas não teve muito sucesso.

– Então, a Betsy vai com o Yurt! – Maeve exclamou. – E nenhuma das GRB tem alguém com quem ir ao baile.

– Será que o Kevin vai me chamar? – Isabel questionou.

Charlotte forçou um sorriso.

– Ainda é segunda-feira! Não se preocupe, Isabel. Podemos ir juntas. Quero dizer, um monte de gente não vai ter par. Assim a gente se diverte mais.

O rosto de Isabel se iluminou.

– É, entendi. Se ninguém nos chamar para ir ao baile, não tem importância. Vamos nos divertir só nós, meninas!

Maeve cruzou os braços e franziu a testa.

– Fale por você. Ou eu consigo fazer o Dillon me chamar ou morro tentando!

Charlotte encarou a porta da escola, desejando que ela se abrisse e revelasse Nick saindo.

– Maeve, você está ficando meio doida com essa coisa de companhia para o baile. É muita pressão.

Mas, de repente, a menina se sentiu um pouquinho hipócrita. Será que ela também não estava ficando meio doida, esperando que certo menino com olhos lindos atravessasse a porta?

— Pode confiar: se o Dillon não a chamar para o baile, você vai sobreviver.

Isabel dançou em volta de Maeve.

— Além do mais, você pode chamá-lo. Não estamos mais nos velhos tempos, sabia?

Maeve colocou as mãos no quadril.

— É, eu sei, mas não quero chamá-lo. Onde fica o romance?

Charlotte olhou o relógio de novo. Marty estava esperando para sua caminhada. Mas onde Nick tinha se metido?

"Opa, lá vou eu de novo. Eu não devia ficar me matando e esperando-o. É melhor eu ir embora mesmo."

Charlotte se virou para as amigas e anunciou:

— Está ficando tarde. O Marty vai pirar se eu não chegar logo em casa.

Charlotte olhou para a porta uma última vez e sorriu para as meninas, lutando para manter a voz tranquila.

— Acho que o Nick resolveu ficar até mais tarde.

"Talvez ele peça para ir embora comigo amanhã de novo", pensou cheia de pena.

— Tudo bem — Isabel disse. — Você vem, Maeve?

Maeve mudava o peso de um pé para outro.

— Hum... não agora. Vou esperar a Avery.

— Mas ela vai jogar futebol hoje à tarde — Charlotte observou.

Maeve encolheu os ombros:

— Eu sei. Eu... pensei em ir atrás dela e dar uma olhada no jogo... até jogar, quem sabe.

Charlotte arregalou os olhos.

— Espere aí. Será que eu ouvi direito?

Isabel colocou a mão na testa de Maeve.

— Ela não está com febre... então não pode ser delírio. Talvez tenha sido dominada por algum tipo de vida extraterrestre.

Maeve fez beicinho.

– *Muito* engraçado. Mas saibam vocês que acho futebol um esporte muito legal. E, como atriz, é importante explorar coisas novas para me tornar uma artista dramática bastante completa.

Isabel e Charlotte se encararam com descrença e depois caíram na gargalhada. Maeve odiava esportes. Por que a futura atriz iria querer passar uma tarde de segunda-feira, em pleno inverno, correndo atrás de uma bola de futebol, quando poderia estar em casa experimentando roupas e dançando as suas músicas preferidas?

– Ahn... tudo bem... você que manda, Maeve – Isabel disse para provocar. – Divirta-se... com o Dillon!

E saiu correndo antes que Maeve conseguisse agarrá-la pela blusa.

UMA LINDA POODLE ROSA

Ao pé do morro onde Charlotte morava, Isabel identificou uma figura cor-de-rosa familiar descendo pela calçada com seus cabelos magenta e um cãozinho rosa combinando ao lado.

– Srta. Frambosina Rosa!

Isabel acenou para a dona da loja preferida das GRB, a Rosa Formosa.

– Isabel, Charlotte! – a srta. Rosa acenou com uma das mãos.

No pulso dela, várias pulseiras cor-de-rosa tilintaram e uma constelação de joias rosa em seu cinto combinava com a coleira da cachorrinha.

– Achei que eu deveria aproveitar esse tempo maravilhoso e levar La Fanny para fazer um pouco de exercício. Andamos muito ocupadas!

– Por quê? – Charlotte perguntou, aproximando-se para acariciar a poodle rosa.

– Por causa do feriado mais magnífico do ano todo! – a srta. Rosa jogou os braços para cima de alegria, e La Fanny começou a latir.

A poodle tinha um latido gracioso e uma carinha ainda mais graciosa. Charlotte queria que Marty estivesse ali. O amiguinho tinha caído de quatro pela cachorrinha da srta. Rosa no primeiro dia em que se conheceram no parque.

– Mas é claro, como é que eu pude me esquecer do Dia dos Namorados?

Isabel riu.

– Pois é! Vocês precisam dar um pulo lá para ver a loja! Tenho balas em formato de coração, coração de papel, coração de pelúcia e pequenas continhas de coração! Sem falar no papel de parede de coração e nas bexigas de coração.

– Eu adoraria dar uma olhada! – Isabel exclamou. – Quer ir, Char?

– Até quero, mas tenho que levar o Marty para passear. Pode nos esperar, srta. Rosa?

– Ah, sinto muito, Charlotte! Quem sabe outro dia. Hoje... ah, ali está ele! – a srta. Rosa acenou para um jovem que levava um rottweiler na coleira. – Aquele é o Zak, o meu novo namorado. Ele marcou de se encontrar comigo aqui para um passeio. O cachorro dele não é encantador?

Charlotte não diria que aquele amontoado marrom e preto de puro músculo marchando na direção delas era "encantador". "Assustador" e "intimidante" eram adjetivos muito melhores. Entretanto, o cachorro olhava para La Fanny com um enorme sorriso canino e babado. Charlotte teve que admitir que era um pouco fofo, sim. "Talvez seja bom que o Marty não esteja aqui mesmo", Charlotte pensou, dando um tchau para a srta. Frambosina Rosa e para La Fanny.

"Ele iria ficar com ciúmes."

CAPÍTULO 4

O AMOR ESTÁ NO AR

– CHELS, tenho mesmo que ir – Nick repetiu.

Chelsea bloqueou a porta, esforçando-se para chamar a atenção de Nick de uma forma que não ficasse completamente óbvio que, na verdade, ela estava esperando Trevor.

– A gente podia entrevistar os alunos quando estiverem chegando à escola. Que tal isto: "O que você tem dentro do armário sem o que não conseguiria viver? Seu skate? O que você maaais ama em andar de skate?"

– As perguntas não são tarefa minha?

– Só estou lhe dando algumas ideias!

Chelsea franziu a testa. O que Nick tinha?

Ele caminhou em direção à porta e acidentalmente bateu na mão de Chelsea.

– Ah, desculpe, Chels... É uma grande ajuda... mas que tal a gente se encontrar antes da aula um dia nesta semana? – ele disse com impaciência.

Chelsea deu um passo para trás, com as mãos coladas à lateral do corpo. Nunca vira Nick tão irritado.

– Olhe – ele disse, erguendo as mãos e recuando até a porta –, desculpe, mas agora não é uma boa hora. Tudo bem? Ligue para mim ou me mande uma mensagem pela internet que eu prometo que damos um jeito nisso.

E, com isso, Nick saiu em disparada pela porta.

Chelsea ficou ali, um pé para fora e outro para dentro da sala, imaginando por quanto tempo conseguiria fingir que o piso frio do chão era a coisa mais fascinante do universo.

Finalmente, Jennifer passou correndo por ela com uma expressão que dizia "saia da minha frente", e Trevor estava ali, bem diante de Chelsea. Seu sorriso meio de lado fez com que ela fosse obrigada a desviar o olhar antes que começasse a babar naquele chão tão interessante.

– Então você é a fotógrafa? – Trevor perguntou.

"Por favor, não perceba como eu sou gorda."

Chelsea juntou as mãos na frente do corpo e se forçou a retribuir o sorriso. Mas tinha que se concentrar em inspirar e expirar.

"Acho que é isso que as pessoas querem dizer quando falam que algo é de tirar o fôlego", pensou.

– Sou. Você é o Trevor, não é?

– Isso.

– Meu nome é Chelsea.

Trevor abriu um sorriso.

– Ahn... eu sei. Você já me disse.

– Ah... é.

Os dois ficaram ali se encarando por um longo e constrangedor momento. Estava tudo tão quieto que Chelsea conseguia ouvir o ponteiro do relógio girando na parede lá do outro lado da sala da redação.

Finalmente, Trevor enfiou as mãos no bolso.

— O meu pai comprou uma câmera digital para mim no ano passado. Tenho uns livros sobre fotografia também. Meu pai me deixa usar o Photoshop dele para manipular as imagens e coisas assim.

Chelsea sorriu de verdade dessa vez.

— Sério? A minha câmera é um dinossauro. Queria muito comprar uma nova. Estou economizando a minha mesada e os meus pais vão dividir o valor comigo.

Antes que Chelsea percebesse, ela e Trevor estavam conversando sobre câmeras, fotografias e como os dois amavam o mesmo sabor de sorvete: creme com cookies. E, para sua surpresa, ela não notou nenhum sinal de que Trevor estava incomodado por conversar com uma menina acima do peso e que ele mal conhecia. Parecia mágica... até Avery aparecer voando no corredor.

— Oi, Trevor!

— O que é que manda, A-Veloz?

— Nada de mais, T-Ror! — Avery o cumprimentou, movendo a mão sem o menor esforço, de um jeito complicado que parecia ter sido treinado durante meses.

Só que Chelsea sabia que Avery tinha conhecido Trevor naquele dia, assim como todo mundo.

Chelsea queria fazer um milhão de perguntas a Trevor sobre a antiga escola e sobre o Photoshop e se ele gostava mais de fotos em preto e branco ou em sépia, mas, agora que Avery estava ali, ela não passava de uma mosquinha na parede. Por que aquela menina conseguia conversar com garotos com tanta facilidade? Chelsea desejou saber o segredo de Avery.

– Ei, Chelsea – Avery disse. – Quer tirar umas fotos do maior jogo de futebol de todos os tempos? Trevor, você deveria vir jogar! Vai ser demais!

– Hum, estamos em pleno inverno – Chelsea comentou.

– É, isso significa que qualquer dia pode nevar de novo! É a nossa única chance! A equipe precisa aproveitar o calorzinho – explicou.

– Parece uma boa ideia.

Trevor correu os dedos pelos cabelos loiros. Os fios se ergueram em pequenos tufos ao redor da cabeça. Mesmo com o cabelo todo bagunçado, Chelsea achava que ele estava lindo. Tum, tum. Chelsea quase deu um pulo.

"Ai, minha nossa! Será que o Trevor está conseguindo ouvir o meu coração bater?"

Se Trevor iria ao jogo, ela teria que ir também. Mesmo que ele nunca olhasse para ela.

– Está certo, mas tenho que pegar a minha câmera e outras coisas lá no meu armário – Chelsea murmurou.

– A gente se vê daqui a pouco? – Trevor voltou toda a força do seu sorriso deslumbrante em direção a Chelsea.

Ela confirmou com a cabeça e os joelhos começaram a tremer.

SAUDADE

– Ela está aí? – Nick perguntou, descendo os degraus às pressas na direção de Maeve.

Maeve o encarou confusa.

– Quem?

– A Charlotte.

Os olhos de Nick procuraram ao redor.

Maeve balançou a cabeça com um sorriso.

– Não, sinto muito. Ela já foi. Tente ligar para a casa dela.

Nick fez que não com a cabeça.

– Não posso. Tenho que ajudar na padaria hoje à tarde. Converso com ela amanhã na escola. Até mais.

– Até – Maeve acenou, observando-o se afastar pela calçada.

O amor fofo de Nick e Charlotte sempre fazia o coração dela estremecer. Se Dillon sentisse o mesmo por ela... A menina apertou os lábios. Bem, ainda hoje Dillon veria que ela era a garota perfeita para ele.

Cinco minutos depois, Avery e Trevor surgiram vindos do prédio da escola, rindo e se empurrando como se fossem amigos havia anos.

"Como é que essa menina consegue?", Maeve se perguntou, balançando a cabeça. "Quero dizer, ela não quer companhia para o baile e já virou amigona desse gatinho novo."

Mas ele não era tão gatinho quanto Dillon! Nem chegava perto.

Maeve foi dançando pelos degraus até Avery.

– Por que demorou tanto? Achei que você não ia sair de lá nunca. Estou congelando!

– Tive que ir achar o Trevor – Avery explicou. – Ele estava na redação do jornal com a Chelsea. Eu não queria que ninguém perdesse uma partida de futebol da Abigail Adams em pleno inverno.

Virou-se para o loirinho.

– Trevor, essa é uma das minhas melhores amigas, a Maeve.

– E aí? Você vem? – ele perguntou sorrindo.

Maeve deu de ombros.

– Eu não perderia esse jogo por nada!

Avery deu um sorriso.

– Que legal! Você podia sair por aí e arranjar mais uns torcedores. Mas tem que torcer pelo meu time, está bem?

Maeve abanou a cabeça.

– Não, Avery. Não quero assistir. Quero *jogar*.

Avery olhou para Maeve como se a amiga estivesse louca.

– Você não está falando sério.

Maeve colocou a mão na cintura e bateu repetidamente o pé com a bota rosa no chão.

– É claro que estou falando sério! Já joguei futebol antes. Você sabe disso!

– Com essa roupa? – Avery questionou.

– Claro. Tenho que estar linda para a vitória triunfante do nosso time! Vamos lá!

Maeve agarrou o braço de Avery e foi marchando até o campo úmido e melequento.

CAMPO DE SONHOS

– Hum... Maeve... o que está fazendo aqui? – Dillon perguntou quando Maeve fazia a sua melhor entrada dramática no campo de futebol, evitando poças e alguns montinhos de neve marrom.

Ela lhe deu o seu sorriso mais iluminado e tentou esconder a decepção por Dillon não parecer animado em vê-la.

– Vim jogar, é óbvio.

Dillon passou os olhos por Avery, que parecia preocupada.

– Jogar o quê? – Dillon perguntou.

Maeve fez beicinho. O rosto de Dillon era esplêndido, mesmo quando ele estava pegando no pé dela!

– Futebol, seu bobo. Este jogo é o evento da semana. Depois do baile do Dia dos Namorados, é claro.

Maeve deu a dica com a maior ênfase que conseguiu, porém

ela passou direto pela cabeça do menino.

– E você conhece as regras? – Dillon perguntou.

– Maeve – Avery assumiu a conversa –, nossas partidas de futebol às vezes são meio intensas. As pessoas trombam umas nas outras o tempo todo. Talvez seja melhor você, não sei, observar um pouquinho? – ela disse em tom preocupado.

Avery odiava ver as pessoas se machucarem. Nesse aspecto, ela era um pouco sensível.

– Nem pensar! – Maeve exclamou. – Vim jogar e estou pronta!

Ela bateu um pé no chão e se encolheu quando as suas botas macias lançaram no ar um jato de lama nojenta. A meleca cobriu todo o pelo brilhante da bota e se espalhou por sua calça jeans preferida! Maeve respirou fundo.

"Recomponha-se! Uma atriz deve sempre manter a compostura!"

– Você?!

Maeve se virou e viu Anna chutar a sua bola de futebol azul e amarela com a maior força possível. Maeve deu um pulo para sair do caminho e Avery saiu correndo atrás da bola e gritando:

– Use a *cabeça*, Maeve!

"A cabeça?!", Maeve pensou horrorizada. "Vou ter que sacrificar o meu cabelinho por causa daquela bola de lama voadora?"

– Sou capitã, então escolho primeiro – Anna anunciou. – Trevor, você comigo.

Avery passou a bola para Maeve com a maior delicadeza que conseguia. A bola parou entre as botas dela.

– Muito bem, Maeve, você vem para o meu time.

– Que desperdício! Podia ter escolhido alguém que sabe jogar – Joline sussurrou da lateral do campo.

Foi aí que Maeve percebeu que Chelsea estava lá, empunhando a sua câmera.

Maeve lhe deu um sorriso de estrela de cinema, mas estava começando a se preocupar. Será que as suas botas rosa iriam atrapalhar?

— Eu sei jogar! Olhem só! — Maeve pegou a bola e tentou girá-la na ponta de um dos dedos. Até que funcionou por um segundo, mas ninguém pareceu se importar.

— Maeve, você não pode pôr a mão na bola — Avery cochichou.

— Eu sei — ela sussurrou.

— Fico com o Dillon — Anna anunciou.

No final, os gêmeos Trentini, Henry Yurt e dois outros meninos da turma de matemática de Maeve acabaram no time dela. O outro contava com todos os amigos da 8ª série de Anna, além de Trevor e Dillon.

Maeve não soube muito bem quando o jogo começou. Pareceu que um furacão passou por ali, carregou-a em um redemoinho caótico e então girou e se afastou rindo, só para voltar depois e repetir tudo.

— Você está na defesa, Maeve. Vá para trás, *para trás*! — Avery gritou.

— Aqui, roube a bola de mim — Dillon praticamente a passou para Maeve, o que fez com que ele ganhasse um olhar mortal de Anna.

— Pare de tentar ser gentil — ela resmungou para Dillon, chegando com tudo e roubando a bola antes mesmo de Maeve conseguir balançar a perna para trás.

"Será que o Dillon quis que eu ficasse parecendo uma completa idiota?"

Maeve se abaixou quando Anna mandou a bola voando por sobre a cabeça dela, direto para o gol.

O goleiro, Henry Yurt, jogou as mãos para o alto.

— É para você parar a bola!

— Vamos, tente no ataque — Avery sugeriu. — É só me seguir, mas não perto demais! Eu passo a bola para você.

Maeve conseguiu pegar o passe fácil, e Dillon trocou um cumprimento com Avery pelas costas de Anna.

— Belo passe, Ave! — Dillon sussurrou e os dois riram.

Aquilo estava mesmo acontecendo? O seu futuro marido estava rindo com a sua melhor amiga! E os dois nem estavam no mesmo time!

Uma aluna da 8ª série veio feito um canhão pelo campo bem na hora em que Maeve sentiu câimbra nos dedos dentro da bota. A sola não parava de escorregar e deslizar na meleca da grama parcialmente descongelada. Maeve nem ousava olhar para baixo. Sabia que as suas botas rosa perfeitas estavam perfeitamente arruinadas!

Com um gemido, chutou a bola de volta na direção de Avery. Só que Avery não estava mais lá.

— Obrigada, Maeve! — Anna riu, e Maeve ouviu a câmera de Chelsea bater uma foto. Aquilo era ruim. Ela não conseguia acreditar que Chelsea estava mesmo documentando a sua humilhação.

Todos os músculos do corpo de Maeve palpitavam de dor. Como ela pôde pensar que conseguiria jogar futebol com os melhores jogadores da escola? Deveria estar sofrendo de insanidade temporária! Sentiu lágrimas encherem as suas pálpebras, mas então Joline assobiou da lateral.

— Intervalo! — Avery gritou e veio trotando até Maeve. — Pode se sentar um pouco se quiser.

— Não! Estou bem! — Maeve retrucou, tirando a sujeira das calças da melhor maneira que conseguia. As pernas formigavam por causa do calor da corrida e do ar frio ao mesmo tempo. Uma brisa gelada soprou contra o suor que nascia debaixo dos cabelos, fazendo Maeve estremecer. Teve que admitir que Avery tinha sido esperta por estar usando calça de moletom e rabo de cavalo.

Maeve pensou que "intervalo" queria dizer pelo menos dez minutos de descanso e uns lanchinhos, mas, depois de meros dois segundos engolindo água de garrafas coloridas, todo o time já estava de volta no campo.

Dillon estava no gol oposto agora, parecendo mais lindo do que nunca com os seus cabelos lambidos para trás e as mangas da camisa de goleiro arregaçadas.

– Tudo bem, Maeve? – ele perguntou.

Ela não soube dizer se ele só estava provocando ou se estava mesmo falando sério.

"Compostura", Maeve se lembrou e seguiu toda empinada para a sua posição.

– Está falando sério? Estou melhor do que nunca!

Na verdade, ela queria morrer. Queria morrer de verdade. No que ela estava pensando? Atrizes podiam até assumir outras personalidades, mas não outras habilidades. Não poderia simplesmente se tornar uma incrível jogadora de futebol só porque queria. Mas ela não iria desistir agora, de jeito nenhum. Maeve Kaplan-Taylor iria mostrar ao mundo que não desistiria.

– Estamos ganhando? – Maeve perguntou quando teve a chance de parar e respirar por um segundo.

Avery tinha ficado grudada nela no segundo tempo, e agora Billy Trentini estava fazendo cobertura para um escanteio. Até ontem, Maeve não tinha a menor ideia de que era possível chutar alguma coisa do canto do campo.

– Está empatado – Avery contou. – Olhe, se a bola vier na sua direção, dê um tapinha nela para mim. Eu vou correndo pela lateral e você a pega de volta na frente do gol... entendeu?

Avery fez alguns sinais com as mãos. Maeve não entendeu, porém faria qualquer coisa para acabar com aquele pesadelo.

– Tudo bem – ela disse e olhou para as unhas.

O esmalte rosa estava lascado e sujo, assim como as unhas.

"Ah, bem, é só escolher uma cor nova hoje à noite... Quem sabe, magenta?"

– Maeve! – Henry Yurt berrou.

A bola estava fazendo um arco bem na direção dela! Maeve recuou, mas a bola a atingiu bem no peito.

– Ai! – ela berrou, e o míssil lamacento atingiu o chão na frente dela.

– Para mim! – Avery gritava.

Maeve deu um tapinha na bola e observou a amiga atlética ir para lá e para cá, dançando sem o menor esforço por entre Anna, Trevor e uma menina mais velha. Maeve trotou até o meio de campo, observando a amiga com uma inveja cada vez maior. Maeve era capaz de decorar uma rotina de dança complicada em questão de minutos, porém jamais poderia se esquivar de tantas expressões irritadas, vozes gritando e pés chutando.

De repente, ela estava bem diante do gol, cara a cara com Dillon.

Ele abriu um sorriso e deu um tchauzinho com dois dedos.

"Ele está rindo para Avery ou para mim?"

Maeve não teve tempo de descobrir.

– MAEVE! – Avery berrou.

De repente, a bola estava logo ali, pulando no meio da lama.

"É agora!", Maeve brilhou por dentro. "Vou fazer um gol, e o Dillon vai me erguer nos braços!"

Não importava que ele estivesse no outro time: Maeve sabia que ele tinha que estar torcendo por ela. Maeve lhe mostraria do que era feita e então ele a chamaria para o baile!

Maeve encarou aquela bola o mais fixamente possível. Sincronia era tudo, na dança e no futebol. Balançou a perna para trás... e a acertou no tempo perfeito. Uma bota rosa e suja atingiu a bola, mas a outra... foi escorregando, deslizando e depois saiu voando no ar! Maeve não tinha percebido a poça gigante bem na frente dos seus pés.

Ao mesmo tempo que caía, Maeve observava Dillon se curvando, a bola voando por cima dele e entrando no gol. Ele poderia tê-la parado, mas não o fez. Ele ria muito. Todos riam! Até Avery. Maeve conseguia ouvir a amiga tentando esconder a conhecida risada aguda. Flashes da câmera de Chelsea concluíram a maior humilhação pública do século.

Maeve sentia a lama grudando nos cabelos, pingando por seu nariz e melecando o vão entre os dedos. Anna e Joline estavam fora de si, gritando e urrando. À medida que o time começou a cercá-la, não importava mais para quem as pessoas estivessem torcendo. A sua paixão estava rindo. Era só nisso que a inconsolável MKT conseguia pensar. Nisso e naquela sensação nojenta de lama pegajosa e sebosa. Até o menino novo, Trevor, ria tanto que mal conseguia ficar de pé.

Mas Avery era a pior, ajoelhando-se na poça ao seu lado, engolindo enormes golfadas de riso.

– Eu... Sinto muito, Maeve, mas esse foi... o MELHOR gol... que eu já vi na VIDA!

Avery estendeu a mão para um cumprimento, mas Maeve a ignorou.

– Ganhamos! Essa cambalhota salvou o dia! – Avery se jogou

Alerta de Paixão

Isso, sim, é constrangedor!

Isabel M.

sobre a lama também e ainda deu uma dançadinha. – Viu? Às vezes não é tão ruim assim se sujar! Ei, posso ser a sua técnica? Talvez você consiga ser boa de verdade! Mas vai ter que largar as botas.

Maeve se virou para o outro lado e, lenta e doloridamente, se levantou.

– Você é louca! Não quero mais nada que tenha a ver com você ser a minha técnica, Avery Madden.

Bem naquela hora, Dillon se aproximou.

– Muito bem, Maeve. NINGUÉM consegue passar por mim quando estou no gol. Foi o movimento perfeito. E aquela bananeira que você plantou? Incrível!

Ele esticou o braço para um cumprimento.

"Compostura", ela pensou, tentando ignorar a enorme gota de lama que escorria pela bochecha.

– Obrigada – Maeve disse. – Planejei desde o começo.

Então, aceitou o cumprimento dele. Em seguida, saiu correndo do campo para ir a pé para casa, sozinha... coberta de lama... com lágrimas escorrendo pelo rosto.

Maeve
Anotações

```
1. Tentar perdoar Avery, a Traidora. As
futuras estrelas de cinema devem ser
bondosas e gentis.
2. Ficar longe do futebol. Para sempre.
3. Fazer o Dillon se apaixonar
desesperadamente por MOI!!! Afinal, uma
meta é uma meta.
```

4. Convencer o meu pai a fazer um Festival de Cinema da Audrey Hepburn.
5. Ficar longe do futebol. POR TODA A ETERNIDADE.
6. Dar uma olhada nas novas ofertas da Rosa Formosa.
7. Aprender a nova coreografia que vi no YouTube e ensiná-la para as GRB — talvez não para a Avery.
8. Praticar o discurso de agradecimento para o Prêmio Tony de Teatro, que planejo ganhar depois de vencer o Oscar. E não convidar a Avery!

CAPÍTULO 5

UM AMIGUINHO TRISTINHO

CHARLOTTE fechou a porta da frente, entrou e subiu a escada curva até os aposentos no segundo andar que dividia com o pai. Onde estava Marty? Normalmente o amiguinho a esperava ali, ao pé da escada, latindo e abanando o rabinho gordo com animação, como se não a tivesse visto por um mês.

– Marty? – ela chamou.

Mas não ouviu o clique-claque das patinhas do cão batendo no assoalho.

"Cadê esse mocinho?"

Charlotte foi verificar na cozinha. Quando Marty estava devorando a ração, a casa poderia desabar sobre ele que o cachorrinho não perceberia.

– Marty! – ela gritou, mas, quando entrou na cozinha ensolarada, não havia sinal de Marty ali. Passou os olhos pela secretária eletrônica para ver se não havia nenhum recado. Talvez Nick tivesse tentado ligar para ela quando FINALMENTE terminou o que quer que estivesse fazendo com Chelsea. Suspirou quando viu o zero vermelho brilhando no visor da secretária eletrônica.

Apanhou um biscoito de aveia de dentro do pote e voltou à sala de estar. Com certeza o amiguinho viria correndo para ganhar um agradinho!

– Marty! – gritou de novo.

Muito bem. Talvez ele estivesse no quarto do pai dela.

"Ah, não!"

Charlotte torceu para que ele não estivesse mastigando os chinelos de banho do pai outra vez. Na última vez em que seu pai deixara os chinelos à mostra, Marty fez um enorme buraco no dedão do pé esquerdo. O sr. Ramsey não ficou nada feliz.

– Aqueles chinelos deram a volta ao mundo... duas vezes – ele reclamou alto para um Marty escondido de medo.

– Marty – Charlotte chamou com a voz cantarolada.

O sr. Marté sempre aparecia para a voz de filhotinho que ela fazia. Exceto desta vez... porque ele não apareceu.

– Marty! – ela gritou mais alto, com a voz começando a ficar trêmula. Aquilo não era do feitio dele de jeito nenhum. Charlotte o caçou freneticamente pelo resto da casa, até que só restou um lugar para procurar: o escritório do pai.

Abriu a porta com tudo e entrou apressada. Então ela viu... uma pequena pata peluda aparecendo por baixo da mesa do pai. Ela caiu de joelhos.

– Marty? O que foi, meu cãozinho?

Marty a encarou com o olhar triste, mal conseguindo erguer a cabeça peluda. O rabo balançou fraco contra o chão.

Charlotte o pegou nos braços e o apertou junto do corpo.

– Ah, Marty, coitadinho. Você está doente?

Com o coração batendo forte, Charlotte desceu a escada correndo até os cômodos da dona da casa e esmurrou a porta.

– Sra. Pierce! Sra. Pierce! Tem alguma coisa errada com o Marty!

Por sorte, a porta se abriu de imediato e a dona da casa apareceu.

– O que foi, Charlotte? Você está bem?

Charlotte tentou estabilizar a respiração quando olhou para a sra. Pierce. Acomodou o rosto de Marty perto do ombro. O corpinho quente dele tremia nos braços dela como se ele estivesse dentro de um congelador.

– O Marty está doente e não sei o que fazer.

Lágrimas saltavam dos olhos dela e as palavras saíam atropeladas.

A sra. Pierce levou Charlotte para dentro.

– Entre, Charlotte, querida. Deixe-me vê-lo.

A sra. Pierce pegou o cão dos braços de Charlotte e o acomodou no sofá da sala de estar. Ele se aconchegou nas almofadas e ganiu.

– Charlotte – ela disse, levantando o olhar –, concordo com você. O Marty não está bem. É melhor pedir para o seu pai levá-lo ao veterinário assim que chegar em casa. Quer ficar aqui comigo até ele chegar? Posso preparar um chá para nós. Que tal aquele chá de limão delicioso que você adora?

Charlotte fungou para segurar uma lágrima e concordou com a cabeça, acariciando gentilmente o pelo de Marty.

COITADINHO DO CÃOZINHO

Às 17h30, Charlotte finalmente ouviu o pai entrar pela porta da frente. Às 17h31, jogou-se nos braços dele. O pai cambaleou para trás quando a menina o segurou pelo braço e o arrastou até o apartamento da sra. Pierce.

— Pai, o Marty está muito doente. Quero dizer, muito doente *mesmo*! Temos que levá-lo ao veterinário, agora!

O pai de Charlotte deu uma olhada em Marty, todo molenga e enrolado no sofá, e concordou.

— Tem razão. Ele não está normal.

Pegando Marty no colo, ele guiou Charlotte até a porta.

— Esses dois passaram a tarde toda com a senhora aqui embaixo, sra. Pierce? – ele perguntou.

— Passaram. A Charlotte desceu direto para cá quando descobriu que o Marty estava nesse estado. Depois me conte o que o veterinário disse, sr. Ramsey.

— É claro – ele prometeu. – E obrigado, sra. Pierce, por ter ficado com as *crianças*.

Como pai solteiro, o sr. Ramsey se sentia muito agradecido pelo gentil apoio da senhora.

— Muito obrigada! – Charlotte exclamou, sem tirar os olhos do rostinho triste de Marty.

UMA DOENÇA MISTERIOSA

Quando Charlotte, o sr. Ramsey e Marty passaram pela porta do Hospital Veterinário Patas Preciosas, a expressão da recepcionista se enrugou de preocupação.

— O que aconteceu com o Marty? Esse mocinho não está elétrico como de costume.

— É por isso que estamos aqui.

Charlotte suspirou, esfregando as orelhas dele.

— Achamos que ele está muito doente.

A recepcionista balançou a cabeça para Charlotte e para o pai da menina.

— Sentem-se. A doutora virá assim que possível.

A clínica veterinária transbordava de animais de todas as espécies e tamanhos. Uma senhora grisalha sentada perto da porta tinha uma cacatua dentro da gaiola que apoiava no colo. Um buldogue gordo se agachava aos pés de um homem que lia uma revista. Quando o buldogue viu Marty, ergueu-se com dificuldade, obviamente antecipando uma latida como olá. Nada. Marty estava fraco demais para cumprimentar o seu companheiro preferido de passeio no parque, Louie.

Charlotte começou a ficar inquieta. Parecia que a dra. Clayton não chegaria nunca. Nem a cacatua falante tinha mais graça.

– Se aquele passarinho perguntar mais uma vez "Qual é o seu problema?", vou responder – o sr. Ramsey cochichou para Charlotte. – Será que eu digo que é o meu aluno que está quase repetindo de ano ou que é a péssima voz que tenho para cantar?

– Sr. Ramsey? – uma voz simpática interrompeu.

Era a dra. Clayton.

– Vamos dar uma olhada nesse mocinho.

A veterinária os direcionou para uma sala de exame, onde Marty ficou obedientemente sobre a mesa, observando Charlotte com uma expressão pesarosa enquanto a dra. Clayton verificava seus batimentos cardíacos, olhos e temperatura. Ele nem teve um ataque quando a médica precisou espetá-lo com uma agulha. Era como se toda a vivacidade de Marty tivesse evaporado!

A doutora deixou a sala de exame com um pequeno frasco do sangue de Marty.

– Você acha que o Marty está... sabe... com alguma coisa séria? – Charlotte perguntou com a voz preocupada.

– Ainda não sei, querida – o pai respondeu. – Ontem ele parecia perfeitamente bem, e isso é um bom sinal. Seja o que for, tenho certeza de que a dra. Clayton sabe como lidar com isso.

Ele lhe deu um abraço reconfortante.

Charlotte concordou, mas, olhando o corpinho todo encolhido de Marty, ela não sabia muito bem se podia acreditar no pai.

Quando a dra. Clayton retornou, estava sorrindo.

– Acho que não tem nada de errado com o Marty.

Charlotte soltou um suspiro de alívio.

– Mas – a doutora continuou – ele parece um pouco abatido.

"Alôô? *Abatido?!*", Charlotte pensou. "O Marty está parecendo um zumbi!"

A dra. Clayton deu uma coçada tranquilizadora atrás das orelhas de Marty.

– Vamos ficar de olho neste mocinho durante a semana e garantir que ele beba bastante água, exercite-se um pouco e descanse. Se ele não melhorar em alguns dias, tragam-no de volta. Aí faremos mais alguns testes.

– Obrigado, doutora – o sr. Ramsey agradeceu.

Charlotte pegou Marty da mesa de exame e enfiou a cara nos pelos dele.

– Obrigada – ela murmurou.

Durante o caminho para cara, Marty dormiu no colo de Charlotte, roncando de leve.

– Não estou entendendo, pai – Charlotte começou. – O que é que tem de errado com ele?

– Não sei, filha. Vamos observá-lo e ver se ele melhora, como a dra. Clayton disse. O bom é que ele não está correndo perigo nenhum. Por que não vê se ele não quer brincar lá fora quando chegarmos? A doutora disse que exercício faria bem para ele.

Quando chegaram em casa, Marty definitivamente não estava a fim de brincar. Nem pegar a coleira gerou alguma animação no cachorrinho. Charlotte o deixou cochilando na sala de estar e desceu para contar a notícia para a sra. Pierce. Com certeza ela gostaria de saber.

A menina bateu na porta rapidamente e aguardou. Instantes depois, a porta se abriu e a sra. Pierce apareceu. Charlotte piscou. A sra. Pierce estava usando maquiagem: um batom vinho, uma sombra suave, um blush rosa e até uma leve base. A sra. Pierce quase nunca usava maquiagem. Também vestia uma calça preta, blusa branca e um colar prateado em formato de estrela.

– Nossa! – Charlotte soltou. – A senhora está um arraso.

O novo e requintado olhar da sra. Pierce brilhou com o elogio.

– Obrigada, minha querida. Como está o nosso amiguinho Marty?

– Ahn... está bem. Pelo menos foi isso o que a médica disse... mas ainda não tenho muita certeza. Ele anda muito... letárgico.

– Descrição perfeita, querida. O Marty parecia mesmo ter perdido a alegria.

Ela concordou com a cabeça, mantendo a porta aberta.

– Cachorrinho *estar* sem alegria? – uma voz rouca soou de dentro do apartamento.

Charlotte espiou por trás da senhora.

– Yuri! – exclamou.

Quando Charlotte conheceu o russo que era dono da quitanda ali perto, tinha achado que ele era meio grosseiro. No entanto, ele acabou virando o primeiro amigo de Charlotte em Brookline e lhe oferecia uma fruta todos os dias quando ela passava na frente da barraca dele a caminho da escola. Nem o tom grosseiro de Yuri era capaz de esconder a preocupação dele com o bem-estar de Marty.

Charlotte se lembrou de como Yuri tinha se preocupado quando a sra. Pierce saiu em uma missão secreta para a NASA e ninguém sabia onde ela estava. Naquela época, as GRB começaram a achar que estava rolando alguma coisa, mas agora Charlotte tinha uma prova! O jeito como Yuri olhava para a sra. Pierce seria capaz de derreter um iceberg.

O rosto da sra. Pierce ficou rosado quando ela acompanhou o olhar de Charlotte.

– Charlotte. Você... Você quer entrar?

Yuri se levantou do sofá e ficou ali, com as mãos no bolso.

– Qual *ser o* notícia? Como estar o cachorrinho?

– Ahn... A médica disse que ele está bem, mas não está agindo como de costume.

A boca de Yuri se abriu em um enorme sorriso.

– Não *esquentar*, Charlotte. Aquele carinha *sair* dessa.

Charlotte segurou uma risada. Yuri sempre soava muito engraçado misturando expressões modernas com aquele sotaque carregado.

As mãos da sra. Pierce chacoalharam a calça, livrando-se de uma sujeira invisível.

"É melhor eu dar um pouco de espaço para eles", Charlotte percebeu de repente. "E contar para as GRB que estávamos certas o tempo todo sobre a sra. Pierce e o Yuri!"

– Bem... É melhor eu dar mais uma olhada no Marty.

Charlotte se virou e voou até o andar de cima. Mas que novidade! Aquilo era algo que, sem dúvida nenhuma, precisava contar para as suas melhores amigas o mais rápido possível. Pena que teria que contar a má notícia sobre Marty. Avery ficaria muito triste. Ela era louca por cachorros, especialmente por Marty.

– O que quer jantar, Char...? – a voz do sr. Ramsey foi sumindo quando ela passou em disparada por ele em direção à escada.

– Ah... qualquer coisa, pai – Charlotte gritou de seu quarto, entrando na internet.

Sala de Bate-papo: GRB

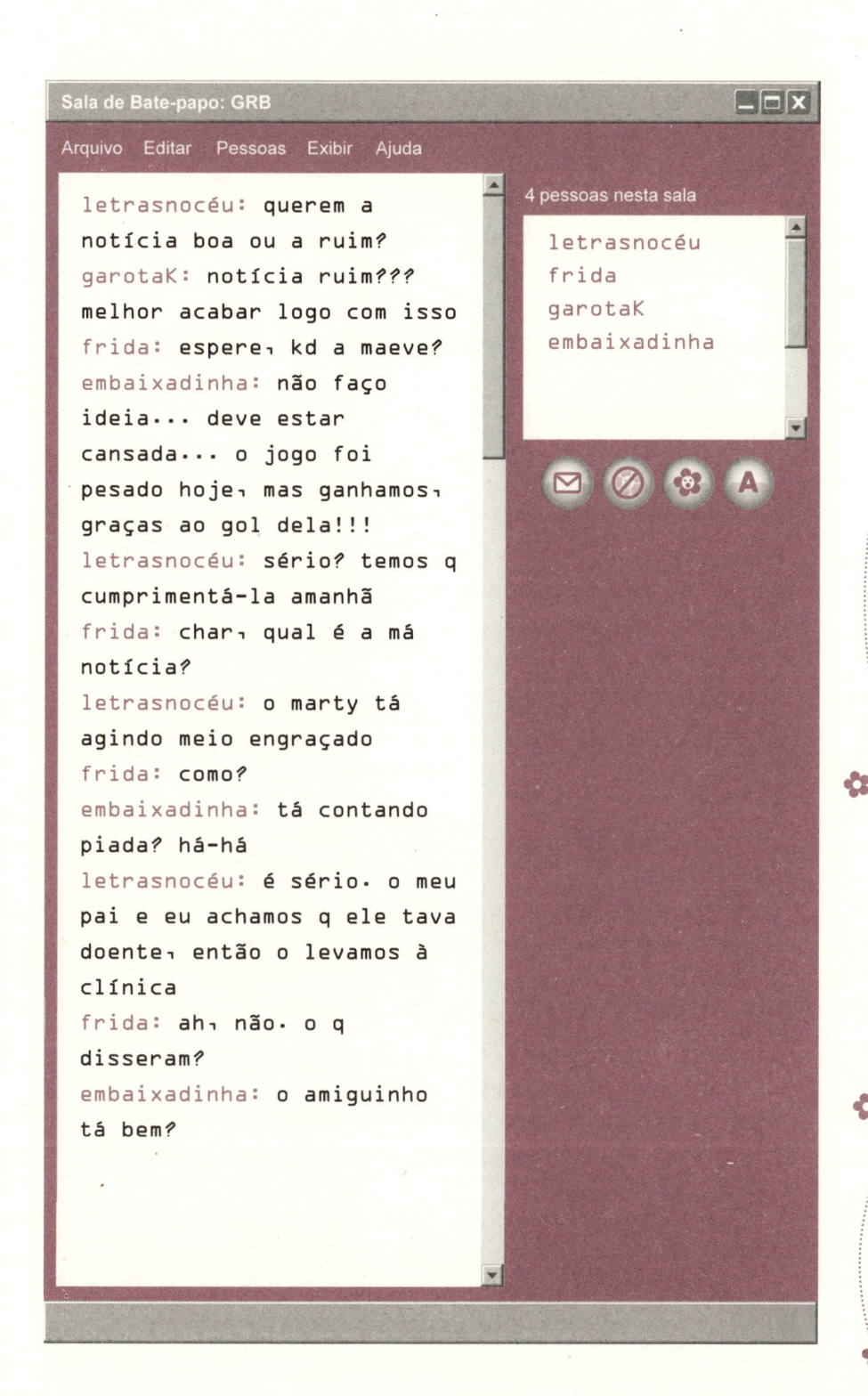

Arquivo   Editar   Pessoas   Exibir   Ajuda

4 pessoas nesta sala
letrasnocéu
frida
garotaK
embaixadinha

letrasnocéu: querem a notícia boa ou a ruim?
garotaK: notícia ruim??? melhor acabar logo com isso
frida: espere, kd a maeve?
embaixadinha: não faço ideia... deve estar cansada... o jogo foi pesado hoje, mas ganhamos, graças ao gol dela!!!
letrasnocéu: sério? temos q cumprimentá-la amanhã
frida: char, qual é a má notícia?
letrasnocéu: o marty tá agindo meio engraçado
frida: como?
embaixadinha: tá contando piada? há-há
letrasnocéu: é sério. o meu pai e eu achamos q ele tava doente, então o levamos à clínica
frida: ah, não. o q disseram?
embaixadinha: o amiguinho tá bem?

Sala de Bate-papo: GRB

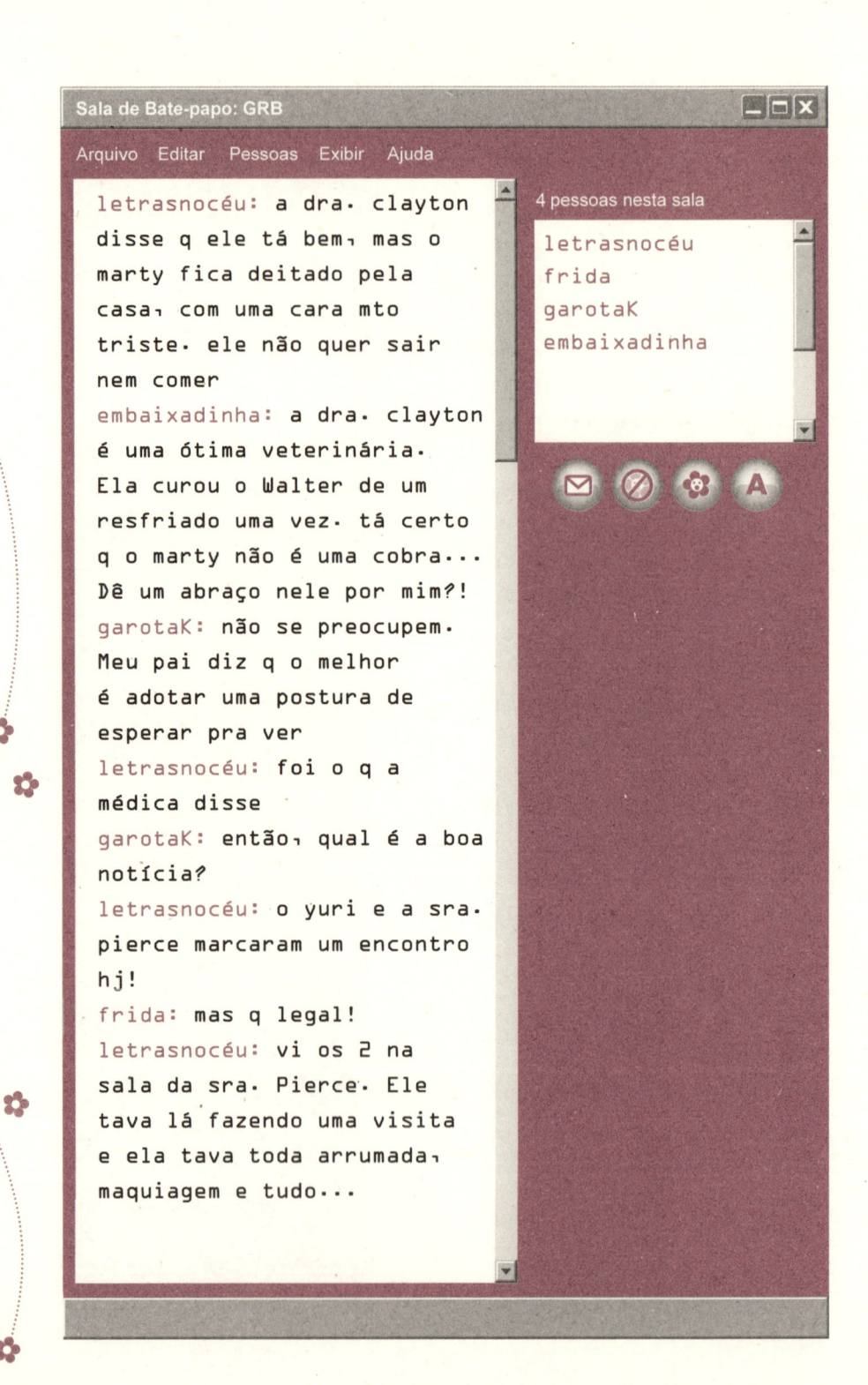

Arquivo   Editar   Pessoas   Exibir   Ajuda

letrasnocéu: a dra. clayton disse q ele tá bem, mas o marty fica deitado pela casa, com uma cara mto triste. ele não quer sair nem comer
embaixadinha: a dra. clayton é uma ótima veterinária. Ela curou o Walter de um resfriado uma vez. tá certo q o marty não é uma cobra... Dê um abraço nele por mim?!
garotaK: não se preocupem. Meu pai diz q o melhor é adotar uma postura de esperar pra ver
letrasnocéu: foi o q a médica disse
garotaK: então, qual é a boa notícia?
letrasnocéu: o yuri e a sra. pierce marcaram um encontro hj!
frida: mas q legal!
letrasnocéu: vi os 2 na sala da sra. Pierce. Ele tava lá fazendo uma visita e ela tava toda arrumada, maquiagem e tudo...

4 pessoas nesta sala
letrasnocéu
frida
garotaK
embaixadinha

Alerta de Paixão

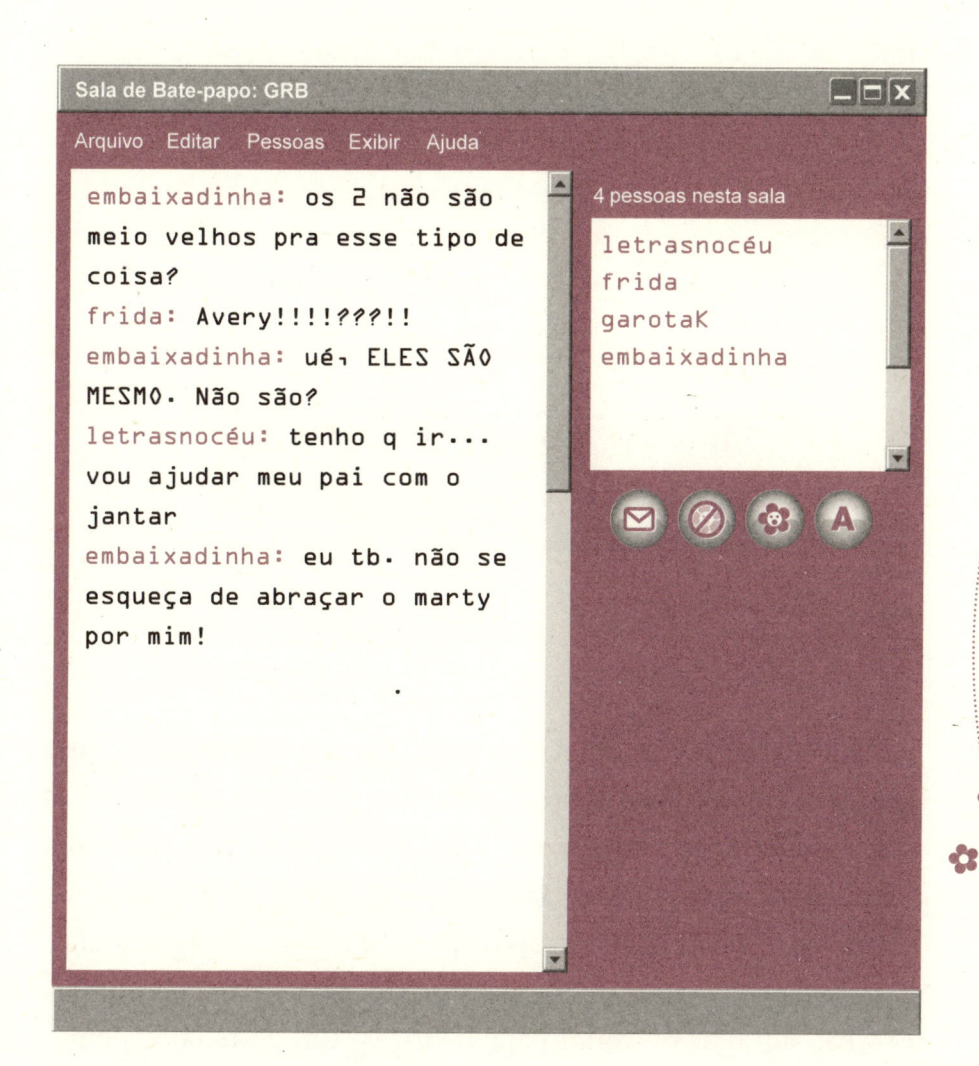

Sala de Bate-papo: GRB

Arquivo Editar Pessoas Exibir Ajuda

embaixadinha: os 2 não são meio velhos pra esse tipo de coisa?
frida: Avery!!!!???!!
embaixadinha: ué, ELES SÃO MESMO. Não são?
letrasnocéu: tenho q ir... vou ajudar meu pai com o jantar
embaixadinha: eu tb. não se esqueça de abraçar o marty por mim!

4 pessoas nesta sala

letrasnocéu
frida
garotaK
embaixadinha

CAPÍTULO 6

CORAGEM NO SERENGETI

DEPOIS DO JANTAR, o pai de Charlotte a convidou para assistir a um especial sobre o Serengeti com ele. Enquanto os dois moravam na África, o pai havia escrito um livro chamado *Verão em Serengeti ou Como Sobrevivi a um Estouro de Elefantes*. Se Charlotte fechasse os olhos, ainda podia ouvir os sons trovejantes dos animais.

– Pai, um dia vou voltar para a África – Charlotte falou de repente ao assistir a uma mãe elefante perseguir um jipe que tinha chegado perto demais do seu bebê.

O sr. Ramsey sorriu e assentiu com a cabeça.

– Acredito que vá mesmo, Charlotte. Você sempre foi muito ligada à vida selvagem de lá e tem o coração de uma aventureira.

O pai olhou para Marty, que estava sentado aos pés deles com o focinho apoiado nas patas. O sorriso do sr. Ramsey se dissolveu em uma expressão preocupada.

– Mas a vida selvagem por aqui ainda está parecendo bem

pouco selvagem – completou, tentando fazer Marty se animar ao balançar a Coisinha Sortuda na frente dele.

Marty simplesmente virou a cabeça para o lado.

Charlotte franziu a testa.

– Pai, tem alguma coisa errada com o Marty, com certeza. Ele é doido pela Coisinha Sortuda! E ele não está dando a mínima para ela, mesmo que você a esteja balançando no focinho dele.

Coisinha Sortuda era um brinquedo que pertenceu a Avery. O pequeno boneco cor-de-rosa tinha viajado com ela da Coreia até os Estados Unidos quando Avery foi adotada. O engraçado em relação ao brinquedo era que ele tinha uma carinha feliz de um lado e uma carinha braba de outro. Marty era obcecado por ele.

O sr. Ramsey se esticou e coçou atrás da orelha do amiguinho.

– Não se preocupe, Charlotte. Vamos levá-lo de novo para a dra. Clayton se ele não se animar logo.

Charlotte se abaixou para acariciar os pelos de Marty. Olhando distraidamente para a tela da televisão, a menina tentou se concentrar no programa outra vez, mas foi em vão. E não era só por causa de Marty. Uma minúscula preocupação começava a crescer na cabeça dela.

"Onde é que o Nick estava depois da aula? Ele ficou o tempo todo conversando com a Chelsea?"

Charlotte começou a roer a unha à medida que a preocupação foi aumentando. Chelsea estava mesmo agindo de uma forma muito mais simpática e confiante nos últimos dias. Todos tinham notado.

Além das GRB, Nick e Chelsea provavelmente eram os melhores amigos de Charlotte ali em Brookline. Então, e se... e se... Charlotte não queria nem pensar no assunto, porém não conseguia evitar.

"E SE O NICK ESTIVER GOSTANDO DA CHELSEA?"

A ideia era tão incômoda que a fez se endireitar no sofá imediatamente. E se Nick não a tivesse convidado para o baile ainda porque não queria fazer isso? E porque... porque iria pedir a Chelsea que fosse com ele? O pensamento fez a menina ter a sensação de que alguém havia lhe dado um soco no estômago. Ela estava prestes a ficar verde de tão enjoada. Nick era o único menino com quem ela realmente queria ir ao baile. Não conseguia se imaginar indo com mais ninguém... Preferia ir sozinha, então!

– O que foi, Charlotte? – o pai perguntou com a voz preocupada, interrompendo os pensamentos dela. – Parece que você viu um fantasma.

Charlotte coçou as orelhas de Marty.

– Nada. Só estou pensando – ela disse.

O sr. Ramsey se esticou para pegar o pote de pipoca de micro-ondas que estava sobre a mesa de centro.

– Em quê? Esse programa é sobre o seu lugar preferido em todo o mundo e você não está prestando atenção. O que está havendo, filha?

Charlotte balançou a cabeça. Conversar com o pai sobre meninos era estranho. Era nessas horas que Charlotte mais sentia falta da mãe. Horas em que ela precisava de conselhos que só uma mãe podia dar. Mas... ao olhar para a expressão preocupada do pai, concluiu que talvez ele também fosse capaz de entender.

– Ah, pai. É que... bem... tem esse, ahhh... menino.

O sr. Ramsey colocou o pote de pipoca de lado e se virou na direção da filha com o olhar sério. Charlotte respirou fundo.

– Eu meio que gosto dele e vai ter um grande baile de Dia dos Namorados na sexta-feira e estou pensando que, bem... que talvez ele não queira ir comigo – as palavras saíram apressadas.

O pai deu um sorriso tranquilizador.

– Ué, como é que você sabe? Talvez ele ainda não saiba como convidá-la.

Charlotte se inclinou na direção do pai, apoiando a cabeça no ombro dele. Com um pulo, Marty desceu do colo dela e saiu lentamente da sala.

– Como assim, pai?

O sr. Ramsey deu um abraço rápido na filha. Ela ergueu os olhos para o pai.

– Bem, é preciso muita coragem para convidar uma menina bonita como você para um baile... provavelmente mais coragem do que é preciso para andar na direção daquele leão ali na tela – ele brincou.

Charlotte sorriu para ele.

– Ah, pai, eu sou só uma menina normal. Você devia ver umas meninas lá da escola. Elas, sim, é que são bonitas.

O sr. Ramsey se virou para encarar a filha.

– Charlotte, você é uma menina linda, radiante! E por dentro também.

Charlotte abriu a boca, mas o pai ergueu a mão para interrompê-la.

– Eu sei, eu sei, os pais dizem esse tipo de coisa o tempo todo, mas escute só dessa vez, pode ser? Agrade ao seu velho aqui.

Ela fechou a boca de novo e deu ao pai a chance de terminar.

– A pessoa pode ser a mais bonita do planeta – ele prosseguiu –, mas, se for insensível ou egoísta, isso não vai importar, porque mais cedo ou mais tarde ninguém vai querer ficar perto dela.

Imediatamente, imagens de Anna e Joline apareceram na mente de Charlotte. As Rainhas Malvadas eram duas das meninas mais bonitas da Abigail Adams, mas as suas personalidades reduziam o impacto de sua aparência. Charlotte imaginou por um instante as Rainhas Malvadas viradas do avesso... sem as roupas de grife e maquiagem perfeita, mas educadas, simpáticas e alegres. Nossa, mas que mundo doido e confuso seria esse!

O sr. Ramsey rememorou:

— Eu me lembro da primeira vez que planejei chamar a sua mãe para sair. Eu estava uma pilha. Não parava de pensar em como iria convidá-la e se ela iria dizer que não. Pode acreditar, filhota: não é a coisa mais fácil do mundo para um garoto convidar uma menina para o baile. Especialmente quando ela é tão linda quanto a minha incrível e adorável filha aqui.

Charlotte riu e pegou um punhado de pipoca.

— Acho que o amor o deixou meio cego, pai.

O sr. Ramsey franziu a testa.

— Pode até ser! Mas não se preocupe. Tenho a sensação de que o Nick só precisa de mais um tempinho para acalmar os nervos.

Charlotte engasgou com a pipoca. O pai lhe deu alguns tapinhas nas costas. Quando ela finalmente conseguiu fazer a pipoca descer, encarou o pai com olhos alarmados.

— Pai, como é que você sabe... quer dizer, por que você acha que estou falando do Nick?

O sr. Ramsey abriu um sorriso e jogou as mãos para o alto, fingindo ser inocente.

— Brincadeirinha! Brincadeirinha! Só mencionei o Nick, sabe, como exemplo. Pode ser qualquer um. Como é que eu vou saber? Sou só o sem noção do seu pai.

O rosto de Charlotte queimava, encarando a televisão. A paixão que sentia era tão óbvia assim?

Por fim, o seu pai se aproximou e apertou os ombros dela.

— Desculpe. Eu não deveria tê-la provocado assim. É que

tenho tanta certeza de que vai dar tudo certo! Vamos voltar para o Serengeti então, que tal? Parece que aquele leão está prestes a caçar uma zebra. Olhe só o olhar malvado dele.

Quando subiu até a Torre naquela noite, as preocupações de Charlotte voltaram com força. É claro que seu pai achava que ela era bonita e tudo o mais, mas o problema era exatamente este: ele era o *pai* dela. E se Nick não achasse que ela era bonita? E se ele a visse só como amiga... uma amiga com a qual tinha algumas coisas em comum? E se ele achasse que *Chelsea* era legal? Nick sempre pedia para ver as fotos recentes de Chelsea e agora os dois estavam trabalhando juntos naquele projeto para o *Sentinela*...

"Quem sabe se eu escrever para a Sophie eu consiga parar com essa obsessão", pensou, balançando a cabeça como se aquilo fosse fazer todos os seus pensamentos desagradáveis saírem voando pelas orelhas.

Sophie morava em Paris, um dos vários lugares onde Charlotte e seu pai moraram, e era uma das melhores amigas dela. Charlotte ainda sentia saudade da sua amiga francesa, especialmente agora.

Para: Sophie
De: Charlotte
Assunto: Nick e Marty

Querida Sophie,
Preciso contar para alguém tudo o que estou pensando, senão não vou conseguir dormir esta noite. *Ma chère*, gostou do meu novo gif animado? Esses cachorrinhos dando cambalhotas são iguaizinhos ao Marty! Estou mandando uma foto para você comparar. Mas o Marty de verdade não deu

nem uma cambalhota o dia todo. Não sei
o que há de errado com ele. Está muito
diferente. A veterinária disse que ele não
está doente, mas estou muito preocupada.
O amiguinho fica só deitado pelos cantos,
parecendo uma boneca de trapo. E essa não
é única coisa que está errada. Acho que o
Nick anda me evitando ultimamente. Vai ter
um baile do Dia dos Namorados na sexta-
-feira e não sei se ele vai me convidar
para ir com ele. Ele tem andado muito com
a minha amiga Chelsea nos últimos dias.
Não quero sentir ciúmes, mas não consigo
evitar. Quero dizer, achei que o Nick meio
que gostava de mim. Mas decerto eu estava
errada. Queria poder voltar para Paris
e estar com você agora mesmo! Uma caixa
dos nossos chocolates preferidos me faria
esquecer tudo sobre esse baile doido,
tenho certeza.

Au revoir!
Charlotte

SORVETES E SEGREDOS

Escrever para Sophie sobre chocolate inspirou Charlotte a descer até a cozinha em busca de um sorvete de flocos. Ela nunca tinha entendido muito bem o segredo dos sorvetes. A delícia cremosa parecia ter o poder de fazer todos se sentirem melhor, e os pedaços de chocolate levavam a sobremesa à beira da perfeição.

"Quem teve a ideia de acrescentar pedaços de chocolate ao sorvete deveria ganhar o Prêmio Nobel da Paz", pensou satisfeita, abrindo o congelador.

– Mas que dia! – ela exclamou em voz alta.

Não tinha sorvete. Nem mesmo um picolé!

Decepcionada, Charlotte soltou um suspiro do tamanho de um elefante e foi até o bloquinho ao lado do telefone. Ia acrescentar "SORVETE!" à lista de compras do pai quando uma luz vermelha piscando lhe chamou a atenção.

"Um recado! Será que é do Nick?"

Aquilo sem dúvida iria compensar a falta do sorvete de flocos!

Charlotte ergueu o fone e apertou a tecla play.

– "Oi, Richard! Que pena que não o achei aí."

Normalmente Charlotte desligaria o telefone ao ouvir o "Richard", já que seu pai recebia telefonemas de outros professores o tempo todo, mas aquela voz de mulher parecia familiar.

"Sexta-feira às 20h está perfeito. O Le Bistrot Français é o meu restaurante preferido! Como é que você sabia? Até lá, então!"

A mulher terminou a ligação com uma risada alegre.

As mãos de Charlotte subiram até a boca para segurar um grito de surpresa. Ela só conhecia uma pessoa que ria daquele jeito: Bif Madden, a mãe de Avery! Mas por que o pai *dela* iria se encontrar com a mãe de Avery no Le Bistrot Français? O restaurante era um lugar chique e aconchegante, com iluminação suave e pequenas mesas românticas.

"Ai, minha nossa! O meu pai tem um encontro com a mãe da Avery!"

Charlotte ficou dura. Não sabia se *queria* que o seu pai tivesse um encontro com a mãe de Avery. Aquilo era mais do que estranho.

"A sra. Madden saindo com o meu pai?"

E algo lhe dizia que Avery também não ficaria muito animada com a ideia.

De repente, imagens do seu pai e da mãe de Avery dividindo um prato de macarrão como a Dama e o Vagabundo flutuaram em sua mente. Para tirar aquela imagem para lá de esquisita da cabeça, Charlotte voltou à Torre a fim de começar a trabalhar em um esquema para o artigo do *Sentinela*. Mas tudo o que conseguiu fazer foi ficar olhando para a tela do computador.

– Um caso sério de bloqueio criativo – ela disse em voz alta para a Torre vazia.

"Como é que vou conseguir escrever um artigo sobre o baile do Dia dos Namorados quando o meu pai arranja um encontro e o Nick não gosta mais de mim?"

Marty estava encolhido debaixo da mesa de Charlotte, parecendo tão arrasado quanto ela. Charlotte o pegou no colo e o acariciou atrás da orelha.

– Está tudo bem, Marty. A gente vai superar. Só não sei como.

Diário da Charlotte

Dez Coisas para Fazer Sozinha no Dia dos Namorados:
1. Tomar sorvete de flocos. (Garantir com antecedência que haja um pote à mão.)
2. Levar o Marty ao parque e brincar de pegar. (Só funciona se o amiguinho não estiver se arrastando por aí, parecendo tão deprimido quanto eu!)
3. Escrever no meu diário. (Só pode ter um parágrafo com pena de mim mesma.)
4. Assistir a um especial do National Geographic na televisão. (Evitar conversar com o meu pai sobre o encontro dele.)
5. Ir à livraria e gastar a minha mesada em um romance novinho em folha (fantasia ou ficção científica?).
6. Ler o dia todo.
7. Conversar com as GRB pela internet. Elas vão me animar.
8. Começar a escrever uma história. (Passada em Paris? Personagens? Uma mulher usando um casaco roxo?)
9. Mandar um e-mail para a Sophie.
10. Ir até a Torre e ficar observando as estrelas. (Pedir para a sra. Pierce me mostrar a nebulosa que ela está pesquisando.)

Charlotte fechou o diário. Estava prestes a desligar o computador e ir se deitar quando um ícone em seu programa de mensagens a alertou: "Uma nova mensagem".

Para: Charlotte
De: Sophie
Assunto: Re: Nick e Marty

Bonjour, Charlotte,
O Marty é *très* adorável! Obrigada por mandar a foto dele para mim. Espero que você e as GRB consigam descobrir por que ele anda tão tristonho. E, você, minha amiga! Não fique triste nem se preocupe. Se o Nick não gosta de você, então ele é louco! Você é *très magnifique*! Tenho certeza de que ele vai convidá-la para o baile. Se ele não convidar, você vai conseguir achar um menino mais bonito ainda. Eu ajudo. O que vai vestir? Roxo é a melhor cor para você, mas que tal algo longo e escuro para contrastar com seus cabelos? Vai nevar? Se nevar, use lilás, eu acho!

Au revoir, mon amie,
Sophie

CAPÍTULO 7

A GRANDE MLT!

— BOM-DIA, srta. Rodriguez! — Maeve cumprimentou assim que entrou na sala.

Ela abriu a porta para entrar na Abigail Adams se sentindo muito melhor do que na noite anterior.

"Bem", ela pensou confiante, "o que é uma bananeira no meio da lama quando a gente está com um supervisual?"

Maeve se sentia tão fabulástica que teve que se segurar para não sair dançando pelos corredores.

Na noite anterior, a mãe e ela haviam escolhido as roupas que usaria na escola: seu novo jeans boca de sino, uma blusa listrada de branco e rosa com gola em V e um sapatinho rosa-claro para combinar (afinal, botas eram coisa do passado).

Depois de Maeve passar meia hora no banho tirando a lama grudenta, a mãe dela explicou, enquanto passava na filha uma loção facial de lavanda e rosas, que, quando alguém teve um dia terrível, horroroso, ficar com uma boa aparência pode ajudá-lo se sentir muito melhor.

Maeve tinha ido para a cama reluzindo de felicidade com a lembrança do seu gol da vitória (tirando a bananeira, é claro). Sua visão sonolenta incluía uma grande comemoração, além de um beijo doce na bochecha dado por Dillon para completar a viagem sonhadora.

Ao se lembrar de como sua mãe a tinha animado ("Você é a MKT! Você fez o gol da vitória. Então, vista-se para o sucesso que você já é e ninguém vai se lembrar do pequeno incidente com a lama."), Maeve se sentiu pronta para enfrentar qualquer coisa que cruzasse o seu caminho. Na verdade, estava preparadíssima para continuar a sua campanha e fazer com que Dillon a convidasse para o baile do Dia dos Namorados.

De repente, ouviu uma de suas vozes menos preferidas na escola.

– Ei, é a MLT! – Anna (RM nº 1) apontava para ela de seu armário, do outro lado do saguão. Joline (RM nº 2) ria ao lado dela, tapando a boca com a mão.

Maeve corou, mas não iria de jeito nenhum deixar que Anna arruinasse o seu momento!

– Como é que é? – retrucou, erguendo um lado do quadril. – É MKT para os íntimos, mas vou deixar passar desta vez, Anna. Você deve estar muito perturbada por ter *perdido* ontem.

– Acho que não, MLT. Você está, Joline?

Anna deu um risinho e inclinou a sobrancelha para a sua parceira cruel.

Maeve começou a se afastar. Katani sempre dizia que, se você fosse se defender, era melhor fazer isso rápido e se afastar antes que Anna e Joline começassem a soltar fogo pelas ventas. Entretanto, foi aí que Maeve ouviu a resposta de Joline.

– É isso mesmo, MLT! Sabe, Maeve Lama-Taylor. Até que combina com você – Joline soltou.

E então as duas começaram a gargalhar e suas risadas tomaram conta do saguão.

Maeve suspirou e se virou com o rosto queimando de humilhação. Era tudo o que podia fazer para evitar gritar "Vou pegar vocês, gracinhas" na sua melhor imitação da Bruxa Má do Oeste. Ela vinha praticando aquela fala com o irmão caçula, Sam, por anos, e ele saía correndo sempre que Maeve sussurrava a frase atrás dele. Tinha que sussurrar porque a sua mãe a havia ameaçado com uma semana de castigo por assustar Sam. Mas aquilo era diferente: Anna e Joline mereciam um bom susto.

— Não, um nome desses não combina nada com a Maeve — uma sra. Fields bem séria repreendeu.

As três meninas se viraram para encarar a diretora da Abigail Adams.

— E, se eu ouvir isso outra vez de qualquer um que seja, sei perfeitamente quem vou chamar para a diretoria. A Abigail Adams não permite xingamentos... nunca.

Maeve ergueu o olhar para a sra. Fields com o rosto iluminado de gratidão.

"Parece que a sra. Fields tem um dom para farejar confusões na escola antes que algo ruim de verdade aconteça", Maeve pensou com ar de admiração.

E a diretora era esperta o suficiente para não dar atenção especial para o aluno que estava sendo provocado. Era como se soubesse que qualquer solidariedade da parte dela causaria problemas para a vítima no futuro.

— Agora, andando, meninas. Vão se atrasar para a aula. Isto acaba aqui e agora. Entendido?

A diretora olhava com seriedade para todas elas. Maeve concordou, assim como Anna e Joline. Mas é claro que as duas também fizeram beicinho, Maeve notou satisfeita. Porém, estava aliviada. Ninguém enfrentava a sra. Fields, nem as Rainhas Malvadas.

Maeve viu as RM saírem às pressas em direção à sala. Deu um sorriso rápido para a diretora que respondeu:

– Belo gol.

Enquanto ia para a sala de aula, Maeve torceu para que Anna e Joline não tivessem espalhado a piadinha feita à sua custa. De repente, a menina teve um pensamento horrível.

"E se o Dillon e a Avery também estiverem me chamando de MLT?"

Maeve parou na porta do laboratório de ciências, onde teriam a primeira aula do dia, e respirou fundo, de repente com medo de que, quando entrasse na sala, todos estivessem rindo dela.

– Maeve, fiquei sabendo... – Isabel começou, porém, antes que conseguisse terminar, Avery chegou correndo seguida por Charlotte e Katani.

– O que estava fazendo com a Anna, a Joline e a sra. Fields no corredor? O Yurt disse que a sra. Fields estava muito braba.

– Não quero conversar sobre isso – Maeve resmungou.

– As RM estavam atacando? – Avery perguntou com preocupação na voz.

– Já disse que não quero conversar sobre isso – Maeve respondeu curta e grossa.

Já tinha sido o suficiente para um dia só.

– Vamos nos sentar, então? – Charlotte, sensível ao desconforto da amiga, sugeriu assim que o sinal tocou.

O resto da turma tinha passado diante delas e entrado na sala. Maeve achou que todos iriam olhar para ela, mas ninguém olhou. Talvez a sra. Fields realmente tivesse salvado o dia.

MISTURA DA POÇÃO DO AMOR

– Vocês estão com sorte – o sr. Moore anunciou. – Vou ser o sr. Legal hoje e deixar que escolham os seus parceiros de laboratório.

"Ah, que perfeito", Maeve pensou. "Quem vai querer trabalhar com a Maeve Lama-Taylor?!"

De repente, as palavras da sua mãe ecoaram na sua cabeça e ela decidiu prestar atenção somente no professor de ciências. Ela era MKT. Era, sim!

O sr. Moore pegou uma enorme vaca de pelúcia de cima da mesa e lhe deu um apertão. O bicho soltou um comprido e alto "Muuuuuuuuu". A gravata laranja do professor, decorada com vacas roxas, parecia para Maeve um cone de trânsito com uma doença grave. O sr. Moore era meio obcecado por bugigangas esquisitas de vaca, mas era um bom professor.

Riley se aproximou da mesa da menina tão silenciosamente que Maeve quase deu um pulo quando ele falou.

– Quer trabalhar comigo?

Maeve passou os olhos pela sala, procurando Dillon. Ele conversava com Henry Yurt. O que estava dizendo? O estômago dela começou a revirar. A sua esperança de um encontro com Dillon estavam acabando rapidamente.

– Acho que sim.

Maeve soou tão antipática que Riley hesitou por um momento. Mas, quando ela arrastou a banqueta para o lado, Riley soltou a mochila e encarou os próprios sapatos.

– Ahn, fiquei sabendo do seu gol...

– O que é que tem? – Maeve ralhou. – Espere, deixe para lá. Não precisa dizer nada.

– Não, quero dizer, o seu gol foi demais!

Riley fez uma careta quando viu a expressão horrorizada de Maeve.

– Eu não sabia que você jogava futebol.

– Mas eu não jogo.

Maeve olhou feio para Riley. Ele estava tentando mesmo fazê-la se sentir melhor? Que estranho. Eles eram meio amigos, mas normalmente só conversam sobre música.

– Sou péssima no futebol – ela completou.

– Maeve, você arrasa em tudo o que você faz.

Ele abriu um sorriso, e Maeve sentiu parte da sua frustração desaparecer. Pegou a sua apostila de laboratório e começou a ler em voz alta para Riley as instruções para a Poção do Amor nº 9.

UMA GAROTA SEGURA DE SI

Katani foi até a mesa de Reggie.

– Quer trabalhar comigo?

Ele concordou com a cabeça.

– Mas é claro.

Chelsea observou Katani, imaginando como aquela menina conseguia ser tão tranquila e segura de si. A naturalidade dela diante de Reggie deu uma ideia a Chelsea. Aquela era a oportunidade perfeita para trabalhar com alguém diferente. Alguém como Trevor. Ele estava sentado do outro lado da sala, enfiando uns papéis dentro do caderno com uma expressão concentrada que fez o coração de Chelsea disparar dentro do peito.

"Vou perguntar se ele quer trabalhar comigo e talvez a gente acabe conversando sobre fotografia outra vez! Será que eu devo contar a ele sobre as fotos que tirei dele jogando futebol?"

Chelsea abriu a boca para chamar o nome de Trevor. Mas não teve oportunidade.

– Ei, T-Ror – Avery disse, saltitando na direção dele com um sorriso. – Quer trabalhar comigo?

Trevor percebeu Chelsea olhando para ele do outro lado da sala e lhe deu um aceno de cabeça. Entretanto se voltou de imediato para Avery.

– Claro.

Ele arrastou a banqueta, de forma que Avery pudesse se sentar na outra, ao seu lado.

A esperança de Chelsea morreu como uma flor que murcha e apodrece. Avery precisava mesmo ser amiga de todos os meninos da escola? Chelsea se virou para ver se Charlotte queria ser sua parceira, mas Char estava conversando com Isabel. Então, notou Nick sentado sozinho. Talvez ele quisesse ser parceiro dela.

PIOR DO QUE UM MOMENTO DESASTRE

– Char, você acha que a Maeve está bem? – Isabel questionou.

– É, acho que sim...

O olhar de Charlotte se desviou para um certo moreno.

– Izzy, você se importa se eu chamar o Nick para fazer dupla comigo?

Isabel olhou para Nick e Chelsea.

– Melhor correr! – ela respondeu.

Charlotte abriu caminho pela sala, primeiro parando para fazer a Avery uma rápida pergunta sobre a pesquisa de depressão em cachorros. Não queria parecer óbvia demais... mas estava pronta para seguir o conselho de Sophie. É claro que Nick ainda gostava dela. Ele e Chels eram só amigos, e ela era amiga dos dois.

– Ei, Nick – Charlotte sorriu. – Quer ser minha dupla?

Os olhos de Nick se arregalaram por um segundo e ele brincou com a caneta, girando e girando o objeto entre os dedos.

— Hummm... desculpe, Char. Eu adoraria, mas a Chelsea e eu meio que já estamos trabalhando juntos, mas...

Charlotte se afastou aos tropeços antes de ouvir o resto da frase de Nick. Ela sentiu vontade de ir até a enfermaria e se deitar um pouco. Era óbvio! Não havia como negar agora: sem dúvida nenhuma, Nick gostava de Chelsea. Charlotte passou os olhos pela sala, o suor nascendo na palma da mão. Com quem ela iria trabalhar? Isabel lhe lançou um sorriso de desculpas.

— Achei que você ia trabalhar com o Nick! — ela disse sentada na banqueta ao lado de Kevin.

Arrasada, Charlotte se deu conta de que não ter ninguém com quem trabalhar era definitivamente muito pior do que um de seus momentos desastre! Era uma passagem para a cidade dos fracassados!

— Ora, ora! — o sr. Moore se aproximou de Charlotte. — Parece que estamos com um número ímpar hoje. Quer ser minha assistente de laboratório?

Agora era oficial: Charlotte Ramsey era um fracasso!

O sr. Moore não esperou a resposta. Entregou a Charlotte uma vaca de pelúcia e se empoleirou na quina da mesa.

— Em homenagem ao dia especial que teremos no fim desta semana... acho que todos vocês sabem a qual dia estou me referindo... hoje vamos fazer um experimento diferente: vamos preparar uma mistura que chamo de "Poção do Amor nº 9".

A turma explodiu em gargalhadas. Charlotte abriu um sorriso fraco.

Mestre Yurt abanou a mão no ar.

— Ei! O que aconteceu com as outras oito?

Todos riram. O sr. Moore revirou os olhos.

— Muito espertinho, sr. Yurt. O nome é inspirado em uma música antiga, *Love Potion Number 9*. Perguntem aos seus avós.

O professor pegou um pote de repolho roxo picado, abriu-o com um gesto exagerado, despejou um pouquinho dentro de um béquer e entregou o pote a Charlotte. Ela torceu o nariz para o cheiro forte.

– Vocês sabem que substância é essa? – o sr. Moore perguntou.

– Tem cheiro de meia suja! – Dillon gritou, sempre cheio de gracejos. Henry Yurt trocou um cumprimento com o colega.

– Ah, é bem melhor que isso! Esse suco de repolho é um indicador ácido-base. Pode fazer o favor de me passar o bicarbonato de sódio e o vinagre, Charlotte?

Trevor ergueu a mão no ar.

– Fizemos vulcões com bicarbonato e vinagre na minha outra escola.

O sr. Moore balançou a cabeça.

– Aposto que vai gostar mais ainda desta experiência. Prepare-se para se surpreender! Charlotte, polvilhe uma pitada do bicarbonato de sódio.

Concentrada, Charlotte cerrou os dentes. Aquela era a oportunidade perfeita para um desastre, mas suas mãos se mantiveram firmes e, para sua surpresa, um tiquinho minúsculo de bicarbonato de sódio causou uma explosão de espuma azul esverdeada!

– Que legal! – várias vozes exclamaram ao redor da sala.

O sr. Moore levou o béquer rapidamente até a pia ao lado da sua mesa antes que a espuma caísse no chão.

– Agora, o vinagre!

A gravata dele estava presa na casa de um dos botões, mas ele não parecia notar. Charlotte se aproximou da pia e inclinou o vidro de vinagre em cima da espuma verde.

Uma espuma rosa começou a borbulhar, cobrindo por completo a verde!

Gritos e assobios irromperam pela sala. O professor fez uma reverência, colocou o béquer de lado e, percebendo o incômodo de Charlotte, levou-a até Maeve e Riley.

— Vocês vão formar um trio. Agora, todo mundo ao trabalho! A tarefa de vocês é explicar *por que* a Poção do Amor nº 9 muda de cor. Se chegarem até a página 3 antes de a aula acabar, tenho mais uns ingredientes caseiros que vocês podem jogar dentro do béquer para ganhar um ponto extra. Antiácido estomacal, amônia, suco de limão... Divirtam-se, e que a força esteja com vocês!

O sr. Moore não era só um amante de vacas, mas também membro de carteirinha do fã-clube oficial de Guerra nas Estrelas. Ele nunca deixava passar uma aula sem tentar incluir alguma fala dos filmes. Era parte de sua esquisitice, e quase todos os alunos adoravam.

Normalmente as citações do sr. Moore faziam Maeve rir. Mas hoje, não. Ela analisou a apostila concentrada e com a testa franzida. Matemática e ciências sempre faziam seu cérebro fundir. Por que tinha de haver tantos números e símbolos? E se Riley a achasse uma burra? Pelo menos Charlotte estava no grupo para salvá-la de um constrangimento total.

— Maeve, a experiência é fácil — Charlotte prometeu.

Apesar da própria desgraça, Charlotte sabia que os números sempre deixavam Maeve em pânico, e ela não suportava ver uma das melhores amigas chateada.

— É, mas olhe só essas perguntas! — Maeve mordeu o lábio. — Que droga de palavra é essa? Parece "nacho-três".

— Tem uma tabela na página 1 — Riley voltou as folhas. — $NaHCO_3$

é bicarbonato de sódio, eu acho. Por que eles simplesmente não escrevem isso aqui?

– Era nisso que eu estava pensando!

Maeve abriu um sorriso que sumiu quando ouviu Dillon rir. Ele estava fazendo palhaçadas com Avery. Os dois ficaram jogando espuma verde de um lado para outro da bancada... até que o sr. Moore se aproximou e pediu que parassem com aquilo ou teriam lição de casa extra.

– Hum... Maeve? – Riley chamou, colocando o béquer de volta na bancada.

O instrumento retiniu de leve. O menino acompanhou o olhar dela e percebeu o que chamava a atenção de Maeve. Charlotte viu Riley encarar as próprias mãos debaixo da bancada. Ela se sentiu mal, mas como poderia explicar para o colega que Maeve era assim mesmo? Um dia ela iria esquecer Dillon e então outro menino chamaria sua atenção. Talvez até fosse o próprio Riley. Nunca dava para saber o que esperar de Maeve.

Charlotte acrescentou uma colher de vinagre e assistiu à espuma rosa borbulhar pelas laterais do béquer.

"Excelente", pensou. "Talvez a minha poção do amor funcione com o Nick. Aí ele vai me convidar, e não a Chelsea, para ir ao baile, e tudo vai ficar perfeito. Se poções do amor existissem de verdade...", ela pensou cheia de desejo, fazendo anotações na apostila.

Uma risada atrapalhou a sua concentração. Ela virou a cabeça para o lado e viu Chelsea se contorcendo na banqueta ao lado de Nick. Charlotte desejou estar usando fones de ouvido.

ESPUMA VERDE E ROMANCE

Do outro lado do laboratório, Reggie e Katani trabalhavam com as cabeças quase encostadas uma na outra. Tinham terminado o experimento principal e arrumado os ingredientes para o ponto extra em uma fila bem organizada. O antiácido não tinha causado quase nenhuma espuma verde, em comparação com o bicarbonato de sódio.

– O estômago produz ácidos – Reggie explicou. – O bicarbonato de sódio muda completamente a composição química do suco gástrico para uma base, o que não é bom. É por isso que a gente toma esses comprimidos de antiácido, porque daí ele só corta o ácido em excesso, e não tudo.

Katani balançou a cabeça.

– Reggie, você é um nerd incrível! Acho que você vai ficar famoso um dia... talvez igual ao Bill Gates.

Reggie balançou a cabeça, porém Katani soube que ele ficou satisfeito com o comentário.

– Nhah. Só gosto de saber como o mundo funciona... só isso.

Ele pegou um comprimido de antiácido e o encarou com muita atenção.

– Você é que é muito inteligente.

Katani tirou os olhos da calculadora, mas não reparou que ele estava corado de constrangimento.

– Bem, a minha avó é a diretora. Ela ficaria muito decepcionada comigo se visse que não estou dando o melhor de mim. Enfim, se você quiser ter sucesso na vida, precisa estudar muito. Afinal, Reggie, como é que vou abrir o meu negócio se eu não aprender tudo o que puder enquanto estiver na escola? E eu tenho que abrir a minha empresa – ela afirmou com urgência na voz. – Tenho mesmo.

– Você vai abrir. Você tem tudo a seu favor, Katani. É organizada, inteligente, bonita...

Reggie olhou para o antiácido de novo.

Katani se inclinou sobre o béquer e sussurrou:

– Essa é a coisa mais gentil que já me disseram.

Reggie se contorceu sob o olhar dela e acidentalmente derrubou o comprimido de antiácido dentro do béquer.

A espuma verde saltou para fora, manchando as anotações impecáveis de Katani e colorindo o sorriso dela com flocos de espuma.

– Ai, meu Deus, desculpe! Vou pegar um papel toalha.

Reggie, com o rosto corado, se levantou de um salto, mas Katani tocou o ombro dele e tirou um lenço amarelo de dentro da mochila.

– Reggie DeWitt, você quer ir ao baile do Dia dos Namorados comigo?

– Claro! – ele deu de ombros, tentando parecer meio indiferente.

Katani sorriu e cruzou o olhar com o de Charlotte. Katani tinha acabado de convidar um menino para o baile! Assim, desse jeito! E não importava o fato de ela estar com espuma verde no nariz!

CAPÍTULO 8

CADERNOS SECRETOS E PAPO DE MULHER

QUANDO o sinal tocou, Charlotte se levantou tão depressa para falar com Katani que tropeçou na mochila de Riley. Um caderno bem gasto caiu de dentro e girou no chão, deslizando. Charlotte se abaixou para pegá-lo, depois olhou em volta, procurando Riley. Ele já estava saindo pela porta, com a mochila aberta pendurada no ombro. Será que não tinha notado? Charlotte abriu a capa e viu a letra de uma música escrita à mão embaixo de um rabisco do logotipo da banda dele, O Macaco Mostarda.

Garoto Objeto
de Riley Lee

A menina que eu amo acha que sou um objeto no chão,
Ela não me vê nem que eu olhe para ela um tempão.
Socorro, socorro, preciso ganhar seu coração,
Mantê-la comigo e nunca deixá-la na solidão.
A vida é louca, nunca terei um olhar seu.

Garoto objeto, esse sou eu.
Garoto objeto, esse sou eu...

Charlotte fechou a capa rapidamente. Aquilo era particular. Ela não podia estar lendo de jeito nenhum!

Katani se aproximou, a bolsa pendurada com descaso em um ombro.

— Que cara é essa, garota? E o que é isso aí na sua mão? — Katani fez uma careta quando notou o estado do caderno de Riley, todo rabiscado, manchado e amassado.

— Ah, nada, não.

Charlotte segurou o caderno atrás das costas.

— Você convidou mesmo o Reggie para o baile?

— Mas é claro! É o poder feminino. Precisamos assumir o controle. — Katani franziu a testa diante da expressão de Charlotte. — Quando é que você vai chamar o Nick?

Charlotte encolheu os ombros e olhou para o chão.

— Precisamos conversar. — Katani colocou um braço ao redor de Charlotte e a levou para fora do laboratório. — Só você e eu. Depois da aula, na Torre?

Charlotte concordou com a cabeça e olhou ao redor, procurando Riley.

— A gente se vê na aula de matemática? — perguntou Charlotte.

Ela forçou um sorriso e Katani a soltou relutante.

Riley estava ajoelhado ao lado do seu armário, freneticamente vasculhando pilhas e pilhas de cadernos e papéis. Charlotte exibiu o caderno que recolhera.

— Humm, isto é seu?

Riley agarrou o caderno. Não disse nada, mas as suas orelhas e depois as bochechas ficaram vermelhas.

— Eu não li — Charlotte sussurrou.

Ao se afastar, ficou imaginando se um dia um garoto iria escrever uma letra de música sobre ela.

❦

Depois de mais ou menos 1 milhão de anos, o último sinal do dia tocou e Charlotte se juntou à multidão de alunos que jorrava nos corredores. Quando chegou ao seu armário, procurou o livro de Estudos Sociais ali dentro e deu uma verificada nos cabelos pelo espelho, cada vez mais chateada. Talvez fosse hora de uma transformação. Ela usava os cabelos do mesmo jeito desde sempre. Katani poderia lhe dar umas dicas, à tarde, para algo mais glamouroso e adulto. Uma vez, a mãe de Avery lhe disse que ela deveria experimentar um modelador, pelo menos nas pontas.

"A mãe da Avery!"

Charlotte apoiou a cabeça contra o armário.

"Ainda tenho que contar sobre o encontro do meu pai para a Avery!"

— E aí, Charlotte? — uma voz familiar soou atrás dela.

Uma voz que, por algum motivo, fazia suas entranhas se transformarem em gelatina.

O seu coração pulou quando ela se virou para encarar Nick. Ele estava ali com um sorriso nervoso no rosto.

— E aí? — ela perguntou e mordeu o lábio inferior.

— Quer se encontrar comigo amanhã de manhã na padaria, antes da aula?

Ele sorriu e esperou, com a mochila nas costas.

Charlotte sentiu o seu rosto se iluminar. Não conseguia guardar a empolgação dentro de si!

"Ele quer se encontrar comigo amanhã de manhã? Isso! Isso!"

Talvez toda aquela história de Nick e Chelsea fosse só imaginação da sua cabeça!

– Claro – ela respondeu. – Acho que consigo ir, sim.

"É isso", pensou. "Amanhã de manhã ele vai me convidar para o baile do Dia dos Namorados e eu vou aceitar!"

Virou-se para fechar o armário, mas sem querer prendeu o dedo na porta.

– Ai! – gritou, esfregando o dedo, enquanto sentia o rosto ficar vermelho.

– Você está bem? – ele perguntou.

Charlotte rangeu os dentes.

– Ahn... estou. Tudo bem.

Nick pareceu preocupado.

– Amanhã de manhã, às 7h30. Tudo bem? Quer ir embora comigo?

– Não dá!

Charlotte se arrependeu das palavras assim que elas saíram da boca. Mas era verdade: ela não poderia ir embora sem antes conversar com Avery.

– Mas o vejo de manhã!

Soprou o dedo dolorido assim que Nick concordou e acenou um tchau.

Charlotte encontrou Avery depois de mais de quinze minutos procurando-a pelos corredores. Ela estava no ginásio, treinando cestas com Dillon e os gêmeos Trentini.

– Ave! Pode parar um segundinho? – Charlotte chamou.

Avery fez uma enterrada perfeita e foi correndo até a amiga.

– Ei, Char. O que foi?

– Preciso conversar com você.

Charlotte girava uma mecha de cabelos em volta dos dedos.

— Tudo bem, mande ver!

Avery jogou uma bola imaginária para a amiga.

— Agora não! – Charlotte baixou a voz. – Você pode ir até a Torre mais tarde hoje? Só você.

— Vou treinar com os meninos até as 16h, só posso ir lá depois. Pode ser? – Avery franziu a testa. – Está tudo bem?

— Está sim... tudo bem. A gente se vê depois, então?

A TRANSFORMAÇÃO SUPREMA

Ansiosa por alguns minutos de tranquilidade e aconchego com um bom livro e Marty, Charlotte foi caminhando para casa.

"É exatamente do que estou precisando depois de um dia como hoje."

Mas lá estava Katani, sentada nos degraus da frente, enrolada em um moderno casaco de lã e uma bolsa-carteiro com enfeites feitos à mão descansando a seus pés.

— Onde é que você estava, garota? – Katani deu um tapinha no relógio. – Eu estava quase indo embora.

— Oh! – Charlotte exclamou. – Sinto muito...

Abriu a porta, dando-se conta de que talvez os bons conselhos e as dicas de estilo de Katani fossem ajudar mais do que fugir para dentro de um livro.

— Fiquei enrolada depois da aula.

Ela não podia contar a Katani sobre o seu encontro com Avery. Os pais das duas saindo juntos era o tipo de coisa que merecia um pouco de privacidade, mesmo entre melhores amigas. Tinha certeza de que Avery pensaria a mesma coisa.

— Tudo bem.

Katani tirou o casaco e abriu a bolsa. Ali dentro, Charlotte viu fileiras organizadas de pequenas caixinhas rosa, pincéis e tubos de spray de cabelo. Havia até um modelador!

– Vamos subir lá para a Torre – Katani sugeriu. – Tudo de que precisamos está aqui!

Katani descarregou a bolsa no parapeito atrás da cadeira verde-limão, sua preferida. Charlotte achava que já havia itens de maquiagem suficientes na Torre, mas o que é que ela entendia de transformações?

Então, Katani cruzou os braços.

– Muito bem, Char, vamos começar o show!

Charlotte se sentou e tocou as pontas dos cabelos.

– Qual é o plano?

Katani deu um sorriso.

– Charlotte Elizabeth Ramsey está precisando de uma grande transformação para aumentar sua autoconfiança, mudar sua vida, arranjar coragem e convidar o seu par perfeito para o baile!

Charlotte deu umas risadinhas.

– Katani, acho que você deveria ter um programa de televisão.

– Pronto, já melhorou, e ainda nem começamos!

Katani se abaixou e deu um abraço em Charlotte.

– Vi o que aconteceu no laboratório hoje. E, sinceramente, Char, acho que não tem nada com o que se preocupar. O Nick não é o tipo de cara que vai chutar uma menina sem dizer nada para ela antes. Não é!

Charlotte sorriu.

– Ele quer se encontrar comigo na padaria amanhã de manhã.

– Estou certa ou não estou? – Katani brincou. – Bem, agora relaxe e deixe que eu faça a minha mágica.

Charlotte sentiu os seus nervos supertensos se afrouxarem quando as mãos de Katani começaram a mexer nos seus cabelos.

– Amanhã de manhã é a oportunidade perfeita!

Katani soltou os cabelos da amiga e pegou vários tubos de blush em creme.

– Você é rosa suave ou pêssego?

– Você acha mesmo que ele vai me convidar para o baile? – Charlotte perguntou.

Katani parou com uma bolota de blush na ponta dos dedos.

– Ah, não... VOCÊ é quem vai convidar o Nick.

– Vou, é? – Charlotte sussurrou.

Katani assentiu e começou a dar umas batidinhas nas bochechas de Charlotte.

– Lembre-se: blush é só para acentuar! Não pode ser muito e tem que espalhar por igual – Katani falava como se estivesse em um estúdio de televisão dando orientações para uma plateia de fãs empolgadas.

Charlotte fechou os olhos e se imaginou entrando na Padaria dos Montoya, bebericando um chocolate quente com Nick e perguntando para ele... o quê?

– O que eu tenho que dizer? – Charlotte perguntou.

– Vejamos.

Katani puxou a cadeira da escrivaninha de Charlotte.

– Eu sou o Nick e isto aqui é um chocolate quente.

Katani ergueu um frasco de spray para cabelo.

– Bom-dia, Charlotte – ela começou, fazendo a voz um pouco mais grave.

Charlotte caiu na gargalhada.

Katani, olhos brilhando, disse com a voz séria, mas gentil:

– Isto aqui é negócio sério! Observe e aprenda. Agora eu sou a Charlotte. Vocês já tomaram metade da caneca de chocolate quente e houve uma pausa na conversa. Você pergunta: "Nick

Montoya, você já tem algum plano para o baile de sexta-feira?"

– Hum... Não? – Charlotte disse, segurando o riso.

– Gostaria de ir comigo?

Katani se inclinou mais para perto da amiga, ainda segurando o frasco de spray.

– Agora é a sua vez.

As duas repetiram a cena quatro ou cinco vezes. Então, Katani revirou uns 17 tons diferentes de esmalte, sombra e batom.

– Agora, lembre-se: você precisa caminhar com atitude quando entrar lá. Faça contato visual e pareça confiante – Katani orientou, demonstrando a maneira correta de aplicar a sombra brilhante que estava usando.

Aquilo era bom, porque Charlotte era uma catástrofe em relação a maquiagem. Mas, com a orientação da mestre Katani, Charlotte aprendeu como espalhar a sombra com um leve toque para que não ficasse parecendo um guaxinim. Charlotte estava se divertindo, mas não parava de olhar para o relógio sobre a mesa. E se Avery aparecesse e Katani ainda estivesse lá?

Katani suspirou de satisfação quando terminou de enrolar as pontas dos cabelos de Charlotte.

– É isto o que eu amo fazer: ajudar as pessoas a atingir o máximo do potencial de estilo delas.

Charlotte conhecia todos os sonhos da amiga em relação à GarotaK Empreendimentos.

– Já estou até vendo – comentou. – Lojas de moda e estilo da garotaK em todas as grandes cidades dos Estados Unidos! Não: em todas as grandes cidades do mundo!

Katani entrou na brincadeira.

– Mulheres precisando de uma boa ajuda com estilo vão entrar desesperadas nas minhas lojas e eu vou conquistá-las com as roupas e as maquiagens mais legais que o mundo já viu!

Charlotte se levantou.

– Então vai ter o Papo garotaK, o programa de entrevistas número 1 em todo o mundo!

– Quer dizer número 2, depois da Oprah! – Katani corrigiu.

A famosa apresentadora era um ídolo para a garota que jamais iria querer destronar a rainha de todos os programas de entrevista!

Katani estendeu a mão para Charlotte e levou a amiga até o espelho de corpo inteiro.

– Você está um arraso – ela disse, encarando Charlotte com orgulho.

Os cabelos da amiga estavam soltos e enrolados bem de leve nas pontas. Uma sombra lilás brilhante complementava o esmalte rosa-claro.

– Você vai fazer aquele menino cair duro.

– Obrigada, Katani – Charlotte agradeceu e lhe deu um abraço rápido. – Agora tenho que levar o Marty lá para fora.

– E a sua roupa? – Katani perguntou.

– Não decidimos que eu vou vestir a minha blusa roxa preferida?

O ponteiro dos minutos não parava de correr. Já eram quase 16h15! Avery chegaria a qualquer momento.

– Decidimos, mas você precisa experimentar!

Katani apontou na direção dos degraus que levariam ao quarto de Charlotte.

– Está bem...

Charlotte saiu em disparada para o quarto, vestiu a blusa correndo e voltou para a Torre às pressas.

– Perfeito!

Katani fez sinal de positivo com ambas as mãos.

– Não está muito exagerado. Confortável e requintado.

Charlotte deu uma rápida olhada no relógio.

– Normalmente eu levo o Marty para sair logo que chego em casa...

– Quer que eu vá junto? – Katani se ofereceu.

– Ah, não! – Charlotte exclamou. – Quero dizer, esse seu sapato tão bonito iria ficar cheio de lama, e não é nada de mais também. Muuuuito obrigada pelo seu conhecimento de moda! Eu ficaria perdidinha sem você.

Jogou os braços em volta da amiga e lhe deu um enorme abraço.

– Estou sempre aqui para as GRB!

Katani olhou Charlotte de um jeito estranho, imaginando por que ela parecia tão ansiosa para que fosse embora.

"Deve ser nervosismo", Katani pensou.

– Enfim, tenho muita coisa que costurar ainda no meu vestido para sexta-feira – disse, enquanto Charlotte a levava até a porta de entrada. – Fiz tudo o que pude – Katani anunciou, dando um tchauzinho. – Agora depende de você assumir o controle!

Ela não notou a pequena silhueta que vinha do outro lado, correndo pela rua.

CAPÍTULO 9

ATITUDE DE IRMÃ

— PARA ONDE é que a garotaK está indo tão depressa? — Avery perguntou, largando a mochila perto da porta da frente.

— Ela teve que ir para casa e eu precisava conversar com você. É muito importante. Vamos lá para cima?

Charlotte começou a subir a escada.

— O que está acontecendo, Char? Espero que não seja mais nenhuma notícia ruim sobre o Marty — Avery comentou, subindo desajeitada e apressada atrás de Charlotte.

— Não, não é isso, não. Embora o amiguinho ainda não tenha voltado ao normal.

Charlotte suspirou por sobre o ombro, abrindo caminho até o seu quarto.

— Nossa, bela maquiagem aí, hein, Char — Avery elogiou, olhando mais de perto o rosto da amiga. — Espero que não tenha me chamado aqui para conversar sobre *isso*! Não vou usar maquiagem no baile, podem dizer o que quiserem. Odeio a sensação que fica na pele — ela reclamou.

Charlotte fez que não com a cabeça e se jogou na cama. Marty estava todo encolhido aos pés da cama. Conseguiu dar uma pequena balançada no rabinho quando viu Avery.

– Ahhhh!

Avery se ajoelhou e colocou a mão no bolso.

– Coitadinho do amiguinho. Parei para comprar um agradinho para você.

Ofereceu um biscoito a Marty, que o devorou, gemendo de dar dó. Avery despejou dois bolsos cheios de biscoitos para cachorro em cima da cama.

– O amiguinho está bem pior do que eu pensava. Tem certeza de que ele está bem?

Charlotte se abaixou para coçar a barriga dele.

– Não sei. Parece que ele sabe que está tudo dando errado.

Avery arregalou os olhos, na expectativa.

– O que está dando errado? O que está querendo me contar?

– A sua mãe deixou um recado para o meu pai na secretária eletrônica ontem à noite – Charlotte contou.

– E daí? – disse Avery, dando de ombros e oferecendo a Marty mais um biscoito que ele engoliu prontamente, apesar do seu estado abatido. – Credo, Charlotte! Acho que o Marty pelo menos não perdeu o apetite. Ele parece um crocodilo atacando esses biscoitos.

Como se tivesse entendido o que Avery dizia, o carinha rolou de lado e encarou as duas meninas com um triste olhar canino. O efeito foi tão cômico que ambas tiveram um ataque de riso. Com isso, Marty deu um pulo e saiu correndo para baixo da cama de Charlotte.

– Acho que o Marty está precisando de um psicólogo de cães – Avery comentou chocada. – Ele nunca agiu assim antes.

— Talvez nós três precisemos de um psicólogo quando eu terminar de contar sobre a sua mãe e o meu pai.

Charlotte olhou para Avery de um jeito sério.

— Parece importante – Avery comentou um pouco assustada.

— Se você acha que o meu pai e a sua mãe marcarem um encontro para jantar no Le Bistrot Français às 20h de uma sexta-feira é sério, então é sério mesmo! *Supersério* – Charlotte acrescentou para enfatizar.

Avery arregalou os olhos.

— Espere aí. Está querendo me dizer que o seu pai vai se encontrar com a minha mãe naquele restaurante chique?

— Resumindo, é.

Charlotte pegou um dos biscoitinhos para cachorro de Avery, esticou-se para baixo e alimentou um Marty ansioso.

Avery arregalou ainda mais os olhos.

— Aquele que é meio escuro e que tem velas e caras para lá e para cá tocando violino e essas coisas?

— Esse mesmo – Charlotte respondeu, jogando-se de volta sobre o travesseiro. – Já foi péssimo quando pegamos o meu pai e a Lissie McMillan sentados à mesa de um jantar à luz de velas lá na nossa viagem para Montana... e isso porque eles eram só amigos.

— É, foi cabuloso – Avery concordou. – Mas isto é mais cabuloso ainda. A minha mãe e o sr. Ramsey – ela murmurou, jogando-se no chão.

Avery tentou persuadir um Marty tristonho a sair de seu esconderijo com mais alguns biscoitos.

— E se o meu pai e a sua mãe se *casarem?* – disse Charlotte colocando as mãos diante do rosto, tentando afastar todos os pensamentos atormentados que estavam vindo à tona.

— Nossa! — Avery exclamou, brincando com um elástico de cabelo que achou no chão. — Ia ser muito cabuloso.

Charlotte olhou exasperada para a amiga.

— Você só sabe dizer "cabuloso"?

Avery se virou para olhar para ela. Abriu a boca. Fechou. Abriu de novo.

— Eles... vão... sair... juntos – Avery gaguejou. — A minha mãe está saindo com o seu pai e não me contou.

Charlotte se apoiou nos cotovelos. Afastou o pensamento de que talvez tivesse que chamar a sra. Madden de mãe.

— É, o meu pai também não me contou. E isso me deixa muito incomodada.

— É, sei o que quer dizer. Bem... não em relação ao seu pai... mas à minha mãe... não me contar... — Avery confusa atropelou as palavras. — Cara, é muito cabuloso.

— Se você disser "cabuloso" mais uma vez, eu vou... passar maquiagem em você – Charlotte ameaçou.

— Nem vem! — Avery berrou.

Marty latiu baixinho.

— Viu?! Nem o Marty gostou da ideia! — Avery disse e deu mais um biscoito ao amiguinho. Marty se ergueu um pouco e, delicadamente, apanhou mais dois biscoitos da mão de Avery.

Charlotte cruzou os braços.

— Bem, acho que já concluímos que a sua mãe e o meu pai saírem juntos é totalmente estranho. A grande questão é: o que vamos fazer? Quero dizer, a gente conta que a gente sabe?

Avery ergueu o corpo, olhos arregalados.

— Nem pensar, cara! Não vou conversar com a minha mãe sobre isso. Quero dizer... ela é a minha mãe! Não posso dizer para ela com quem ela deve sair. Lembra quando fui visitar o meu pai no Colorado e ele estava namorando a Andie?

Ela olhou para Charlotte com um sorriso diabólico.

– Pelo menos você não é a doida da Kazie.

Kazie era a filha de Andie, e ela e Avery definitivamente não falavam a mesma língua. Avery não conseguia imaginar como seria ter que conviver com Kazie como irmã! A menina deu um pulo ao perceber algo importante.

– Espere aí! Se eles se casarem, nós vamos ser parentes!

Charlotte se sentou, endireitando o corpo, e suspirou:

– Seríamos irmãs!

Avery deu um salto e jogou os braços em volta de Charlotte.

– Uma irmã! Seria tão legal! O Scott e o Tim também iriam adorar.

– É! – Charlotte concordou, com um sorriso se abrindo no rosto. – Sempre quis ter uma irmã também. É meio solitário ser filha única. Nunca tem ninguém com quem conversar e ninguém para ouvir os seus problemas. Ei! Talvez essa história não seja tão ruim no fim das contas...

Avery se afastou dela. Sua expressão animada de repente ficou séria, algo que Avery raramente era.

– Espere um pouco. Ainda não podemos contar para o resto das GRB. Os pais da Maeve estão se divorciando e a gente ainda não sabe de tudo o que está acontecendo.

Charlotte assentiu.

– Concordo. Vamos fazer um pacto. Erga a mão direita com a palma virada para mim.

– Por quê?

– Ande, Avery – Charlotte disse com um tom sério na voz.

– Está bem, está bem. Calma!

Avery ergueu a mão direita, palma virada para Charlotte. Então, Charlotte ergueu a sua mão direita virada para a amiga.

– Repita comigo – Charlotte orientou. – Prometo.

Avery fez uma careta, mas repetiu.

– Prometo.

– Que não vou...

Avery revirou os olhos. Juramentos eram muito bregas, porém aquele era por uma boa causa.

– Que não vou...

– Revelar a ninguém que os nossos pais estão saindo juntos – Charlotte completou.

Avery ecoou as palavras de Charlotte e as duas meninas ficaram sentadas, encarando Marty. Ele já tinha comido o resto dos biscoitos de Avery e estava deitado de costas, gemendo bem baixinho.

– O que vai acontecer com o Marty se a minha mãe se mudar para cá? – Avery perguntou preocupada. – Ela é alérgica.

Charlotte não sabia o que responder, mas Marty sabia. De repente, ele soltou um enorme arroto.

– Eeeca!

Charlotte apertou o nariz.

– Acho que demos comida demais para ele!

Ela se levantou e abriu a porta.

– Falando em comida, tem uma barra de chocolate na minha gaveta lá na Torre. Quer subir?

As duas subiram a escada que dava para a Torre. Enquanto Avery mastigava a sua metade da barra de chocolate com caramelo, Charlotte abriu os seus e-mails.

– Espere um pouco, Ave. Tenho que escrever para a Sophie. Depois, vamos levar o Marty ao parque? Quem sabe, todos aqueles biscoitos não deram um pouco de energia para ele?

Avery concordou, satisfeita com o seu chocolate e com um Marty arrotador.

Enquanto Charlotte escrevia, esfregava a manga da antiga jaqueta de sarja da mãe, aquela que Katani sempre dizia que era um chique retrô. Da mesa, ela podia olhar pela janela e ver o jardim botânico de Boston e, mais adiante, o Oceano Atlântico.

Começou a digitar enquanto Avery se deitava no chão ao lado de Marty.

Para: Sophie
De: Charlotte
Assunto: Baile

Oi, Sophie. Tenho uma ótima notícia. *Mon amie* Katani me convenceu: vou convidar o Nick para o baile. Vou me encontrar com ele amanhã de manhã na padaria da família dele. A Katani me ajudou a enrolar os cabelos de um jeito lindo. Mas ela disse que não pode ter muita maquiagem e me deu uma sombra brilhante que você iria amar. Espero não estragar tudo!!! Estou tão nervosa, Sophie. E se ele disser que não? A Katani disse que é impossível, mas sei lá.
Au revoir, Charlotte

P.S.: Acho que o meu pai está namorando escondido a mãe da minha amiga Avery. Estranho, né?
P.P.S.: Você viu a Orangina? Se um dia você cruzar com aquela gata malvada, diga *bonjour* por mim! O Marty ainda está todo

acabado. A Avery e eu vamos levá-lo até o parque. Tenho que ir! Sinto tanta saudade de você!!!

PSICÓLOGO CANINO

Fevereiro, em pleno inverno no Hemisfério Norte, não era a melhor época do ano para passear no parque Amory. No entanto, como os dias estavam mais quentes ultimamente, o parque estava cheio de pessoas correndo, empurrando carrinhos de bebê, conversando ao telefone e levando o cachorro para passear.

– Eu peguei a Coisinha Sortuda lá na Torre – Avery contou, tirando o brinquedo de dentro do bolso e o jogando em direção a um banco.

Charlotte ofegou.

– Avery! Você não pode ficar jogando a Coisinha Sortuda por aí! Ela é uma coisa, não uma bola!

Avery gargalhou e se agachou ao lado de Marty.

– Vá pegar, Marty. Pegue garoto!

Marty, porém, ficou ali ao lado delas, cabeça baixa, orelhas murchas e rabo caído. Gemia um pouco, um som triste, deprimente como o choro de um bebê.

– Ei, aquelas ali não são a srta. Rosa e a La Fanny? – Avery pegou a Coisinha Sortuda e apontou para o caminho que passava em frente ao banco.

Marty aguçou os ouvidos de repente e soltou um leve ganido.

– São, sim, e aquele ali é o namorado dela, o Zak, com o rottweiler. – Charlotte acenou, mas o casal pareceu não vê-la. – A Isabel e eu vimos os dois outro dia.

– Vamos, amiguinho! – Avery puxou a coleira de Marty. – Vamos lá dizer oi para a sua namorada!

Marty se sentou de súbito e o seu ganido triste virou um rosnado. Charlotte observou o cabelo colorido da srta. Rosa desaparecer atrás de um pinheiro.

– O que você tem, Marty?

Avery puxou a coleira e o cão se deitou no chão, as patas se afundando na terra à medida que Avery o arrastava para a frente. Ela era forte, mas Marty estava nitidamente determinado a não ir a lugar nenhum.

– Que bizarro – Charlotte disse. – Ele não quer ir. Eles já foram embora mesmo...

– Acho que o Marty deve estar deprimido – Avery considerou com tristeza enquanto elas deixavam o parque com o cãozinho trotando ao lado na coleira.

– Mas existe depressão canina? – Charlotte perguntou.

– Vai saber!

Avery se ajoelhou para abraçar Marty antes ir na direção da sua rua.

– Vou direto para casa fazer umas pesquisas!

Blog da Avery

```
Depois de uma séria pesquisa científica (dez
minutos na internet, hahaha), cheguei à conclusão
de que o estranho fenômeno de depressão canina
realmente existe! Aqui vão alguns indícios para
investigar. O seu cachorro pode estar deprimido
se ele:
1. Não quer brincar.
2. Evita contato visual.
3. Recusa-se a se mexer.
```

4. Está comendo menos.
5. Foge de você.
6. Não gosta de ser segurado.
7. Age com mais agressividade do que o normal.

Parece que o nosso amiguinho Marty só tinha os três primeiros sintomas. Aqui vão algumas possíveis curas para um cãozinho deprimido:
1. Dê muito amor e atenção extra.
2. Encontre outros cachorros com quem ele possa brincar. Seu bichinho também precisa de amigos!
3. Vá a um veterinário.

Por que os cachorros ficam deprimidos? Basicamente, pelos mesmos motivos que as pessoas:
1. Alguém com quem se importam morreu ou foi embora.
2. Houve uma grande mudança, como ir para uma casa diferente.
3. Um bebê, um bichinho ou uma pessoa nova que eles não conhecem foi morar junto com eles.

Mas nada disso se aplica ao Marty! Então, o que há de errado?

CAPÍTULO 10

CAFÉ DA MANHÃ NA PADARIA

CHARLOTTE não conseguia deixar de sorrir, analisando-se no espelho. A sua blusa roxa preferida destacava a cor da sombra lilás brilhante de Katani, e seu jeans novo caía perfeitamente na sua silhueta esbelta. A transformação de estilo de Katani era um grande sucesso.

Ela deu uma última voltinha e pensou: "Estou pronta para convidar o Nick para o baile hoje."

Entretanto, seu coração martelava dentro do peito, os joelhos tremiam e ela não sabia se conseguiria dar uma mordida que fosse em qualquer coisa da famosa padaria de Brookline.

Bem naquela hora, ouviu uma batida na porta do quarto.

– Entre, pai – Charlotte disse, acariciando os cabelos, ainda quentes por causa do modelador, com os dedos trêmulos.

O pai colocou a cabeça para dentro do quarto e assobiou.

– Nossa, querida! Você está toda arrumada. É uma data especial?

Charlotte engoliu uma pontada de mágoa. O pai estava escondendo dela a importante notícia sobre seu encontro romântico, mas queria saber tudo da vida da filha. Charlotte não sentiu vontade de contar nada para ele naquele momento.

– Hum... Pai, não tem nada de especial. Eu só queria ficar bonita hoje.

O sr. Ramsey ergueu as mãos e sorriu.

– Bem, você está linda... como sempre. Vamos até a cozinha. Vou preparar o café da manhã.

Charlotte se aproximou dele quase dançando e lhe deu um beijinho na bochecha.

– Desculpe, pai, mas vou para a Padaria dos Montoya hoje. Obrigada mesmo assim.

– Bem, mande lembranças às GRB.

O pai sorriu, deu um tchauzinho e voltou para a cozinha.

Charlotte desceu correndo e saiu pela porta. Sentiu-se um pouquinho culpada por deixar o seu pai acreditar que ela não estava arrumada por um motivo especial, mas estava tão empolgada para ver Nick que tinha que se concentrar para não tropeçar na calçada.

"Fique calma e seja confiante", disse a si mesma, assim como Katani dissera.

Só que Charlotte não era muito do tipo calmo, tranquilo e controlado. Era do tipo nervoso e desastrado, e tudo poderia acontecer em uma manhã importante como aquela.

"Respire", sussurrou para si mesma, começando a correr pela Rua Beacon em direção ao seu destino.

Dez minutos depois, uma Charlotte sem fôlego chegou à Padaria dos Montoya exausta pela corrida.

"Para quem queria respirar...!", suspirou parada, na entrada da padaria, tentando organizar os pensamentos bagunçados... e reunir coragem.

"Ei, Nick. Quais são os seus planos para sexta-feira?", ela praticou mentalmente, repassando o diálogo que Katani havia ajudado a preparar.

Apesar so eaforço, o cheiro de dar água na boca que vinha tanto dos bolinhos fresquinhos de canela quanto do cappuccino distraiu Charlotte e provocou um ronco do estômago faminto.

"Um belo croissant com chocolate quente seria uma delícia agora, mas primeiro preciso achar o Nick."

Passando os olhos pela padaria lotada, Charlotte viu universitários de olhos inchados bebericando café com leite, profissionais de negócios vestindo terno, mães com bebês no carrinho aguardando na fila para tomar um cappuccino. Mas onde Nick tinha se metido?

Charlotte decidiu se sentar à mesa preferida das GRB e esperá-lo. Assim, teria mais um tempo para se preparar e fazer o que nunca tinha feito antes: convidar um menino – e não um menino qualquer, mas um muito especial – para um baile.

Tirou da mochila um caderno e uma das suas canetas roxas preferidas e começou a rabiscar os seus pensamentos. Charlotte amava escrever. Para ela, às vezes escrever era mais fácil do que falar. Este era um desses momentos.

"Oi, Nick..."

Ela deu uma risadinha.

"Bom começo."

Ergueu o olhar, esperando que ninguém a tivesse visto rir. Não queria que ninguém pensasse que ela estava falando sozinha.

"A sua mãe faz os melhores croissants do mundo... Quer um pedaço? Bem, e o baile do Dia dos Namorados? Todo mundo só fala disso. Quer ir comigo? Por favor, diga que sim para que eu não me sinta uma completa palhaça."

Acrescentou uma carinha feliz, só para garantir.

Então, Charlotte sentiu um par de olhos espiando por cima do seu ombro. Fechou o caderno rapidamente e se virou. Era Fabiana, irmã de Nick. Charlotte quase se engasgou. Será que Fabiana tinha visto o bilhete?

– Ei, Charlotte. Tudo bem? Quer comer alguma coisa? – Fabiana perguntou tranquilamente, como se não tivesse visto nada de mais.

Charlotte sorriu para ela e conseguiu falar:

– Está tudo bem... Só estou esperando o Nick.

A irmã de Nick era uma das meninas mais populares do ensino médio e uma das estrelas dos musicais da escola. Quando ela cantou *Tonight*, na peça *Amor, Sublime Amor*, toda a plateia ficou de pé e a aplaudiu no meio do musical. É claro que Maeve praticamente lambia o chão onde Fabiana pisava.

Ao recolher algumas canecas de café vazias em uma mesa ali perto, Fabiana perguntou:

– O Nick sabia que você vinha? Porque ele disse que ia se encontrar com a Chelsea hoje de manhã e já saiu.

"Se ele sabia que eu vinha... se encontrar com a Chelsea..." Charlotte gelou. "Aja normalmente, não perca o controle."

Ela balançou a cabeça para cima e para baixo. A sua boca formou um "Oh", mas ela não sabia ao certo se estava falando alguma coisa.

Fabiana a olhou alarmada.

– Tudo bem, Charlotte?

Charlotte se forçou a falar, mas a sua voz saiu rouca e falhada.

– Hum... É... tudo bem. Eu... Eu precisava de uma ajuda com a lição... – Charlotte não conseguia mais continuar.

Um nó do tamanho do mundo havia se formado na sua garganta.

– Com certeza ele a está esperando lá na escola – Fabiana disse, apoiando a mão no ombro de Charlotte.

A menina se levantou rapidamente e, antes que Fabiana pudesse dizer mais alguma coisa, saiu voando da padaria, com a mochila batendo contra a lateral do corpo.

SOFRIMENTO AO MÁXIMO

Quando Charlotte chegou à escola, logo viu os dois: Nick e Chelsea. Os dois riam e sorriam um para o outro no saguão. Nick estava entrevistando os irmãos Trentini, enquanto Chelsea ajustava as lentes da câmera. De repente, Nick e Chelsea começaram a rir quando os palhaços dos Trentini posaram como superatletas para a câmera.

Charlotte teve a sensação de que um elefante tinha pisoteado o seu peito.

"Como é que o Nick pôde fazer isso comigo?", ela pensou furiosa. "Ele era meu amigo! E a Chelsea também!"

Passou por eles rapidamente, de cabeça baixa.

Nick ergueu o olhar e viu Charlotte andando depressa na frente dele.

– Desculpe, tenho que ir – ele disse a Chelsea e saiu correndo atrás de Charlotte.

Mas era tarde demais. Ela já tinha desaparecido no meio do saguão lotado. E, mesmo que Charlotte tivesse ouvido Nick chamar, ela não olharia para trás. Não hoje.

CONTRA A PAREDE

"Por que será que o Nick saiu correndo daquele jeito?", Chelsea pensou, apontando a câmera para um grupo de meninas que exibiam fotos de celebridades que idolatravam. "Que estranho."

Deu de ombros e bateu a foto. As meninas riram e acenaram para Chelsea enquanto saíam feito uma tropa pelo corredor.

"Tenho que achar mais exemplos para O Amor Está no Ar", Chelsea pensou. "Alguma coisa que represente como é fantástico amar algo... ou alguém."

Sentiu um tapinha no ombro e se virou.

– Trevor! – exclamou, sentindo o próprio rosto se iluminar.

"Chelsea, vá com calma, nada de se empolgar demais", ralhou consigo mesma.

Mas era difícil não sorrir para Trevor.

"Ele é tão gato, tão legal, tão gentil, tão..."

– Oi, Chelsea. E aí?

Ele estava com as mãos enfiadas nos bolsos do jeans. A sua camiseta preta ficava ótima com os cabelos loiros! Será que ele tinha ideia de como era lindo?

– Ah, nada de mais – ela respondeu. – Só estou tirando umas fotos para o projeto do *Sentinela*.

Trevor assentiu e a encarou com brilho nos olhos.

– Ah, é. Legal.

"Ele me olha como se estivesse totalmente interessado em cada palavra que sai da minha boca. Será que ele faz isso com todo mundo com quem conversa? E ele ainda está conversando comigo. Preste atenção!"

– A gente devia sair juntos qualquer dia. Que tipo de coisa você gosta de fazer? – Trevor perguntou.

Os joelhos da menina começaram a bambear. Ela deu de ombros, tentando parecer normal.

– Ah... qualquer coisa. Cinema, shopping, museu... coisas assim.

– Você gosta de skate? – ele perguntou.

– Claro – Chelsea respondeu.

Ela estava se esforçando de verdade para se tornar mais ativa fisicamente, esperando ganhar mais saúde. Desde que tinha começado com uma dieta mais balanceada, havia descoberto que tinha bastante energia para praticar atividades como andar de bicicleta ou de skate. E, para sua surpresa, descobrira que realmente adorava ter uma vida ativa. Fazia com que ela se sentisse feliz e satisfeita em relação a si mesma, exatamente o que Jody, sua conselheira preferida no acampamento do Lago Rescue, disse que iria acontecer.

– Ei, Chelsea – uma voz atrás dela chamou.

Os ombros da menina se encolheram. Era Joline Kaminsky.

– Ei, Chelsea – outra voz falsamente doce disse.

"Que ótimo", Chelsea pensou. "As duas pragas. RM em dobro."

– Ahn... oi, Joline, Anna.

As Rainhas Malvadas se aproximaram de Chelsea e Trevor. Tudo em que Chelsea conseguia pensar era em duas leoas se movendo em direção à presa. As duas dispararam um enorme sorriso de dentes branquíssimos para Trevor, jogando os cabelos para trás do ombro.

"Será que dá para a saia delas ser menor que isso?", Chelsea pensou, olhando a saia vermelha e a blusinha branca das duas, uma combinando com a outra. Lembravam as gêmeas do novo comercial de chiclete que todo mundo andava imitando ultimamente.

— Oi, Trevor — as Rainhas Malvadas disseram em coro, em seguida puseram os olhos de caçadoras de volta em Chelsea.

— Chelsea, você está ótima — Joline soltou com a voz incrivelmente falsa. — Não dá para acreditar no tanto de peso que você perdeu!

"Lá vem o ataque camuflado."

Chelsea sentiu o rosto ficar quente.

— É — Anna disse com falsa admiração. — Você emagreceu mesmo.

Joline segurou uma risadinha com a mão.

— Acho que deve ser legal não precisar mais ir a lojas de tamanho especial.

Chelsea virou o corpo e saiu correndo, abrindo caminho pelo meio da multidão de alunos que se dirigiam às salas de aula.

"É isso aí, vamos todos rir da menina gorda! É tão divertido!"

De maneira nenhuma ela iria ficar aguentando aquilo. Esfregou uma lágrima nos olhos, embora chorar não fosse o que ela queria fazer. Queria gritar para que Anna e Joline *fossem atrás dos próprios amigos!*

Trevor franziu a testa quando Chelsea saiu em disparada e começou a se afastar também, mas não sem antes lançar um olhar de desprezo para as Rainhas Malvadas.

— Cara, qual é o problema de vocês? A Chelsea é uma menina legal.

Anna e Joline o observaram se afastar com as expressões coradas de vergonha.

— Ele está totalmente eliminado da minha lista de Os Dez Mais Gatos — Joline declarou.

Anna mordeu o lábio e girou uma mecha de cabelo no dedo.

— Totalmente.

RECEITA PARA CORAÇÃO PARTIDO

Dez horas, Sala de Estudos: Receita da Padaria dos Montoya para um desastroso desencontro

Diário da Charlotte

1 xícara da sua roupa preferida

½ xícara da Transformação Suprema, cortesia da garotaK

1 colher de chá de artifícios para escapar das perguntas do pai sobre o porquê de estar tão arrumada

1 colher de sopa de corrida frenética para se encontrar com um gatinho muito lindo

2 colheres de chá de espera, tipo, para sempre

1 pitada de irmã mais velha do gatinho muito lindo espiando um bilhete sobre o gatinho

3 xícaras de saudade do Nick Montoya!

5 xícaras de sensação de ser uma nerd completa enquanto todo mundo a vê sair correndo da padaria com a cara vermelhinha

Misture bem os ingredientes e asse no forno da vergonha por 45 minutos.

Rendimento: 1 porção.

CONSOLO E SALADA DE FRUTAS

As GRB se sentaram em volta da mesa do refeitório, tentando consolar a amiga, mas não estava dando certo.

– E aí eu achei o Nick aqui, na escola, rindo e conversando com a Chelsea. Ele a estava ajudando a tirar fotos e os dois estavam se divertindo muito – uma Charlotte melancólica descrevia a cena remexendo a salada de frutas.

Tinha perdido completamente o apetite.

– Eu não entendo... – disse ela olhando para as amigas. – Achei... Achei que ele gostava de mim. O que aconteceu? Eu interpretei o Nick completamente errado? Eu vi em uma revista que dá para dizer se o menino está apaixonado por você lendo os sinais que ele manda.

Avery parecia totalmente confusa.

– Como assim... sinais? Igual ao beisebol?

Charlotte se permitiu uma leve risadinha que acabou virando um soluço.

Katani olhou feio para Avery.

– Acorde, menina! Você sabe a que tipo de sinal ela está se referindo. A provocação dos meninos, eles andando atrás de você pelos corredores...

– Desculpe – Avery murmurou e deu uma mordida no sanduíche de presunto.

Charlotte deu um sorriso triste para Avery.

– Não, tudo bem. Eu estava precisando mesmo rir.

Isabel deu uns tapinhas na mão de Charlotte.

– Tenho certeza de que você leu os sinais dele direitinho. Tem que ter uma explicação lógica para tudo isso. Desde que eu cheguei aqui, vi que o Nick gostava de você.

Katani se apoiou nos cotovelos.

– Essa é uma lição para todas nós. Uma menina precisa saber andar com as próprias pernas. Ser forte e confiante. É a regra número 1 da FMS!

– Ahn, Katani. Agora *eu* é que estou confusa de verdade. O que FMS quer dizer? O povo quer saber – Maeve perguntou.

Katani olhou em volta para as GRB e fez uma dancinha na cadeira.

– Força da Mulher Superstar! – ela cantarolou em sua voz desafinada. – Sabem, senhoritas – ela continuou –, temos que ser como naquela antiga música das Destiny's Child: *Independent Women*, "mulheres independentes". Esse deveria ser o lema de toda menina.

– Adoro essa música! – Avery exclamou.

Com isso, levantou-se e começou a cantar a música, agitando os braços. Era a tentativa de Avery dançar.

– Avery, sente-se! – Isabel agarrou a camiseta da amiga e a puxou para a cadeira de novo. – Você está nos matando de vergonha!

– Como assim? – Avery perguntou inocente. – O que aconteceu com a FMS?

Katani sorriu.

– Acho que isso não se aplica a dançar feito uma pata no meio do refeitório.

Isabel apoiou os cotovelos na mesa e colocou o queixo sobre as mãos.

– Bem, a minha *abuelita* sempre diz que é você quem faz a própria felicidade. Ter um namorado é legal e gostoso, mas você precisa encontrar a felicidade sozinha. É isso o que faz de você uma mulher bonita.

– É, eu estou por *aqui* com os meninos – Maeve falou. – Eles só deixam a gente arrasada. Ficam brincando com o seu coração e pisando nele até... até explodir feito uma bexiga!

– Isso aí que você disse é meio cruel, Maeve – Avery comentou.

O queixo de Maeve tremeu quando ela bateu as mãos espalmadas na mesa e se levantou.

– E outra coisa: não é legal por parte das amigas roubarem os meninos das outras amigas. Essa é a maior das traições. É como aquele filme da Bette Davis, *A Malvada*. Uma atriz famosa fica amiga de uma menina que quer ser atriz também e tenta roubar o namorado dela e tirar os papéis dela e...

As GRB a encararam confusas.

— Maeve, do que você está falando? — Katani questionou.

Maeve jogou os braços para o alto frustrada.

— A Bette Davis foi uma estrela do cinema bem famosa um tempão atrás e ela... Você devia ver o filme — Maeve apontou para Avery com uma leve sombra de lágrima nos olhos.

De repente, a mesa ficou em silêncio.

Avery sentiu uma mão sobre o ombro.

— Cara! — Dillon exclamou. — O Pete Wexler está humilhando o Tom Brady. Preciso de alguém com conhecimentos sólidos sobre os Patriots para ficar do meu lado. Venha.

Agradecida, Avery se deixou ser arrastada por ele até a mesa dos meninos. Preferia conversar sobre futebol americano a lidar com os repentinos ataques de esquisitice de Maeve.

Maeve ficou olhando os dois com uma raiva silenciosa. Finalmente, saltou da cadeira.

— Já chega! Fui.

E saiu quase correndo do refeitório.

— Ai. Meu. Deus — Isabel disse com a voz sussurrada. — Um triângulo amoroso.

Momentaneamente, Charlotte se esqueceu dos seus problemas e concordou com a cabeça.

— Acho que você tem razão. Que horrível! A Maeve gosta do Dillon, o Dillon gosta da Avery e a Avery gosta... de quem?

— A Avery é apaixonada por diversão — Katani disse, limpando o canto da boca com um guardanapo.

— Será que a Avery tem uma paixão secreta pelo Dillon? — Charlotte questionou.

– Bem, ela está *o tempo todo* com o menino – Isabel considerou. – E eles ficam sempre zoando por aí, dando socos um no outro, essas coisas. Esse não é um dos sinais?

Isabel mordeu o sanduíche e mastigou lentamente, meditando sobre o assunto.

– Coitada da Maeve – Charlotte disse. – Entendo perfeitamente como ela se sente. Quando você acha que a sua paixão foi roubada de você por uma menina que você achava que era sua amiga... dói muito.

– Charlotte?

Ela tirou os olhos do sanduíche, o corpo enrijecendo.

"O Nick."

– Sim? – ela disse, tentando evitar que a voz tremesse.

Nick olhou para os próprios sapatos.

– Hum... posso conversar com você um minuto?

– Estou meio ocupada agora – Charlotte disse de um jeito seco.

Nick olhou para Katani, que olhou para Isabel, que olhou para Charlotte, que olhou para as mãos. Nick se virou e foi embora.

– Charlotte! – as amigas a repreenderam.

– O que foi? – ela deu de ombros.

❀

```
Para: Sophie
De: Charlotte
Assunto: Chorando até dormir
```

Sophie, não consigo acreditar... Esperei
na padaria por meia hora hoje de manhã e o
Nick não apareceu. Ele se esqueceu de mim.
Estava na escola com a Chelsea o tempo

todo! Eu quase voltei correndo para casa para passar o dia todo enfiada embaixo das cobertas. Ele tentou conversar comigo no almoço e eu estraguei tudo... Acho que ele me odeia agora.
Posso fugir para Paris com você? A gente pode entrar em um barco e fazer uma volta ao mundo juntas.

Charlotte

Parte 2

DANÇANDO CONFORME A MÚSICA

CAPÍTULO 11

UNIÕES E CONFUSÕES

— IZZY, tem certeza de que não quer ir jogar basquete? Estamos precisando muito de mais um jogador para fazer um quatro a quatro – Avery implorou. – Além disso... seria muito útil ter os arremessos da famosa Isabel Martinez! – e soltou uma risada.

— Não dá, Ave – Isabel respondeu, lamentando por decepcionar a amiga. – Queria muito poder jogar, mas estou no comitê de decoração, esqueceu? Vamos transformar o ginásio no paraíso do Dia dos Namorados!

O último sinal tinha acabado de tocar, e Avery e Isabel estavam diante dos seus armários. Outros alunos corriam ao redor delas, abrindo armários, gritando para os amigos e apontando para os cartazes cor-de-rosa que Isabel havia feito para divulgar o baile.

— Sexta à noite... é música na veia, cara! – um aluno da 8ª série gritou para o amigo do outro lado do corredor. – Você vai?

O amigo concordou.

– É claro!

Isabel sorriu. Aquele seria mesmo um baile incrível. Todos estavam ficando muito animados! Ela não via a hora de ir fazer compras com a irmã.

Ela e Avery caminharam juntas pelo corredor, e Isabel parou em frente à porta da sala de artes. Quando a abriu, o cheiro de tintas misturado com cola branca e papel flutuou pelo ar.

– Este cheiro sempre estimula a minha criatividade – ela contou para a amiga.

Avery espiou dentro da sala. Todas as mesas compridas de madeira estavam vazias, menos uma, cheia de sacolas da papelaria local. Betsy as esvaziava com rapidez, procurando freneticamente alguma coisa.

– Tenho certeza de que comprei uma régua! – a chefe do comitê de decoração exclamou. – Como é que vamos ter certeza de que os corações estão simétricos sem uma régua?

– Existem réguas aqui na sala de artes – um garoto baixinho e moreno disse, erguendo uma para Betsy avaliar.

Betsy esfregou o dedo sobre a borda da velha régua de madeira.

– Está cheia de lascas.

Isabel segurou uma risada. Ela era completamente desorganizada no que dizia respeito a artes... Papéis, pincéis e tinta voavam para todos os lados, e ela nunca precisava de uma régua! Na verdade, lembrete para depois, ela teria que falar para Betsy que os corações ficariam mais legais se fossem todos em formatos e tamanhos diferentes e um pouco desalinhados. Mas ela só faria isso daqui a pouco, *depois* que Betsy se acalmasse.

– Você vai mesmo atacar as cestas com todo esse negócio cor-de-rosa?

Avery apontou para a pilha de serpentinas, bexigas, glitters e papéis metálicos cor-de-rosa e vermelhos que Betsy tinha arrancado das sacolas.

— Hoje não — Isabel garantiu à amiga atleta. — Hoje só vamos criar a decoração. Vamos colocá-la amanhã.

Avery deu alguns passos para longe da porta.

— Bem, isso aí é rosa demaaais para o meu gosto! Se você terminar logo, o Dillon e eu vamos precisar de você no basquete.

E, com um aceno, saiu para o ginásio.

— Ave, espere!

Isabel a seguiu pelo corredor e deixou a porta da sala de artes se fechar.

Desde o almoço do dia anterior, ela estava querendo conversar com Avery. Isabel torceu para que Charlotte tivesse comentado algo sobre Dillon (ela era tão melhor com as palavras!), porém a amiga estava triste demais por causa de Nick para prestar atenção em qualquer outra coisa.

— Escute — Isabel começou. — Preciso perguntar uma coisa para você e é meio... esquisito... mas... Acho que... bem, lá vai...

Ela respirou fundo.

— O que você sente pelo Dillon?

— Hummm... ele é meu amigo — Avery respondeu, olhando para Isabel como se a amiga tivesse duas cabeças. — Por quê?

Isabel olhou em volta para se certificar de que ninguém estava ouvindo.

— Você gosta dele, de *gostar* mesmo?

Avery encarou Isabel com uma expressão confusa no rosto.

— Gosto, todo mundo gosta do Dillon!

— Ahh — Isabel suspirou.

Aquilo seria mais difícil do que ela tinha imaginado. Avery Madden nitidamente não estava processando as sutilezas do romance. Isabel teria que ser direta para a amiga entender. Olhou em volta novamente para garantir que ninguém as ouvia.

— Izzy, tenho que ir – Avery disse com impaciência. – Os meninos estão me esperando.

E começou a se afastar.

— Só um minutinho, Ave. É importante.

Isabel abaixou a voz e seguiu Avery.

— Em poucas palavras, Ave, é o seguinte. A Maeve gosta do Dillon, tipo gostar de verdade, tipo sentir a maior paixão por ele – Isabel explicou. – Mas ele sempre prestou atenção só em você, então ela, bem, acho que ela está morrendo de ciúmes.

Avery pescou uma moedinha de dentro do bolso e a raspou na beira de um armário ao lado.

— Então é por isso que ela anda agindo daquele jeito esquisito perto de mim.

Isabel encolheu os ombros.

— É, acho que sim.

Ela ficou um pouco surpresa com a reação tranquila de Avery à situação, mas Avery era assim.

— Então, o que é que eu faço? – Avery rodopiou a moeda entre os dedos. – O Dillon é meu amigo. Não posso simplesmente parar de ficar perto dele!

— Não sei – Isabel suspirou satisfeita por ela finalmente ter dito alguma coisa. – Quem sabe conversar com a Maeve?

Avery concordou com a cabeça.

— Claro. Isso eu posso fazer. A gente não vai querer ver a nossa amiga Maeve choramingando no baile! Converso com ela depois. Preciso ir.

E saiu pulando pelo corredor.

Isabel voltou à sala de artes esperando que tivesse feito a coisa certa e imaginando se Avery tinha entendido como um triângulo amoroso poderia ficar complicado.

UMA DISTRAÇÃO

Isabel estava dando duro na pintura de um coração gigantesco de cartolina quando alguém familiar entrou lentamente na sala de artes.

– Kevin! – ela acenou.

Ele tirou um desenho de dentro da pasta e o pousou sobre a mesa ao lado dela.

– E aí? O que é que manda?

– Corações, corações e mais corações! – respondeu ela.

Os dois riram. A mesa de Isabel estava coberta de corações rosa e roxos de todos os formatos e tamanhos.

– Definitivamente, você está no meio de um festival de corações – Kevin comentou com um sorriso torto.

Isabel olhou por sobre o ombro dele. O garoto trabalhava em um retrato preto e branco de uma senhora sentada em uma cadeira de praia próxima ao mar. Havia uma fotografia colada em cima do desenho e a semelhança era incrível.

– O que você achou dessas ondas? – Kevin quis saber. – Estou tendo dificuldade para fazê-las, sabe... espumando... É para a minha avó – ele acrescentou um pouco constrangido. – Então, não zombe da minha espuma – ele brincou.

Isabel sabia que ele estava falando sério. A arte de Kevin significava muito para ele, por isso queria que as coisas saíssem como ele achava que deveriam sair. Da forma como ele as via dentro da cabeça.

– Já tentou uma borracha maleável? – Isabel encontrou uma dentro da mochila.

Parecia um rolo de chiclete cinza mascado, mas era o seu material de artes preferido. Quando ela não estava desenhando, podia torcer a borracha e modelá-la, como um pequeno pedaço de argila. Isabel mostrou a técnica para ele no canto de uma folha de caderno.

– Isto aqui é ótimo, Isabel – ele disse com o rosto se iluminando.

Enquanto Kevin trabalhava nas ondas, Isabel misturou as tintas para formar o magenta para o próximo coração de cartolina.

– Essa decoração não está fabulosa? Estou tão empolgada com o baile! Você vai? – ela perguntou, esperando a resposta "sim" que tinha ouvido nos corredores o dia todo.

Até passara o dia todo tendo uma visão na sua cabeça. Parecia muito simples: Kevin iria aparecer na sala de artes como ele fazia quase sempre depois da aula, os dois conversariam sobre o baile e, de alguma forma, acabariam indo juntos.

Mas não foi isso o que aconteceu.

Kevin abaixou a borracha e olhou para ela com uma expressão confusa.

– Isabel – ele disse. – Você não pode ir ao baile.

– Não posso? – ela respondeu sem entender.

– Não! – Kevin a olhou de um jeito estranho. – Não se lembra?... – ele perguntou.

– Lembrar do quê? – Isabel perguntou nervosa.

As suas mãos começaram a tremer quando ela pensou no que tinha esquecido, já que era tão importante que não a deixaria ir ao baile.

– Você sabe... a noite de artes no Recanto da Jeri – ele contou. – Você disse que iria.

MELHORES AMIGOS

— Cara, não acredito que não pudemos jogar basquete — Avery reclamou, andando até a casa dela junto com Dillon e os gêmeos Trentini. Eles tinham ido ao ginásio somente para encontrar todas as cestas erguidas contra o teto, em preparação para o baile da noite seguinte. Pior ainda: o zelador estava lá, varrendo, e não deixou que eles praticassem passes e dribles.

— É, fale sério! Eles não podiam esperar até amanhã para limpar a quadra? — Billy se queixou.

Uma brisa de inverno soprou em volta deles, fazendo com que as folhas das árvores oscilassem e tremessem a cada sopro. Entretanto, o ar continuava estranhamente quente.

— Se pelo menos nevasse! — Avery reclamou. — Eu ensinaria para vocês os truques de *skateboarding* que aprendi no Colorado...

A menina pegou uma pedrinha e a lançou contra a superfície de uma poça lamacenta.

— Bom — ela brincou —, acho que escrever uma redação sobre o meu poema preferido vai ser divertido também...

Dillon riu.

— Cara, você tem um poema preferido?

— Que nada — Avery deu um sorriso. — Vou ter que ligar para Charlotte para ela me ajudar a escolher um.

— O que é que deu na srta. Rodriguez para dar uma lição dessas? — Billy Trentini gemeu. — Ela nunca dá lição de casa no fim de semana.

Dillon se ajoelhou para amarrar o cadarço e disse:

— Os professores agem como se os alunos não tivessem nada melhor para fazer do que lição. Quero dizer, quando é que a gente se *diverte*?

Josh Trentini deu um pulo e tocou um galho que estava bem em cima da cabeça deles.

— Pois é. A gente deveria ter o direito de relaxar o fim de semana inteiro, sem precisar se preocupar em fazer mais coisas da escola.

— Josh, você só vai começar a redação na segunda-feira de manhã, então por que está reclamando, cara? – seu irmão gêmeo, Billy, o provocou e lhe deu um empurrão amigável.

Josh tropeçou em Avery, fazendo-a perder o equilíbrio por um instante.

— Ei! – ela gritou. – Cuidado, pessoal!

Os Trentini sorriram.

— Foi mal, tampinha – Josh disse, bagunçando os cabelos dela.

Avery olhou furiosa para os gêmeos que saíam em disparada pela rua, em direção à casa deles. Às vezes Josh Trentini a deixava muito irritada. Parecia que ele nunca ficava um dia sem lembrá-la que ela era verticalmente comprometida.

"Que idiota", Avery pensou, ajustando a mochila.

— Então, você vai ao jogo de basquete? – Dillon perguntou, chutando uma pequena pedra calçada abaixo enquanto os dois continuavam caminhando.

Avery se empolgou.

— O que vai ter na escola de ensino médio?

— É.

— Com certeza. Scott, meu irmão, disse que este ano eles vão conseguir chegar ao campeonato estadual.

Dillon abriu um sorriso para ela.

— Legal. Então, se você só pudesse escolher um esporte para jogar e tivesse que desistir de todos os outros, qual você escolheria?

— Oh – Avery pensou. – Essa é fácil. Futebol, é claro! E você?

Ela balançou o rabo de cavalo e olhou para o céu. Se não

nevasse, talvez eles conseguissem organizar outra partida de futebol. Só que dessa vez ela iria se certificar de que ninguém iria zombar de Maeve. Isto é, se ela quisesse jogar!

Dillon pensou por um momento.

– Não sei. Sei lá, mas acho que eu ficaria com o basquete. Quero dizer, consigo me ver perfeitamente como o próximo Michael Jordan.

Avery deu risada.

– Vá sonhando, cara.

Dillon a ignorou, como sempre.

– Mas, eu também curto muito futebol. Com certeza, sou melhor do que o David Beckham.

Avery o olhou como se ele tivesse duas cabeças.

– Em que mundo você vive, cara? O Beckham é único – ela o desafiou. – Mas talvez você até consiga ser companheiro de time dele ou coisa assim. Afinal, você sem dúvida é o melhor jogador da nossa liga.

Avery sorriu para Dillon. Acreditava que valia a pena dizer a verdade sobre as habilidades esportivas dos outros.

Os dois amigos cruzaram a rua, desviando de um menino de bicicleta tão ocupado com seu MP3 que não percebeu que estava prestes a transformar os dois em panqueca.

– Você acha mesmo, Ave? Será que consigo jogar com o Beckham? – Dillon, normalmente confiante, soou um pouco surpreso por Avery achar que ele era tão bom assim. – Mas... – ele olhou para ela, um sorriso malicioso no rosto –, escute só esta: Dillon Johnson, o maior arremessador do campeonato nacional de beisebol! – ele se gabou e jogou uma pedrinha para longe.

Avery o segurou pelo braço.

– Agora você já está começando a viajar.

Dillon se virou para ela e deu um sorriso meio bobo.

– E também sempre existe a possibilidade de eu me tornar faixa preta de décimo Dan no tae kwon do.

Avery revirou os olhos.

– Acho melhor você se concentrar primeiro em se formar no ensino fundamental.

Dillon encolheu os ombros:

– Ei, todo mundo pode sonhar, não pode?

Os dois caminharam em silêncio por um momento. Avery adorava aquela hora do dia, quando todos começavam a chegar da escola e do trabalho. Ela finalmente estava livre para pular, gritar e fazer o que quisesse. Aquele tempo quente a fazia ter vontade de sair correndo pelo resto do caminho até a sua casa.

– Vamos, Dillon! – ela gritou. – Eu ganho de você!

Ela correu, inspirando enormes golfadas de ar, pensando no que Isabel tinha dito: "Você gosta do Dillon, de gostar mesmo?"

Era muito agradável ficar com ele, que nunca parecia se importar com o jeito como ela se vestia ou com o que dizia. Os dois podiam simplesmente relaxar, como dois amigos.

"Isso quer dizer que eu *gosto* dele?"

De repente, sentiu uma mão no ombro.

– Devagar, cara!

Os dois pararam, apoiando-se contra o muro de uma loja. Dillon disse algo abafado por sua respiração pesada. Parecia: "Quer roubar comida?"

– Hã? – Avery perguntou. – O que você disse?

Dillon passou a mão nos cabelos loiros. Olhou para ela, os olhos se enrugando nos cantos. Ela endireitou o corpo.

– Avery, tem horas que você é uma mala. Eu disse: "Quer ir ao baile comigo?"

– Ao baile?

Dillon deu um soco de brincadeira no estômago dela.

– É, o baile do Dia dos Namorados. Você vai, não vai?

– É claro que vou – ela respondeu calmamente, mas, por dentro, estava tremendo.

"Ai. Nossa", Avery pensou. "O Dillon está me convidando para o baile. Ah, cara. Problema na Rua Beacon."

Maeve iria ficar uma fera se Avery aceitasse, mas como ela poderia dizer não? Dillon era o melhor amigo dela depois das GRB!

Balançando a cabeça para a frente e para trás, ela olhou para ele, o corpo inteiro se repuxando.

– Cara, eu não posso ir com você. Você tem que ir com a Maeve!

Dillon arregalou os olhos para ela, a boca aberta.

– Do que você está falando? – ele falou. – A Maeve não. Ela... bem, ela é muito, bem... ela não vai querer ir comigo! – ele gaguejou.

– Você é um tapado – Avery balançou a cabeça. – A Maeve está completamente apaixonada por você. Quero dizer, completamente mesmo.

– Completamente?

Ele pareceu preocupado.

Ela apoiou todo o peso do corpo em uma perna só e pôs a mão na cintura.

– Completamente, cara.

– Mas...

– Mas nada – Avery disse, fuzilando o amigo com os olhos. – A Maeve gosta mesmo de você, e de jeito nenhum eu vou ao baile com você. Ponto final. Ela ficaria completamente arrasada, e eu jamais seria capaz de fazer isso com uma das minhas melhores amigas. Então, você tem que chamar a Maeve para o baile.

Ela espremeu os olhos.

– Porque, se você não chamar... talvez eu tenha que entrar para outro time de futebol.

Dillon recuou com o brilho determinado nos olhos dela.

– Ahn... tudo bem... tudo bem, Avery. Não precisa surtar para cima de mim. Calma.

Ele sorriu e levantou as mãos.

A expressão de Avery se transformou quando um sorriso vitorioso se abriu no rosto dela.

– Então, você vai convidá-la. Certo?

Dillon confirmou:

– Vou. Claro. A Maeve é legal. Além disso, o Billy iria me pulverizar se você saísse do time. Você é a melhor centroavante que temos.

Avery sorriu, pois o alívio estava tomando conta do seu corpo. Ia ficar tudo bem.

– É isso aí. Acredite: você iria virar picadinho.

Os dois recomeçaram a andar sem dizer nada. Avery mordia o lábio inferior, de repente se sentindo muito esquisita com o que tinha acabado de acontecer. Ela tinha dito "não" a Dillon Johnson, o sr. Popular, e o feito prometer que levaria Maeve.

"Será que tem algo errado aqui?", Avery imaginou, enquanto Dillon encarava os próprios tênis. "Eu não estou apaixonada por ele, a Maeve é quem gosta dele, então ele tem que convidar a Maeve. Não é?"

– Bem, ahn... tenho que ir. Até mais!

Avery se virou e saiu correndo pela rua o mais rápido que conseguiu. Sabia que, se não fugisse naquela hora, acabaria dizendo algo estúpido. Além disso e se Dillon tipo... tipo... gostasse dela DE GOSTAR?

– Até mais! – Dillon gritou, enquanto ela corria para longe, os tênis batendo contra a calçada.

TODO MUNDO VAI

O pincel de Isabel pingava tinta magenta por todo o coração de cartolina e ela não estava percebendo.

– Eu sei da noite de artes no Recanto da Jeri, mas por que não posso ir ao baile? – Isabel perguntou, querendo que Kevin parasse de franzir a testa daquele jeito.

O que estava acontecendo?

– O Recanto da Jeri – ele repetiu. – Artesanatos do Dia dos Namorados.

– Tudo bem, sábado, 19 horas, não é? – Isabel insistiu.

Kevin havia lhe perguntado cerca de um mês atrás se ela poderia ajudá-lo a ensinar artes para criancinhas num abrigo. Mas o que aquilo tinha a ver com o baile?

– Não é sábado. É amanhã, sexta-feira, às 19 horas. – Kevin parecia irritado.

Ele ficava puxando a borracha até separá-la e depois a amassava para juntá-la de novo, mas o desenho dele continuava sobre a mesa intocado.

– O quê? Você nunca disse que era na sexta-feira!

O rosto de Isabel esquentou. Ela poderia jurar que era no sábado! Nunca teria prometido fazer algo na noite do baile do Dia dos Namorados.

– Sempre foi na sexta-feira – Kevin respondeu erguendo a voz. – Você disse que podia ir, então prometi que a gente estaria lá.

Betsy tirou os olhos da mesa, lá do outro lado da sala, onde tentava medir alguma coisa com uma das réguas nada perfeitas da sala de artes. Isabel a ignorou.

— Estou quase acabando estes corações aqui! – Betsy avisou e se virou quando viu a expressão de Isabel.

— Mas todo mundo vai ao baile! – Isabel protestou. – Todo mundo!

— Eu não vou – Kevin respondeu com a voz firme. – Fiz uma promessa e aquelas crianças estão nos esperando!

Isabel sentiu o estômago se retorcer. E seus cartazes? E a decoração? E a ida ao shopping com Elena Maria e as GRB naquela tarde? Tinha passado a semana toda pensando só nesse baile e, em questão de segundos, puf!, não iria mais?

— Eu... Eu... preciso ir – ela disse, recuando em direção à porta. – A minha irmã está me esperando.

— Isabel, você prometeu – Kevin gritou atrás dela.

CAPÍTULO 12

ÀS VEZES A GENTE PRECISA DE UM VESTIDO NOVO

QUANDO AVERY chegou à varanda de casa, sua respiração saía entrecortada. E não era só porque ela tinha corrido rápido o suficiente para ganhar de um leopardo. Dillon era legal: ele lhe dava cascudos, conversava sobre os Patriots, corria com ela até o refeitório depois da aula de ciências... Mas, de repente as coisas tinham mudado. Dillon a tinha convidado para ir ao baile. Ele queria ir com *ela*, Avery Koh Madden, que nunca havia pensado em ir ao baile com ninguém. Por outro lado, para ele parecia que estava tudo bem se fosse com Maeve também!

"Mas que mistureba, que confusão!", Avery pensou.

Pegou a chave de casa dentro da mochila, abriu a porta e entrou correndo no saguão principal, jogando a mochila no chão com estrondo. Sabia que a sua mãe a faria pegar a mochila do chão assim que a visse, mas, por ora, não queria se preocupar com isso.

Então, ouviu a música da mãe.

"Ah, não, o CD da Cyndi Lauper de novo, não!", Avery resmungou para si mesma.

Todas as cantoras preferidas da mãe, dos anos 80 e 90, pareciam precisar usar umas roupas mais folgadas e cair na real.

Avery subiu correndo em direção ao quarto da mãe e bateu na porta.

"Talvez a mãe possa me dar alguns conselhos sobre essa situação com o Dillon", pensou.

– Entre – a voz da mãe soou mais alta que os efeitos e a batida eletrônica.

– Vestido novo? – Avery perguntou, arregalando os olhos.

A mãe estava linda de morrer, como aquelas moças dos comerciais de televisão sobre produtos para cabelos.

A sra. Madden abriu um enorme sorriso para a filha.

– É, é novo, sim – virou-se para o espelho de corpo inteiro e olhou o reflexo. – Gostou?

– É legal – Avery admitiu no meio de um resmungo. – Mas comprou isso por quê?

– Às vezes, a gente precisa de um vestido novo! – a sra. Madden anunciou, como se a filha entendesse perfeitamente a sensação. – Vi na loja e não pude deixar passar. É perfeito para um jantar, você não acha?

"Um jantar!", Avery se lembrou.

O encontro secreto com o sr. Ramsey! Era por isso que a mãe tinha comprado aquele vestido. Era por isso que estava posando feito uma modelo na frente do espelho em um salto tão alto que até a fazia se desequilibrar.

– Claro, mãe. Ficou bom – Avery disse, recuando para fora do quarto.

Mentalmente, riscou a mãe da lista de pessoas com quem

poderia conversar sobre a situação Dillon-Maeve. Parecia que a mãe já tinha um caso romântico com que se preocupar... e Avery ainda não queria pensar nesse assunto. Pensar na sua mãe com o sr. Ramsey lhe dava dor de cabeça!

– Não se esqueça, querida! – a mãe gritou no corredor. – A irmã da Isabel vai chegar em meia hora para vocês todas poderem ir ao shopping fazer compras para o grande baile! Deveríamos tirar uma foto juntas quando você voltar. Duas lindas Madden!

– Hum... tudo bem.

Avery tinha se esquecido completamente do shopping. Na segunda-feira, Elena Maria havia se oferecido para levar todas às compras.

"Um vestido é a última coisa de que preciso agora."

Ela se trancou no quarto, fechou a porta e colocou uma música para tocar, alta o suficiente para abafar os sons da era dos dinossauros que a sua mãe estava ouvindo. Então, tirou Walter, sua cobra, de dentro do terrário. Walter sempre a fazia rir.

COMPLETAMENTE SOZINHA

Charlotte se arrastou da escola para casa. Nick tinha tentado conversar com ela de novo, mais de uma vez, mas ela não queria ouvir as desculpas dele. Aquilo só pioraria tudo.

Uma rajada de vento soprou em seu novo penteado à la garotaK e atirou as pontas perfeitamente enroladas contra seu nariz e seu queixo. O tempo quente parecia estar acabando e um leve friozinho no ar fez a menina pensar na neve.

"Talvez haja uma nevasca e eles cancelem a aula de amanhã", Charlotte pensou, acelerando um pouco o passo. "Se não tiver aula, não tem baile!"

Subiu até a Torre para verificar os seus e-mails antes de levar Marty passear. E lá estava uma mensagem de Sophie.

Para: Charlotte
De: Sophie
Assunto: Bisous

Charlotte, minha querida amiga!
Por favor, não chore. Talvez haja algum engano. O ano todo você ficou contando do Nick, Nick, Nick, e tenho a sensação de que esse menino não iria magoá-la sem um bom motivo. Estou brincando quando digo para você encontrar um menino mais bonito. Você deveria conversar com essa tal de Chelsea. Descubra a verdade. Ela está tentando roubar o Nick de você ou não? Minha mãe sempre me diz... como é mesmo? Mantenha a calma. Você é uma menina calma, muito forte e segura de si!
Encontrei esses vestidos na internet. Todos iriam fazer os garotos se apaixonar perdidamente por você!
Sinto dizer que não encontrei aquela gata má. Talvez ela tenha viajado para outro lugar. Ela é muito pentelha. Espero que ela escreva um livro sobre as viagens que está fazendo! Ou será que você pode escrever para ela?

Beaucoup de bisous,
Sophie

Charlotte apertou o botão de resposta e ficou olhando para a caixa de texto vazia. Não havia nada que ela quisesse dizer.

"Vou pensar em alguma coisa durante o passeio com o Marty", disse a si mesma e desceu até o quarto para procurar o amiguinho.

– Vamos, Marty – Charlotte cantarolou com sua voz mais alegre. – É hora de passear!

Marty ainda estava encolhido embaixo da cama dela. Para conseguir fazê-lo comer, ela tinha que deslizar as tigelas dele até aquela escuridão poeirenta. Parecia um bom lugar para ficar: em uma caverna, sozinho, onde ninguém poderia encontrá-lo, a não ser aqueles que ele mais amava.

Marty enfiou o focinho para fora da saia da cama e ganiu um pouco.

– Eu sei, prometo que voltamos logo.

Charlotte apanhou a guia dele e tirou um biscoito do bolso.

Marty a seguiu casa afora, até a rua, onde continuava ventando.

– Achei que o Nick gostava de mim – ela falou para o Marty enquanto os dois andavam rumo ao parque. – A Sophie disse que ele ainda gosta, mas ela está lá em Paris.

Os dois passaram por um portão onde restos de neve ainda se penduravam nas barras de metal. Marty foi trotando ao lado da menina, cabeça baixa, sem o menor interesse em farejar o portão. Charlotte suspirou.

– O que tem de errado com a gente, Marty?

NEM SEMPRE DÁ PARA TER O QUE A GENTE QUER

– Nham! Eu simplesmente adoro o chocolate quente da padaria! É o melhor do mundo, sem dúvida nenhuma.

Maeve tomou um gole da sua bebida preferida na sua padaria

preferida e abriu um sorriso para Riley, que estava sentado do outro lado da pequena mesa com um sanduíche e um copo de suco de laranja.

Maeve o observou batucar os dedos na superfície macia do lanche. "Será que ele está batucando o ritmo de uma música nova?"

– Chocolate quente, chocolate quente, o que eu faria sem você? – Riley cantarolou ao som da sua batucada de dedos.

Maeve riu e inspirou os aromas divinos de café, salgados fresquinhos e, é claro, chocolate quente. Ela quase conseguia se esquecer de que o baile era amanhã à noite e nenhum menino a tinha convidado para ir com ele. Ou que as outras GRB iriam ao shopping à tarde para comprar vestidos, mas ela teria aula de dança... a única atividade na sua vida agitada que ela não perderia por nada, nem para fazer compras!

Era incrível o que um cookie de chocolate giganorme e um chocolate quente podiam fazer por uma garota com tanta coisa na cabeça. Maeve se lembrou do vestido que vira na Rosa Formosa, com uma saia evasê em uma cor ousada que só as ruivas mais arrojadas eram capazes de vestir...

– Maeve?

Riley terminou o último pedaço de um sanduíche de presunto com picles especial da padaria.

– Hummm?

Ela se inclinou para a frente, esperando que ele criasse mais uma música engraçada ou coisa assim. Ou, quem sabe, eles pudessem conversar sobre a nova banda que ele tinha mencionado na escola. Bem, era por isso que ele tinha sugerido que ela viesse até ali com ele, certo? Mas, assim que ela o encarou, Riley começou a olhar para todos os cantos da padaria, menos para ela.

– O que você tem? – Maeve quis saber, notando que o rosto de

Riley tinha empalidecido de repente. – Não está passando mal nem nada, está?

Riley ergueu os olhos surpreso.

– O quê? Hã? Não! Não estou passando mal... Estou só... só... pensando.

– Que bom. Não queremos ninguém passando mal antes do grande baile – Maeve comentou, tomando outro longo gole do seu chocolate quente perfeitamente delicioso.

Ela tinha que admitir: Riley sempre parecia um pouco nervoso quando conversava com ela. Talvez fosse o jeito dele mesmo.

– No que estava pensando? – ela perguntou.

Analisando Riley por sobre a borda da caneca, não conseguiu deixar de notar como ele estava um verdadeiro gatinho naquela tarde. A camiseta verde-escura acentuava a cor dos olhos dele.

Riley se inclinou para a frente, cotovelo sobre a mesa.

– Maeve, ahn... Eu queria...

Antes que ele conseguisse terminar, ela se levantou com tudo da cadeira, com o rosto iluminado pela empolgação que não conseguia conter.

– Ai, minha nossa! É o Dillon!

Enfiou uma mecha de cabelo atrás da orelha e passou a ponta da língua sobre os lábios. Não daria certo abordá-lo com chocolate quente espalhado sobre a boca. Sem dúvida, nada legal.

– Vou pedir para ele se sentar com a gente.

"Afinal", Maeve pensou, "é o que o meu pai sempre diz: 'Se ainda não terminou, então não acabou'. Talvez eu ainda tenha chance... que alguém me leve ao baile e a gente dance!"

Ela riu da rima.

– Maeve, espere! – Riley exclamou, quando ela se afastava aos saltos.

Em sua animação, a menina não o ouviu chamar. Passando apressada pela porta da padaria, ela praticamente atacou Dillon, que cambaleou para trás, e o arrastou para dentro do estabelecimento.

— Dillon! — ela gritou, os olhos azulados brilhando. — Mas que surpresa! Por que você não se senta comigo e com o Riley para... uma refeição rápida?

Maeve adorava o som de "refeição rápida". Parecia algo que Audrey Hepburn, sua estrela preferida dos filmes antigos, diria.

— Hã? — Dillon fez, permitindo-se ser carregado para uma cadeira perto da de Maeve.

Riley murmurou:

— E aí, cara?

E bateu o punho fechado no de Dillon em um cumprimento.

Maeve não notou como os meninos pareciam perturbados. Sentou-se graciosamente, apoiou o queixo nas mãos e olhou para Dillon com uma expressão de deslumbramento no rosto.

— É tão bom ver você de novo, Dillon.

— Ahn, a gente acabou de se ver na escola, umas horas atrás — Dillon disse, arrastando a cadeira um pouco mais para longe da dela.

Maeve riu a sua melhor risada espirituosa de atriz, fazendo uma boa quantidade de clientes se virarem na cadeira para ver o que estava acontecendo. Tentou acalmar as batidas agitadas do coração.

"Muito bem, Maeve. Fique tranquila", ela disse a si mesma. "Finja que você é a Audrey em *Sabrina*: sofisticada, inteligente e misteriosa."

— Então... Dillon... o que o traz aqui? — ela perguntou, jogando os cachos ruivos para trás do ombro.

— Bem, eu só estava passando... — Dillon pausou, olhando em volta.

Riley estava com a maior cara feia. Tanto Maeve quanto Dillon notaram. Para que aquilo? Os dois deram de ombro ao mesmo tempo.

– Hum... – Dillon continuou – você me puxou aqui para dentro... então... quer ir ao baile do Dia dos Namorados comigo?

Maeve soltou um grito de satisfação e se chacoalhou na cadeira.

– Ah, minha nossa, Dillon! Eu simplesmente adoraria ir ao baile com você. Que gentileza a sua me convidar!

– Ótimo! – Dillon se levantou. – Vou indo nessa então...

De repente, Riley bateu o copo na mesa. Tanto Maeve quanto Dillon deram um pulo.

– Tudo bem? – Maeve perguntou. – Você não está parecendo normal, Riley.

– É, cara – Dillon concordou. – Você está meio estranho.

– Estou bem – Riley murmurou de um jeito tenso, mais uma vez olhando para todo lugar, menos para Maeve.

– Enfim – Maeve disse e, sem perder um segundo, recomeçou. – Dillon! Preciso ir comprar um vestido e vamos ter que acertar a cor da nossa roupa para não descombinarmos e você sabe que eu sou ruiva então vamos ter que tomar muito cuidado com a cor que vamos escolher para ir...

Dillon olhou em volta como um esquilo preso em uma gaiola, porém Maeve continuava tagarelando.

"Tralalá lalá lá", ela cantava só na cabeça. "Está tudo saindo exatamente como eu imaginei!"

– Bem, tenho que ir, Maeve – Dillon anunciou e se levantou de um pulo.

– Eu também! Acho que a minha mãe está lá fora esperando para me levar para a minha aula de dança. Melhoras, Riley – ela gritou e saiu correndo atrás de Dillon.

— Não estou doente – ele murmurou, depois se amontoou na cadeira e abriu um caderno surrado.

Pegou uma caneta e começou a escrever.

Letra nova para O Macaco Mostarda
Canção dos Namorados
por Riley Lee

Eu quero ir ao baile com você.
É impossível... outra garota não vou querer.
Vou ser o cara que você espera de mim,
É só ir ao baile e dançar comigo assim,
É, é só ir ao baile e dançar comigo assim.
Você e eu vamos dividir um chocolate quente.
Sou sempre verdadeiro quando todo mundo mente.
Não quero ver você com outro menino,
Você é meu mundo, meu destino!
Eu quero ir ao baile com você.
É impossível... outra garota não vou querer.
Você é a única que para sempre vou adorar,
Venha comigo e para sempre vamos dançar!
É, venha comigo e para sempre vamos dançar!

No carro, no caminho da padaria até a aula de dança, Maeve abriu o laptop.

— Mãe – anunciou –, o Dillon Johnson me chamou para ir ao baile do Dia dos Namorados! Tenho muita coisa para fazer! Preciso anotar tudo antes que eu me esqueça!

Maeve
Anotações

1. Comprar um vestido fantabuloso para o baile do Dia dos Namorados na Rosa Formosa.
2. Encontrar o sapato perfeito para o meu vestido fabulosissimamente rosa do baile do Dia dos Namorados. Será que um prata cai bem? Ou a minha cor preferida... rosa!? Muito combinadinho???
3. Encontrar os acessórios perfeitos. Não deixar de comprar um colar e brincos.
4. Levar o Dillon para fazer compras comigo para podermos combinar nossas roupas.
5. Estudar para a prova de matemática. Socorro!
6. Perguntar ao Riley sobre as músicas novas dele.
7. Rebatizar os porquinhos-da-índia. Napoleão e Josefina? Super-realeza!

CAPÍTULO 13

PALAVRAS DE SABEDORIA

AVERY SE DEITOU na cama, analisando o teto, com Walter enrolado em volta do braço. Havia uma pequena rachadura no reboco, lembrança de quando ela e os irmãos estavam jogando basquete dentro do quarto dela e Scott atirou a bola muito alto. A manobra arrancou um pedaço do teto, e a mãe colocou os três de castigo por um mês inteiro.

Como que por telepatia, Scott enfiou a cabeça dentro do quarto. Os cabelos bagunçados dele caíam sobre os olhos.

– Ei, cabeção. Música boa, hein? Quem é? Deixa ver... uma sensação adolescente com cara de bebê?

Avery deixou Walter se arrastar de volta ao terrário, abaixou o volume das caixas do MP3 e jogou um travesseiro no irmão.

– Quantas vezes tenho que pedir para você bater na porta antes de entrar, seu babaca?!

Scott pegou o travesseiro em pleno ar e o atirou de volta contra a irmã.

– Mas eu bati. Você é que não ouviu.

Avery deu de ombros, segurando o travesseiro entre os joelhos.

– Então, o que é que manda?

– Nada – Scott disse, apoiando-se no batente da porta. – E você? O que é que manda?

– Nem queira saber. Maior melodrama.

Assim que Avery disse aquelas palavras, a cena com Dillon inundou a sua mente. Será que tinha feito a coisa certa?

Scott entrou lentamente no quarto dela e se sentou na beirada da cama.

– Você está só na 7ª série. Não pode ser tão ruim assim.

Scott viu a expressão da irmã e, de repente, ficou sério.

– Olhe, se alguém estiver complicando as coisas para o seu lado, posso dar um jeito para você.

Avery riu e balançou a cabeça.

– Não, não.

Ela olhou para o chão e notou que havia um buraco na ponta da meia esquerda. O dedão saía pelo furo.

Scott agarrou o travesseiro e deu uma leve pancada na cabeça da irmã. Em vez de revidar, Avery simplesmente afastou o travesseiro e suspirou mais uma vez.

– Chega, Scott. Agora não.

– O que é que deu em você?

Ele se sentou ao lado dela e Avery ergueu o olhar, esperando ver um brilho provocador nos olhos dele. Mas Scott parecia mesmo preocupado. Ela sempre tinha conseguido conversar com ele normalmente, então, depois de respirar fundo, contou tudo ao irmão. Sobre Dillon, sobre Maeve e sobre o baile do Dia dos Namorados.

– Nossa! Que fita! – o irmão comentou depois que ela terminou a história toda.

– Eu não estava nem aí para ir com ninguém! – Avery exclamou. – Por que o Dillon teve que me chamar?

– Ele gosta de você, Ave, *é óbvio*.

Scott bagunçou os cabelos da irmã e sorriu.

– Todo mundo gosta de você!

Avery sentiu o sangue correr para o rosto.

– Foi coisa de traíra eu dizer não para ele?

– Ele vai superar. É só um baile e vocês vão se divertir muito. Minha irmã não é uma traíra.

– Obrigada – Avery disse com um sorriso chateado.

– Talvez meio tonta – ele continuou com um sorriso malvado –, mas traíra, não.

Scott pegou uma bolinha pula-pula verde neon de cima da mesa de Avery e começou a brincar sozinho.

– Então, quem é esse Dillon? Eu conheço esse cara?

– Ele é bem legal, eu acho. Você já deve tê-lo visto nos meus jogos. Ele tem umas jogadas incríveis no futebol... Ele se acha o Beckham – ela bufou.

Um dos cantos da boca de Scott se contorceu.

– E essa é a melhor qualidade dele, é?

Avery concordou com a cabeça.

– Ahn-hã.

– Você é muito estranha – ele disse com uma risada.

– Eu não gosto dele de gostar! – Avery protestou. – Acho que não gosto de *ninguém* desse jeito.

Assim que ela falou, a lembrança da neve e de um falcão girando no ar a fizeram recordar de seus últimos momentos com Jason, seu amigo no Colorado.

"Talvez eu até goste do Jason, mas não sei..."

Avery respirou fundo e continuou.

– Só quero sair por aí e me divertir. Por que todo mundo tem que ir ao baile com outra pessoa? Para que isso?

Scott jogou a bolinha para ela.

– Muito bem, vou dividir com você um pouco da grande sabedoria de quem já passou por isso.

– Você tem sabedoria?

Avery brincou com a bolinha em cima do criado-mudo.

– Mas é claro! Escute. Só me apaixonei pela primeira vez com 15 anos. É completamente normal, supernormal, nada de mais. Você não precisa gostar de ninguém e não precisa de uma companhia só porque todas as suas amigas têm alguém.

– É, acho que você tem razão – ela murmurou. – Mas e a Maeve?

Scott deu de ombros.

– Ela é uma boa menina, mas eu não entendo bulhufas do que ela faz. Ela vive no mundo do cinema. Tomara que ela reconheça que você desistiu do Dillon por causa dela.

Avery assentiu.

– Foi bem legal da minha parte, não é?

Um sorriso se abriu no rosto dela.

Scott deu um soco carinhoso no ombro da irmã e agarrou a bolinha pula-pula, jogando-a cada vez mais alto.

– Mas não é só isso o que está acontecendo – disse Avery e seu sorriso desapareceu. Ela havia prometido a Charlotte que não contaria a ninguém, mas... Scott merecia saber.

– Cara, você não estava de brincadeira quando falou em melodrama – disse Scott fazendo uma careta.

– Só que desta vez é sobre a mãe.

Scott congelou e a bola caiu bem em cima da cabeça dele, pulando sobre a bagunça de roupas e revistas em quadrinhos espalhadas pelo chão do quarto de Avery.

157

– O que é que tem ela?

– Ela está saindo com o pai da Charlotte – Avery disse, achando estranho o simples fato de dizer aquilo em voz alta.

– Você quer dizer a Charlotte Ramsey, a Charlotte que talvez também não tenha companhia para o baile?

Avery suspirou.

– É essa mesmo, isso aí.

Coçando o topo da cabeça de um jeito pensativo, Scott encarou o cobertor dos Patriots. Muito tempo atrás, Avery anunciou que, embora a sua mãe a houvesse forçado a ter uma cama bem feminina, com dossel nas extremidades e tudo o mais, ela pelo menos deveria ter um cobertor bem legal de futebol americano em cima da colcha de renda.

– Muito bem. Por essa eu não esperava. Ahn... como é que você sabe disso?

Avery se levantou e as palavras tropeçaram na sua boca.

– A Charlotte ouviu um recado que a mãe deixou na secretária eletrônica para o pai dela. Eles vão se encontrar no Le Bistrot Français na sexta-feira!

Avery observou os olhos de Scott se arregalarem.

– Está brincando?!

– Por que eu brincaria com uma coisa dessas? – Avery respondeu, jogando as mãos para o alto.

– Mas é aquele restaurante chique onde um copo de água custa 5 dólares!

Avery lançou um olhar para ele, as sobrancelhas se erguendo de um jeito zombador.

– E como é que *você* sabe disso?

– Levei uma menina lá uma vez. Tivemos que ir embora depois que vi os preços no cardápio. Maior vergonha, cara. A menina terminou comigo depois dessa. Disse que eu era mão de vaca.

Avery se lançou sobre as pilhas de coisas no chão, procurando a bolinha verde neon.

— A mãe também comprou um vestido novinho hoje e o estava experimentando quando cheguei em casa. É todo colado no corpo, preto, tipo aquelas coisas das celebridades que aparecem nas revistas de moda que a Maeve está sempre lendo.

— Hum — Scott rosnou.

Avery encontrou a bola e a jogou contra a cabeça do irmão.

— Então, Fonte de Sabedoria, o que a gente faz?

Scott pegou a bola com facilidade e deu de ombros.

— Vou fingir que não sei de nada. Quer dizer, o pai sai com a Andie o tempo todo. Por que a mãe não pode sair com quem ela bem entender? Não podemos controlar a vida dela.

Avery caiu de costas sobre a cama com um gemido. Encarou a rachadura no teto de novo.

— Mas ela não deveria pelo menos *contar* para a gente?

A voz musicada da sra. Madden chamou do pé da escada:

— A-ve-ry! As meninas chegaram!

— Tenho que ir... — Avery deu um abraço rápido no irmão. — As minhas amigas vão me arrastar para o shopping. Se eu não sobreviver, você cuida do Walter e do Sapônio para mim?

Scott passou os olhos pelos terrários que aconchegavam a cobra e o sapo de estimação da irmã.

— Pode deixar, cabeção. Divirta-se!

SEGREDOS NO SHOPPING

Charlotte passou a mão em um vestido de cetim cor de lavanda. O tecido tinha pequenos corações brancos bordados na cintura e no decote. Era lindo, e ela adorava qualquer coisa que tivesse a cor roxa, mas para quê? Lutou contra o nó na garganta, aquele que não ia embora de jeito nenhum.

– Charlotte, dê uma olhada nisto aqui! – Katani pediu. Estava com Avery, Isabel e Elena Maria ao lado de um cabide de vestidos verdes e amarelos. – Não acredito que eles arruinaram um corte tão perfeito com essas cores que são um insulto! Imaginem só isto aqui em violeta ou índigo. Ficaria perfeito.

Katani suspirou por causa da nítida falta de estilo do mundo.

– Ooh! – Elena Maria disse, apontando para o mesmo vestido lavanda ao lado do qual Charlotte estava. – Olhe só como ele valoriza a cor da sua pele, Charlotte. Você vai ter que experimentar este! Qual é o seu tamanho?

– Não sei, com vestidos assim... – Charlotte virou a etiqueta com o preço. – E é absurdamente caro.

– O que foi, Char? – Avery questionou.

Quando a amiga não respondeu, ela tirou o vestido do cabide e o ergueu, batendo os cílios uns nos outros.

– Eu não estou maravilhooosa? – imitou Maeve, fazendo Isabel e Katani caírem na risada.

Charlotte, porém, mal curvou a lateral dos lábios.

– Eu... acho que eu não vou – Charlotte sussurrou.

– O quê?!

Katani pegou o vestido das mãos de Avery e o jogou sobre uma pilha que crescia em cima de um dos braços dela.

– De jeito nenhum que uma das minhas GRB vai desistir desse baile! Todas nós vamos e nenhum menino vai nos impedir de nos divertirmos! É o poder feminino dominando!

Ninguém notou a expressão arrasada de Isabel. Elena Maria e Katani, com seus comentários sobre todos os estilos do mundo, estavam se divertindo demais para perceber alguma coisa.

"Como é que eu vou explicar a história do Kevin?", ela suspirou.

– Ei, Char – Avery interrompeu. – O Dillon me convidou, e eu disse que não! Eu não preciso ir com menino nenhum, então você também não precisa!

Isabel pareceu incomodada.

– O Dillon a convidou para o baile?

– Ahn-hã.

Avery endireitou o corpo o máximo que pôde para parecer mais alta, o que não adiantou muito.

– Eu pedi para ele convidar a Maeve, como você disse!

– Ah, não!

De repente, Isabel tinha algo a mais para se preocupar além de Kevin e do abrigo.

– Não foi isso o que eu disse, Avery!

– Não?

Avery se encolheu um pouco.

– O Dillon já convidou a Maeve? – Katani questionou.

Avery deu de ombros.

Charlotte correu a mão pelos cabelos. Ainda os usava soltos, enrolados nas pontas, como Katani havia lhe ensinado.

– Avery, se a Maeve descobrir que o Dillon a convidou só porque você pediu... digamos que não vai ser nada bom.

– Mas achei que ela ia ficar feliz! – Avery protestou.

Às vezes ela não entendia as amigas. Meninos, pelo menos, diziam o que queriam dizer e mantinham a palavra. E, se ficavam brabos uns com os outros, se agrediam um pouco, e pronto. Acontecia com os irmãos dela o tempo todo.

– Ela quer que o Dillon *queira* convidá-la para o baile – Isabel explicou pacientemente.

— Estou entendendo direito? — uma Elena Maria espantada interrompeu. — A paixão da Maeve a convidou para o baile, mas só porque essa *chica* doida aqui pediu isso para ele?

— Bem, talvez ele ainda não a tenha convidado.

Katani pegou o celular de dentro da bolsa.

— Você tem o telefone do Dillon? — perguntou para Avery, que se concentrou bastante para tentar lembrar os números.

Ela quase nunca ligava para ele, só mandava algumas mensagens de vez em quando.

Bem naquela hora, um toque de hip-hop avisou que havia uma mensagem nova no telefone de Katani.

```
lindinha: adivinhe só??!??!?!!!!? o dillon
me convidou pro baile! Conte pra todo mundo
pra mim!!! São joias prateadas ou douradas
c/ rosa? Esqueci. Tenho q ir, aula de dança.
```

Os dedos de Katani pareciam voar enquanto ela digitava uma resposta.

```
garotaK: parabéns! prateadas, mas não mta
coisa, o seu cabelo é o segredo. é pra
mostrá-lo. queríamos q estivesse aqui. <3
GRB
```

Katani passou o telefone para que todas pudessem ler.

— O que a gente faz? — Isabel perguntou.

Todas ficaram paradas. Uma vendedora se aproximou e perguntou:

— Posso ajudar?

Charlotte fez que não com a cabeça, depois sussurrou para o grupinho:

– Acho melhor fingirmos que não sabemos que ele convidou a Avery.

– Quer dizer... mentir? – Avery sussurrou.

– Bem, não é uma mentira tão grande quando é para salvar o orgulho de uma amiga – Elena Maria explicou. – Às vezes é preciso distorcer um pouquinho a verdade para evitar que os amigos se magoem.

Pensativa, Katani inclinou a cabeça.

– Será que vale a pena quebrar as regras da Torre por causa disso? – e citou de cor: – "Seremos leais a nossas amigas e não iremos mentir para elas, mesmo que cometam um erro ou façam algo muito constrangedor."

– Acho que a minha irmã tem razão desta vez – Isabel observou. – Não é bem uma mentira. Só não vamos contar uma coisa que talvez a deixe chateada. Talvez o Dillon goste dela *de verdade*, só não teve coragem de convidá-la para o baile.

– Sem chance! – Avery exclamou e Katani a olhou de um jeito sério. – Desculpe – ela disse. – Eu estraguei tudo, não é?

– Não se preocupe com isso – Charlotte lhe deu um abraço. – A sua intenção era boa, e é isso o que conta.

– Obrigada, Char – uma Avery agradecida disse com um sorriso.

Ela tinha *mesmo* feito uma coisa legal por Maeve.

Katani escolheu um vestido preto liso de um cabide próximo.

– Vamos todo mundo experimentar alguma coisa. Faz quase uma hora que estamos aqui e ainda não diminuímos nossas opções!

No provador, Charlotte encontrou um lindo vestido lilás abandonado em um cabide. Em anexo ao e-mail, Sophie tinha enviado fotos de vestidos em todos os tons de roxo. Sabia do gosto de Charlotte por aquela cor e tinha escolhido bem.

"Se a Sophie visse este vestido!"

Pendurado ali, sozinho e esquecido, o vestido parecia ter sido deixado especialmente para Charlotte. Tinha alças finas e cintura alta. O tecido acetinado caía em dobras onduladas como se fosse água fresca nas palmas da mão dela.

"Será que é do meu tamanho?", Charlotte imaginou.

Vestiu-o e deu uma voltinha em frente ao espelho. O vestido caiu perfeitamente, até brilhava quando ela rodopiava!

Ela saiu do provador e Katani aplaudiu.

– Temos um vencedor! Está perfeito, Charlotte. Eu não mudaria nadinha.

Katani não precisava experimentar nada. Havia costurado o próprio vestido, em tom de amarelo-ouro com frente única. Tinha começado a fazê-lo perto do Natal, com um tecido que os pais a deixaram escolher como presente, e então correu para terminá-lo quando ficou sabendo do baile. Agora, estava pendurado no seu armário, prontinho para ser usado.

Charlotte sorriu.

– Também amei, Katani. Acho que talvez eu *tenha* que ir ao baile – Katani tinha razão! Uma garota precisa aprender a se divertir sozinha.

Em seguida, Avery apareceu, beliscando a faixa preta que se pendurava de um vestido branco e liso.

– É muito menininha – Avery reclamou. – Todo mundo vai rir.

– Você está linda! – Isabel exclamou.

A faixa preta chamava atenção a cintura fina, e as manguinhas curtas mostravam os braços torneados.

— *Muy bonita* — Elena Maria concordou, batendo palmas.

Avery encarou o próprio reflexo no espelho, resmungando como eram ridículos esses vestidos cheios de babado e sem bolso nenhum. Entretanto, teve que admitir para si mesma que ela até que se sentia bonita. O vestido não era nem chique demais nem sem graça demais. Ela deu uma voltinha. A peça também era confortável.

— Ei, meninas! Olhem! Talvez dê até dê para eu jogar futebol com ele — ela gritou e mandou o agasalho para longe com um chute.

Elena Maria se apressou em levar Avery de voltar ao provador, avisando-a:

— Você vai estragar o vestido se não tomar cuidado.

— Desculpe.

Avery riu e olhou para Isabel. A amiga não tinha experimentado absolutamente nada!

— Vamos, Izzy. Eu experimentei uns seis vestidos. Sua vez agora!

— É — a irmã dela acrescentou. — O que é que você tem, *chica*?

Isabel só balançou a cabeça.

— Eu não... — ela começou.

— Não é por causa da sua mesada, é? — Elena Maria questionou. — Já disse que pode me pagar depois. Sem problema.

— Não... — Isabel hesitou. — Sabe, é o Kevin...

— Meninos de novo, não! — Katani ergueu os braços. — Precisamos fazer uma nova regra da Torre... Tipo... "meninos não são os donos do show!"

— Katani... — Charlotte começou.

— Brincadeira — Katani disse e colocou a mão sobre o ombro de Isabel. — Diga, o que aconteceu?

– Bem... Acho que eu fiz uma promessa para o Kevin... mais ou menos um mês atrás... que eu iria ao Recanto da Jeri com ele e ensinaria as crianças a fazerem uma arte para o Dia dos Namorados.

– Que demais! – disse Avery pulando dentro do vestido. – Você tem que ir!

– Mas um de nós confundiu as datas... e é na mesma noite que o baile – Isabel contou e caiu no choro.

– Ah, não...

Charlotte colocou os braços em volta de Isabel. Avery parecia horrorizada, e Katani caminhava na frente do espelho.

– Bem, você pode dividir o tempo! Ou ligar para o abrigo e remarcar. Talvez outros voluntários também estejam querendo ir ao baile...

Elena Maria estava calada, mordendo o lábio.

– Não! – Isabel soluçou. – Já pensei em *tudo* e não vai dar certo. É um evento especial e as crianças estão ansiosas. Se eu não for, o Kevin não vai conseguir mais ninguém...

– O Kevin não consegue lidar com um bando de crianças de 5 anos sozinho? – Avery questionou.

– Avery! – Katani colocou as mãos no quadril. – A questão não é essa.

– É – Charlotte começou. – A Isabel prometeu...

– Queria não ter prometido – ela sussurrou.

– Ei, não fale assim!

Elena Maria pegou a bolsa e segurou a irmã pela mão.

– Vamos, *mi hermana*. Primeiro vamos jantar alguma coisa. Depois, vamos para casa. A *mama* vai saber o que fazer.

Com a bolsa balançando no braço, a irmã mais velha de Isabel as levou para fora do provador.

CAPÍTULO 14

QUER SER O MEU PAR?

QUANDO CHARLOTTE chegou em casa, já eram 20 horas. Ela subiu a escada e colocou a cabeça para dentro do escritório do pai. Encontrou o sr. Ramsey digitando no laptop e Marty deitado encolhido aos pés dele, roncando de leve.

– Oi, pai – ela o cumprimentou com carinho. – Parece que o amiguinho está se sentindo um pouco melhor.

– É, ele saiu de baixo da sua cama quando sentiu o cheiro dos empanados de frango para o jantar – o pai riu. – Achou um vestido?

Ele olhou para Charlotte com uma expressão tão preocupada que a menina quis se jogar nos braços dele e contar toda a sua triste história.

Em vez disso, ela abriu a sacola e tirou de lá o brilhante vestido lilás.

– Nossa! Um arraso!

Ele sorriu e esticou o braço para tocar o tecido macio.

– Você vai roubar a cena amanhã à noite, com certeza!

O pai fez um sinal de positivo animado.

– Ah, pai, você sempre acha que eu sou a melhor – Charlotte provocou, mas se alegrou por dentro. – Estou indo lá para a Torre. Só queria avisar que já cheguei.

Charlotte se abaixou para acariciar a cabeça de Marty antes de se dirigir à sua escrivaninha.

– Espere – o pai pediu quando ela se virou para ir. – Você recebeu um monte de telefonemas hoje à tarde. O Nick Montoya está querendo conversar com você. Será que não é melhor ligar para ele?

O pai ergueu uma sobrancelha, mas Charlotte só balançou a cabeça e saiu do escritório.

Aquela sensação esquisita de solidão voltou com tudo, bem quando ela achou que a tinha vencido.

"Por que será que ele está ligando agora?", pensou, subindo correndo para a Torre, com Marty a seguindo de perto.

Ao chegar à escrivaninha, primeiro abriu a gaveta de chocolates, mas então se lembrou de que ela e Avery tinham acabado com a barra de caramelo. Tudo o que ela tinha eram alguns bombons de amêndoas que haviam sobrado depois de uma noite das GRB lá. Ao ligar o computador, Charlotte abriu um dos bombons e jogou o chocolate levemente crocante dentro da boca.

Uma nova mensagem.

"A Sophie deve ter escrito para mim de novo!", Charlotte suspirou aliviada enquanto abria o programa de e-mails. Seria muito útil ter um pouco da sabedoria e esperteza da sua amiga francesa naquele momento!

Seu coração saltou: o e-mail não era de Sophie.

De: Nick
Para: Charlotte
Assunto: Desculpas

Charlotte,
Espero que você leia isto!!! Estou lhe devendo desculpas enormes por causa do outro dia de manhã. Sabe, quando pedi para você se encontrar comigo na padaria, esqueci que já tinha prometido para a Chelsea que iríamos nos encontrar e trabalhar no projeto para o *Sentinela*. Aí, saí correndo quando ela ligou lá da escola perguntando onde eu estava. Parece uma desculpa esfarrapada, eu sei... Eu deveria ter ligado ou mandado uma mensagem para você, mas estava tão atrasado para o compromisso com a Chelsea... e, de qualquer forma, achei que a veria na escola. Mas não vi.
Sou péssimo em pedir desculpas, mas, tipo, sinto muito... e vou entender se você não quiser mais falar comigo.

Do seu amigo,
Nick

P.S.: O seu cabelo estava legal hoje.

No fim do e-mail, Charlotte estava com um enorme sorriso no rosto.

"Que idiota que eu fui por ficar ignorando o Nick!", ela percebeu. "Ele não fazia a menor ideia de que eu estava arrumada só para convidá-lo para o baile."

Normalmente, não havia problema nenhum se um dos dois não aparecesse na padaria. Mas ela não havia lhe dado a chance de se explicar, pois tinha certeza de que ele estava gostando de Chelsea. Aquele baile estava deixando todo mundo louco!

Então, um pensamento se destacou acima dos outros.

"Ele prestou atenção no meu cabelo!"

Charlotte sorriu para Marty.

– O Nick Montoya gostou do meu cabelo! O que acha disso, sr. Marté?

Ela pegou o cachorrinho no colo, Marty esticou a língua e lambeu a ponta do nariz da menina. Charlotte deu umas risadinhas.

– Vou aceitar isso como um "muito lindo, querida" – ela disse, limpando a lambida no nariz.

Então, o telefone tocou. Charlotte ouviu o leve som vindo de lá de baixo e em seguida o batuque do calçado do pai subindo até a Torre.

Um nó começou a crescer na garganta dela. Charlotte sentiu que estava à beira de algo incrível, estranho e fantástico, tudo ao mesmo tempo.

"Se for o Nick, o que é que digo para ele?"

O sr. Ramsey entregou o telefone para a filha.

– Tem um jovem cavalheiro querendo conversar com você – ele disse em tom formal, então se virou para ir embora.

– Está certo. Obrigada, pai.

Charlotte engoliu em seco, lutando para evitar que ondas de animação atacassem a sua voz.

– Charlotte? – a voz de Nick ao telefone estava branda, gentil.

Charlotte achou que poderia continuar parada ali e ouvir Nick dizer o seu nome mais uma vez para ficar feliz.

– Charlotte, você está aí? – ele disse de novo.

Ela sorriu.

– É, sou eu.

Ele ficou em silêncio por um tempinho, ela o ouvindo respirar.

– Hummm – ele disse finalmente. – Recebeu o meu e-mail?

– Recebi.

Charlotte se apoiou no parapeito, com o telefone sem fio em uma das mãos, observando os carros passarem na rua logo abaixo.

– E, tudo bem, eu estava sendo uma idiota mesmo. Achei que... bem, não importa! – ela riu e Nick riu junto.

– Charlotte?

– Oi, Nick?

– Senti muita falta de conversar com você nesta semana. Você, bem... você é muito... especial... interessante. Sabe.

– Especial? E interessante?

Ela gostou do jeito como aquelas palavras soaram.

– É, você, bem... você entendeu. Talvez pareça meio estranho, mas às vezes acho que você me conhece melhor do que ninguém. Você tem essa coisa de aventura que eu tenho... – ele gaguejou, buscando as palavras certas.

– Sério? – Charlotte se encolheu, com os joelhos apoiados contra o peito.

– É... é difícil explicar... – a voz de Nick foi falhando.

– Acho que sei o que você quer dizer – Charlotte respondeu, sentindo saírem todas as palavras que tinha guardado por tanto tempo. – Eu gosto de conversar com você... Porque sei que você me escuta e que você é, tipo, muito interessante e diferente da maioria dos meninos.

Os dois riram de novo. Dessa vez, foi uma risada relaxada, e não nervosa.

– Sabe, não é engraçado o que esse baile do Dia dos Namorados está fazendo com todo mundo? – Charlotte brincou, e todas as preocupações sumiram. – Quero dizer, a Betsy vai com o Yurt, a Isabel não pode ir, a Maeve está ficando maluca e... Bem, acho que eu estava dando uma de maluca também.

– Tudo bem – Nick a acalmou. – Aproveitando o assunto, será que podemos ir juntos ao baile? – ele perguntou. – Tentei convidá-la a semana toda e, não sei por que, com toda essa loucura, eu nunca conseguia.

– Jura? – a voz de Charlotte saiu alta.

Ela sorria tanto que não conseguiu se conter.

– Juro – ele garantiu.

– Ah. Certo, tudo bem. Quero dizer, claro, é *claro* que vou ao baile com você!

Charlotte se sentou direito e se inclinou para a frente, apoiando o telefone contra o ombro. Agora parecia tão ridículo e bobo o medo que ela tinha sentido de conversar com Nick!

Nick riu.

– Legal! A que horas eu passo aí para a gente ir caminhando até o baile, então?

– Ah, qualquer hora...

Charlotte mudou o telefone para a outra orelha.

– Que tal 18h45? As GRB vão todas vir para a Torre antes, para se aprontar, depois um grupinho vem para cá para irmos caminhando até lá.

– Tudo bem. Ótimo.

– Certo, a gente se vê então? – Charlotte perguntou.

– Isso. Até amanhã então?

– Até.

Charlotte segurou o telefone contra a orelha alguns momentos antes de ouvir o clique, então se levantou com tudo.

– Issoooo! – gritou no meio do quarto vazio.

Marty deu um pulo e latiu algumas vezes. Charlotte o pegou no colo e girou algumas vezes com ele.

– Vou ao baile com o Nick! – ela cantarolou e o amiguinho latiu. – Eu tenho um par para o baile!

Então, beijou Marty bem no focinho, sem se importar com o cheiro salgado do cachorro.

PROMESSAS A CUMPRIR

Isabel e Elena Maria abriram a porta e sentiram o acolhedor aroma de *tortillas* fritas. *Mama* e tia Lourdes estavam sentadas juntas na cozinha, rindo e ouvindo rádio. Fazia dias que Isabel não via a sua mãe tão animada. Ela tinha esclerose múltipla, o que às vezes dificultava muito os movimentos dela. Era um desses dias. Ela estava sentava na cadeira de rodas enquanto a tia virava as *tortillas* fritas, porém a sua risada era sincera e feliz.

– Chegamos! – Isabel e Elena Maria disseram em coro e saíram correndo para dar um enorme abraço na mãe.

A sra. Martinez deu um beijo na bochecha de cada uma das filhas.

– Chegaram na hora! As *tortillas* estão quase todas prontas.

– Ah, *mama*, já comemos...

Elena Maria tocou os cabelos negros da mãe com uma das mãos.

– Então comam de novo! – tia Lourdes sorriu e empurrou um prato coberto de *tortillas* na direção da sobrinha mais velha.

– Ah, tia Lourdes...

Elena Maria olhou para Isabel com um brilho travesso nos olhos.

– Estou tão entupida de pizza, mas com certeza a Isabel vai querer uma. Não quer, Izzy?

Elena Maria sabia que a tia iria ficar uma arara porque as sobrinhas tinham preferido pizza às suas *tortillas*.

Entretanto, Isabel não estava no clima das brincadeirinhas de Elena Maria e disse por entre os dentes cerrados:

– Também não estou com muita fome.

– Bem – a tia respondeu com a voz ressentida –, eu fiz o suficiente para quatro pessoas.

Então, repreendeu as meninas.

– Quantas vezes vou ter que dizer? É para telefonar se mudarem de planos. Nós pagamos o celular, não pagamos? Não é para ficar conversando com meninos, é para ligar para a sua tia e para a sua mãe que estão aqui feito escravas na cozinha, preparando as *tortillas* preferidas de todo mundo!

Colocou as mãos na cintura e fuzilou as sobrinhas com os olhos.

– Então, o que vocês têm a dizer? Que comeram pizza?

– Sinto muito, tia Lourdes – as duas se desculparam em uníssono.

Tia Lourdes ficava completamente fora de si, em especial quando a questão era pizza versus *tortillas*. Na cabeça dela, não havia comparação. Isabel teve que morder o lábio para evitar rir. E passou os olhos pela irmã, que fazia o mesmo.

– Lourdes...

Mama ergueu a mão para acalmar a irmã mais velha e então olhou bem nos olhos de Isabel.

– Isabel, querida, deixe-me ver o seu vestido.

Isabel balançou a cabeça lentamente e lágrimas começaram a escorrer pelo canto dos olhos. A sra. Ramirez olhou para Elena

Maria com uma expressão que parecia dizer: "O que você fez para a sua irmã?"

– Conte para a *mama*, Izzy. Conte sobre a sua promessa.

Elena Maria deixou a bolsa em cima da mesa, ao lado do prato intocado de *tortillas,* e começou a ir em direção à porta.

– Que promessa? – tia Lourdes perguntou, de repente alerta.

– Tia Lourdes – Elena Maria interrompeu –, a senhora acha que pode ir me ajudar lá no quarto com o vestido novo que eu comprei? Acho que precisa fazer a barra.

Lourdes hesitou por um segundo, olhando de uma irmã para outra. Então, disse:

– Ah, é claro, Elena Maria. Vou só tirar o avental.

"É isso que é legal na tia Lourdes", Isabel pensou, sentando-se ao lado da mãe.

A tia podia ser rígida e meio mal-humorada de vez em quando, mas era enfermeira e adorava cuidar das pessoas, especialmente da família. As irmãs sabiam que, a qualquer momento que pedissem, a tia deixaria tudo de lado para ajudá-las, mesmo que fosse só por causa de um mero vestido.

Isabel lançou para a irmã um sorriso agradecido enquanto Elena Maria segurava a tia pelo braço e desaparecia para dentro do quarto que dividia com Isabel.

– Então, *mi hija*, qual é a promessa que você fez?

A mãe olhou para a filha caçula com um sorriso simpático.

Enquanto Isabel explicava sobre Kevin e o baile, a mãe recheava uma tortilla com frango e legumes que fumegavam em uma vasilha separada.

– *Mama*, eu tenho que ir a esse baile! – Isabel chorou, secando o nariz com as costas do braço. – Todas as minhas amigas vão e eu fiz os cartazes e a decoração e...

– E você não tem vestido – a mãe observou.

Isabel fez que não com a cabeça.

– Mas posso pegar emprestado um dos vestidos da Elena Maria. Foi ela quem disse.

– A questão não é essa. Você não vai pegar vestido nenhum emprestado – a mãe disse com delicadeza. – Já tomou a sua decisão, não foi? Você deu a sua palavra. E esse menino... O Kevin... Ele não está contando com a sua ajuda?

Isabel apoiou a cabeça no ombro da mãe.

– Mas...

Mama balançou a cabeça uma vez com um sorriso nos lábios.

– Você é minha filha, é responsável. Sabe qual é a coisa certa a fazer.

– Eu sei, *mama*, mas é tão difícil! Todas as minhas amigas vão estar lá e eu queria muito ir. Foi uma confusão com as datas... não é culpa minha!

Apoiou a cabeça no ombro da mãe de novo.

– Eu sei – a mãe afirmou, dando uns tapinhas no braço da filha. – Mas ir a um baile não vai tirar o sentimento ruim que vai ficar dentro de você por ter quebrado uma promessa que fez a um amigo.

Isabel compreendeu, então, o que teria que fazer.

De: Isabel
Para: Kevin
Assunto: Aula de artes

Kevin,
A gente se encontra no abrigo na sexta-feira. Obrigada por me convidar para ajudar e sinto muito por ter ficado tão chateada na sala de artes... mas é que eu achei mesmo que era no sábado. ☹ Ah, tudo bem. As crianças vão ficar muito felizes e é isso o que importa.

Até amanhã,
Izzy

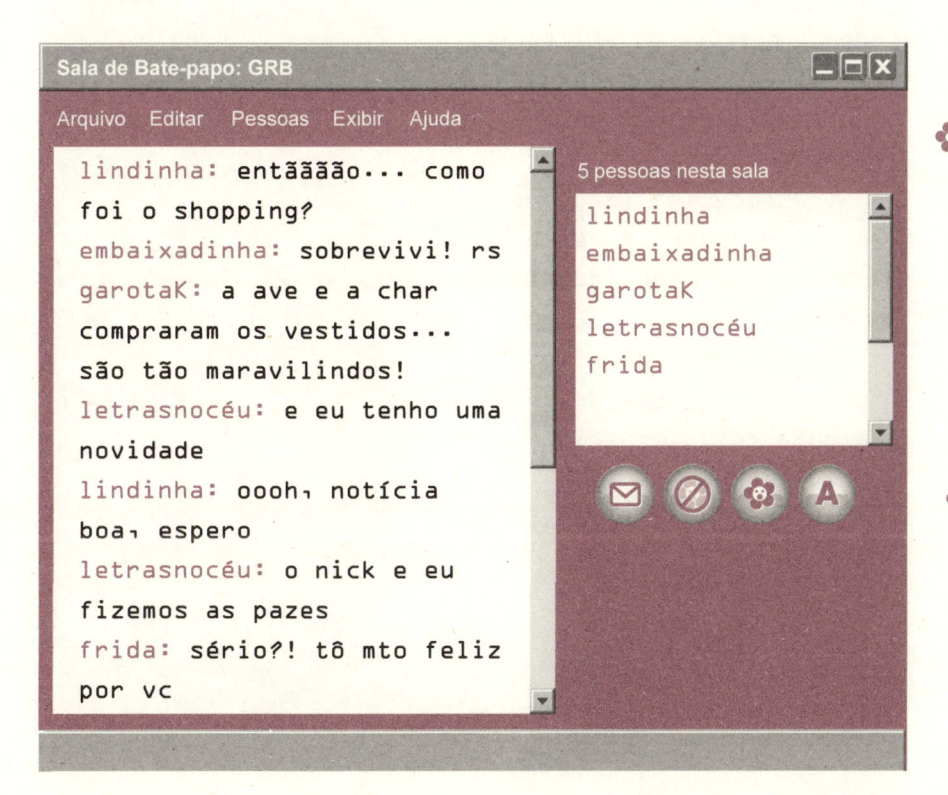

Sala de Bate-papo: GRB

Arquivo   Editar   Pessoas   Exibir   Ajuda

lindinha: entãããão... como foi o shopping?
embaixadinha: sobrevivi! rs
garotaK: a ave e a char compraram os vestidos... são tão maravilindos!
letrasnocéu: e eu tenho uma novidade
lindinha: oooh, notícia boa, espero
letrasnocéu: o nick e eu fizemos as pazes
frida: sério?! tô mto feliz por vc

5 pessoas nesta sala
lindinha
embaixadinha
garotaK
letrasnocéu
frida

Sala de Bate-papo: GRB

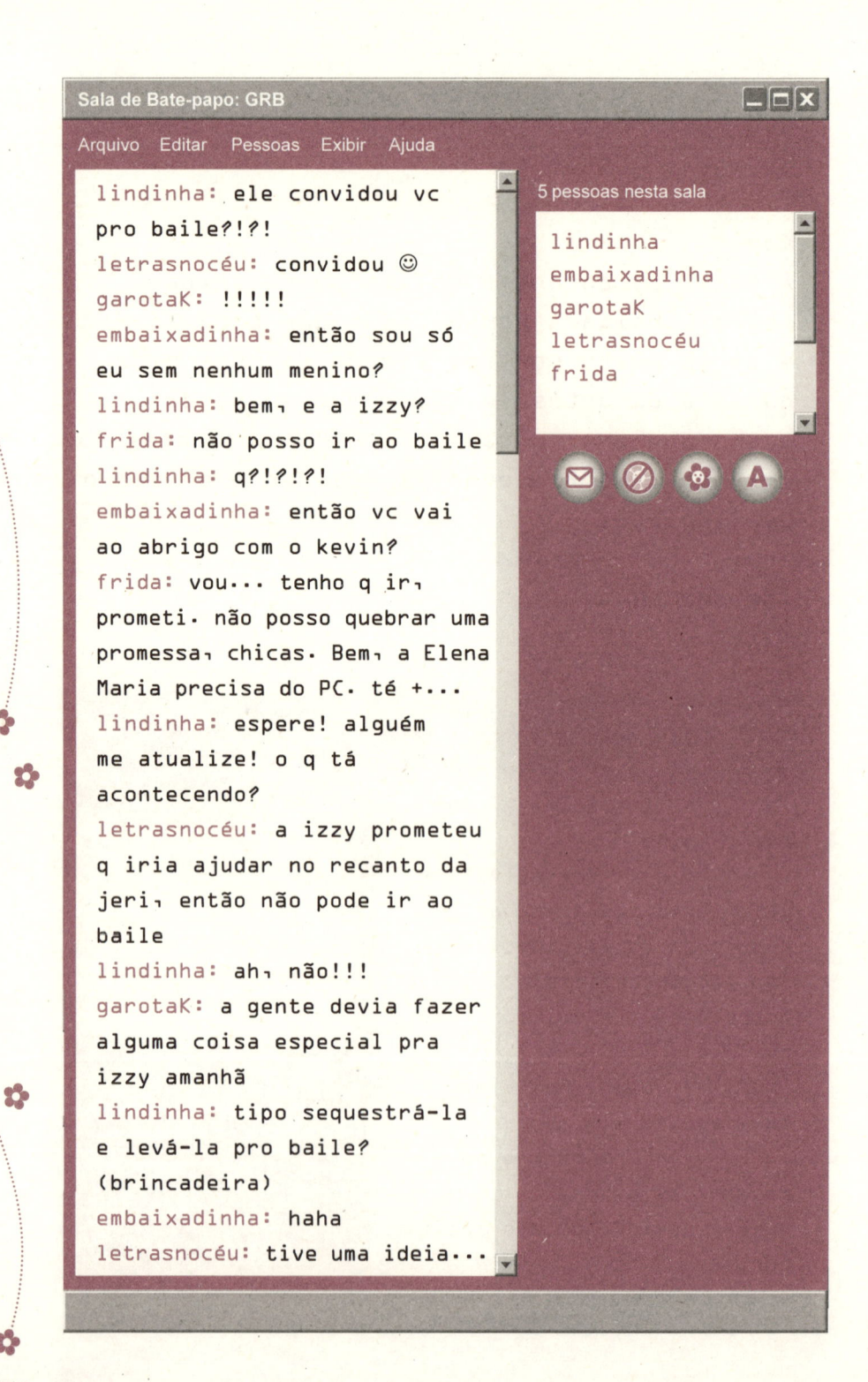

Arquivo   Editar   Pessoas   Exibir   Ajuda

5 pessoas nesta sala

lindinha
embaixadinha
garotaK
letrasnocéu
frida

lindinha: ele convidou vc pro baile?!?!
letrasnocéu: convidou ☺
garotaK: !!!!!
embaixadinha: então sou só eu sem nenhum menino?
lindinha: bem, e a izzy?
frida: não posso ir ao baile
lindinha: q?!?!?!
embaixadinha: então vc vai ao abrigo com o kevin?
frida: vou... tenho q ir, prometi. não posso quebrar uma promessa, chicas. Bem, a Elena Maria precisa do PC. té +...
lindinha: espere! alguém me atualize! o q tá acontecendo?
letrasnocéu: a izzy prometeu q iria ajudar no recanto da jeri, então não pode ir ao baile
lindinha: ah, não!!!
garotaK: a gente devia fazer alguma coisa especial pra izzy amanhã
lindinha: tipo sequestrá-la e levá-la pro baile? (brincadeira)
embaixadinha: haha
letrasnocéu: tive uma ideia...

CAPÍTULO 15

O COMITÊ DE DECORAÇÃO

DEPOIS DA ESCOLA, na sexta-feira, Isabel apareceu na sala de artes para dar uma olhada na pilha gigante de corações de cartolina.

"Todo este trabalho... e não vou poder ir ao baile."

Embora ela soubesse que honrar uma promessa era a coisa certa a fazer, Isabel não conseguia deixar de sentir pena de si mesma.

Betsy já estava lá, é claro, queixando-se sobre uma montanha emaranhada de serpentinas rosa-choque.

Isabel pegou um punhado de corações.

– Vou levar isto aqui para o ginásio – avisou.

– Ahn-hã – Betsy murmurou. – Tome cuidado – pediu, enquanto Isabel saía.

"Coitada da Betsy", pensou Isabel, balançando a cabeça.

Ela estava mesmo ficando obcecada com a medição do comprimento de cada serpentina.

Isabel abriu caminho pelos corredores, desviando de montes de alunos que estavam por ali conversando sobre... o que mais poderia ser? O baile.

– Ooh! Posso pegar um?

Henry Yurt veio dançando atrás de Isabel, tentando pegar o coração roxo de cima.

– Não!

Isabel puxou as suas criações para longe do palhaço da turma.

– São para o baile.

– Dã... A Betsy pediu para eu ajudar a montar tudo. Então, posso pegar um?

Isabel suspirou.

– Só não amasse nem nada. Trabalhei duro nisto aqui.

– Oba!

Henry ergueu o coração e comemorou.

– Cara, olhe só, ganhei um coração roxo!

– Henry, é melhor você tomar cuidado, senão vou dedurá-lo para a Betsy.

Isabel quase gargalhou quando viu a expressão apavorada do colega.

– Ah, não faça isso, Isabel – ele se ajoelhou e apertou o coração roxo contra o peito. – A Betsy é a minha companhia para o baile – ele argumentou.

– Yurt – Isabel riu –, por que você não entra para o clube de teatro? Eles precisam de uns patetas feito você.

Isabel saiu apressada, e Henry a seguiu como um cachorrinho pelo corredor. A primeira coisa que ela ouviu quando se aproximou do ginásio foi uma batida de hip-hop e risos que pareciam muito, muito familiares.

– As GRB! – ela berrou, quando passou rapidamente pela porta.

Lá estavam Maeve, brincando com as configurações de um aparelho de som, e Katani, estudando as paredes do ginásio com um olhar matemático. Avery atirava uma bola de tênis contra a parede enquanto Charlotte ficava de olho na porta. Quando Isabel entrou, Charlotte se aproximou correndo e pegou a pilha de corações pintados.

– O que é isso tudo, Char? – Isabel perguntou tão assustada que conseguiu derrubar a maioria dos corações no chão em vez de entregá-los à amiga.

– Eu pego!

Katani apanhou um do chão e o ergueu, girando-o lentamente. Charlotte segurou na mão de Isabel.

– Viemos ajudá-la na decoração, Izzy! Não é justo que você tenha que fazer todo esse trabalho e depois não vir ao baile! Então, a Maeve trouxe a música e nós vamos fazer o nosso bailinho de decoração.

Nesse instante, Henry Yurt entrou com tudo pela porta, seguido por alguns outros alunos que carregavam sacolas de compras cheias de materiais.

– Ei! Que música legal!

Ele abriu um sorriso, tirou um rolo de fita-crepe do bolso e colou seu coração roxo próximo à porta. Não conseguia alcançar muito mais alto.

– As pessoas vão derrubá-lo se você o colocar aí, Henry – Katani observou e o moveu mais para cima com facilidade.

Mestre Yurt deu um pulo e tentou agarrá-lo, mas não conseguiu alcançar.

– Ei, esse coração roxo é meu!

– Vamos, cara – um de seus amigos chamou, pousando a enorme sacola no chão do ginásio. – Tem mais 1 tonelada de coisas lá na sala de artes.

Os meninos saíram e Maeve foi correndo para ver o que havia dentro das sacolas.

– Ooh, olhem! Serpentina! Glitter, uns recortes de cupido... – e ela espalhou tudo pelo chão enquanto Katani procurava uma fita-crepe, tesoura e barbante. – Ao trabalho, meninas! – anunciou Maeve.

Em questão de minutos, o ginásio parecia uma colmeia em atividade.

A certa altura, Isabel se esticou e abraçou Charlotte.

– Não acredito que vocês decidiram fazer isto. Eu tenho as melhores amigas do mundo!

Vinte minutos depois, quando Betsy finalmente chegou ao ginásio com a última sacola de decorações e um caderno detalhando exatamente onde cada serpentinazinha e cada coraçãozinho deveriam ser colocados, ela parou de repente.

– O que está acontecendo aqui?! – ela exclamou.

Henry correu até ela.

– Betsy, o comitê realizou o seu desejo. Este lugar vai ficar demais. Olhe só!

Maeve dançava ao som da sua música preferida com uma pulseira de fita-crepe no pulso e entregava voltinhas de fita para Charlotte, que estava em cima de uma cadeira colando corações e cupidos por todas as paredes conforme as orientações de Katani. Avery estava no meio da quadra com um rolo de serpentina rosa. Espremendo os olhos para acertar bem o alvo, enrolou a ponta da serpentina em sua bola de tênis e a atirou para o alto, dentro da cesta de basquete. Um foguete rosa levantou voo e caiu do outro lado.

– Olhos de águia! – gritou e saiu correndo para pegar a bola de tênis.

De maneira irregular, serpentinas se penduravam em volta de todos os aros.

– Betsy! – Isabel correu até ela com os olhos brilhando. – Não é maravilhoso? Estamos quase acabando!

Muda, Betsy balançou a cabeça e abriu o caderno.

– Mas, mas... Eu tinha planejado tudo! As serpentinas são para as portas! E os corações deveriam ficar em um *padrão alinhado* em cima das arquibancadas! Até consegui a chave do armário do zelador para pegar uma escada!

– Calma, garota! – Katani riu. – Vai ficar ótimo.

Charlotte desceu da cadeira e foi correndo até o monte de mochilas ao lado do aparelho de som.

– Sei exatamente do que você precisa, Betsy!

Ela voltou com um pacote de balas de peixinho em uma mão e um de confeitos de chocolate na outra.

– Um lanchinho!

Rindo, Maeve pegou um punhado de balas de peixinho.

– Você tem razão, é exatamente disso que eu estou precisando!

Betsy olhou para os doces de um jeito suspeito.

– Bem, pode ser... Acho que os corações estão bons... mas temos que fazer *alguma coisa* em relação àquelas serpentinas!

– Esse é só o primeiro passo! – Avery protestou quando Betsy se encaminhou para o armário do zelador, buscando uma escada. – E se eu tivesse usado uma bola de basquete?

Todos riram, inclusive Betsy.

Isabel olhou para as amigas à sua volta.

– Vocês são incribilíssimas! – exclamou e então girou em círculos quando uma música nova tocou no rádio. Aquele era o melhor baile de decoração do mundo!

AS PRINCESAS DA TORRE

Naquela noite, Charlotte estava no meio da Torre com Katani e Avery. Katani estava absolutamente fabulosa no vestido amarelo de frente única que ela mesma tinha costurado e cujo decote havia enfeitado com contas. Avery usava seu vestido branco com a faixa preta, simples, mas elegante. Charlotte girava em frente ao espelho, admirando aquela perfeição lilás que reluzia com os pequenos arco-íris de luzes à medida que ela se movia.

– Meninas, as GRB estão um arraso hoje! – Katani anunciou.

– Somos como princesas se preparando para uma noite de gala!

Charlotte riu. Nick chegaria em meia hora, com um bando de amigos, mas era principalmente o fato de vê-lo novamente que a deixava naquele estado febril. Tinha conversado com ele na escola, é claro, durante todo o horário do almoço e no período de estudo extra! Mas parecia ter sido um tempão atrás.

– Você pode até ser uma princesa – Avery disse –, mas eu sou uma ninja da dança! Vejam só!

Soltou um gemido agudo e cortou o ar em frente a Marty com um pé. O cachorrinho deu um pulo para trás e soltou um latido suave. Então Avery começou um dos passos de dança que eram sua marca registrada. Agitou os braços e as pernas, bambeou a cabeça, pulou com um pé só e falhou completamente ao tentar parecer os caras dos vídeos de rap.

– Avery – Katani chamou, dobrando-se em uma risada –, você tem que parar.

Charlotte avisou:

– Cuidado, espectadores inocentes da Abigail Adams, a Avery Madden está à solta!

Até Avery começou a gargalhar com aquele comentário e, se

contorcendo de tanto rir, as meninas caíram juntas, formando um amontoado de tecidos coloridos e joias. Os vestidos chiques foram esquecidos por um momento e elas apreciaram juntas suas palhaçadas.

– A Maeve não lhe deu umas aulas uns meses atrás? – Katani perguntou ofegante.

Avery abriu um sorriso e se virou, afastando-se do grupo.

– É, acabou quando quebrei o vaso antigo de que a mãe dela mais gostava.

Marty gemeu para Avery, que acariciou a cabecinha dele.

– Coitadinho do sr. Marté! Não quis assustá-lo, amiguinho. Como é que ele anda?

– Está um pouco melhor – Charlotte suspirou e então se virou para perguntar a Katani: – Então, cadê a Maeve?

– Se a Maeve um dia chegasse na hora – Katani comentou –, aí a gente iria saber que o mundo estava prestes a acabar.

– Muito bem, meninas, lembrem-se... não podemos comentar nada sobre o porquê de o Dillon ter convidado a Maeve! – Charlotte as lembrou. – Temos que fingir que não sabemos de nada.

– Ahn-hã – Avery prometeu. – Mas ainda acho que não é nada de mais. Quero dizer, vamos todos para lá em grupo, não é? Que diferença faz quem vai com quem?

Avery brincava tanto com a faixa do vestido que conseguiu desfazer o laço.

Katani suspirou.

– Deixe-me arrumar isso aí.

E endireitou o vestido da amiga.

– Acho que faz diferença sim, porque... bem, porque faz! – Charlotte comentou, dando-se conta de que, pela primeira vez na vida, não conseguia achar as palavras certas para se explicar.

Avery a olhou como se ela tivesse duas cabeças.

– Se você está dizendo...

Avery ergueu o braço e apertou o rabo de cavalo. Katani franziu a testa.

– Humm... temos que fazer alguma coisa com esse seu cabelo! Não posso deixar nenhuma das minhas meninas sair daqui parecendo menos do que fabulosa. Tenho uma reputação a zelar, sabem?

Avery se jogou sobre a cadeira giratória.

– Eu gosto do meu rabo de cavalo – ela disse, fazendo beicinho. – Mas, se vai deixá-la feliz...

– Ei! – Charlotte chamou. – Olhem isto.

Avery levantou da cadeira de um pulo e ficou na ponta dos pés para olhar sobre o ombro da amiga.

– Avery! – Katani balançou a escova de cabelo e um potinho de glitter, então desistiu e foi olhar pela janela também. – Aquele ali não é o Yuri? – perguntou.

– É – Charlotte afirmou. – Nunca o vi tão arrumado antes. Será que...

O quitandeiro russo se aproximava da porta da casa de Charlotte vestindo um terno azul-escuro e uma gravata vermelha muito elegante. Carregava na mão uma rosa vermelha.

– Ooh... ele trouxe uma flor! – Katani observou, as palmas da mão pressionadas contra o vidro.

O tom melodioso da campainha ecoou até a Torre.

– Será que é melhor a gente atender? – Charlotte perguntou.

– E se for para você, Char? – Avery brincou, pulando e saltitando na ponta dos pés na tentativa de conseguir uma visão melhor.

– Não é para mim, Avery.

Charlotte sabia para quem era aquela rosa.

– Isso, sim, é que é romantismo – Katani comentou.

– Olhem! – Charlotte apontou para fora da janela. – É para a sra. Pierce.

As GRB estavam espiando a calçada e viram o momento exato em que a dona da casa de Charlotte, a tímida astrônoma que nunca deixava seu laboratório no primeiro andar, saía pela porta da frente. Charlotte quase não a reconheceu em um vestido azul-celeste, os cabelos arrumados e uma glamourosa franja jogada para o lado. A senhora segurou o braço de Yuri e sorriu para ele.

– Muito interessante – Katani disse, batucando o indicador contra o peitoril da janela. – O amor está mesmo no ar.

– Oi, meninas!

Os cabelos revoltos de Maeve apareceram de repente, no topo da escada inclinada que dava para a Torre, seguidos por brincos brilhantes e pela parte de cima de um vestido rosa com alças de tirinha e o colo bordado. Maeve ultrapassou o último degrau com um pulo, deu um giro sobre a sandália rosa de salto alto, ergueu os braços e fez uma reverência, jogando os cachos ruivos de um jeito exagerado.

– Ah, Maeve – Charlotte fez. – Sem dúvida você está tomada por um alto nível de fabulosidade!

– Obrigada! Isto tudo é muito emocionante! É quase tão maravilhoso quanto ir à pré-estreia do meu próprio filmaço arrasa-quarteirão!

Maeve fez mais uma reverência.

– Mas, nossa, tenho uma notícia gigantesca! Quero dizer, gigantesca mesmo! Gigantesca! Gigantesca! Acabei de ver a sra. Pierce e o Yuri juntinhos como se estivessem saindo para um encontro romântico! E escutem só esta! Ele deu uma rosa vermelha para ela. Isso prova que ele está totalmente na dela.

– A gente sabe! – Charlotte contou. – Vi os dois juntos outra noite também.

– Será que eles vão se casar?? – Maeve exclamou. – Ah, seria tão encantador!

Era inacreditável. A sra. Pierce nunca saía de perto dos seus monitores e computadores, das estrelas e das missões secretas da NASA, mas agora estava indo a um encontro com Yuri, o urso humano.

Avery se sentou na cadeira giratória.

– Ainda acho que os dois são velhos demais para isso.

– Avery! – Katani exclamou. – Gente mais velha também pode se apaixonar.

Maeve se virou e a saia do vestido rodopiou.

– Mas tenho mais notícias! Um anúncio extragigantesco e de superprimeira página especial! O Dillon vai vir para cá para me acompanhar até o baile! E vai usar o prendedor de gravata de beisebol que achei para ele! Estou tão feliz que podia morrer! Não é demais?

– Nossa, Maeve. É... incrível!

Charlotte olhou em volta em busca de apoio, mas Katani estava escovando os cabelos de Avery como se aquilo exigisse a sua total concentração.

– O que é um prendedor de gravata? – Avery quis saber.

– É um prendedorzinho que o homem usa para manter a gravata presa na camisa – Katani explicou. – O meu pai tem alguns. E o Dillon, por um acaso, tem uma gravata?

– Mas é claro! – Maeve proclamou, imaginando Dillon de terno e gravata, usando o prendedor prateado que combinava com os brincos dela.

Os dois andavam juntos por um caminho ladeado de roseiras em direção à mansão dela nas colinas de Hollywood. Perdida em suas fantasias, Maeve dançou em volta da cadeira giratória cor de limão.

"Aí o Dillon se estica e apanha uma rosa só para mim! Então, ele sussurra no meu ouvido..."

– Você está bem? Maeve?

Charlotte não pertencia às colinas de Hollywood. As rosas desapareceram.

– Nunca estive melhor, querida!

– É uma pena mesmo a Izzy não poder estar aqui – Charlotte suspirou, apreciando a sensação de estar no lugar de que mais gostava no mundo junto com as amigas que mais amava.

– Eu trouxe uma câmera! – disse Maeve enfiando a mão dentro de uma pequena bolsinha que parecia não comportar nem um batom e tirando de lá um estojinho fino e prateado.

– É da minha mãe. Ela pediu para tirar *milhões* de fotos! Vamos tirar uma já, para a Izzy.

Katani concordou.

– Estou quase acabando o cabelo da Ave.

Charlotte e Maeve observaram, admiradas, a garotaK dar os toques finais no seu mais recente objeto de transformação. Finalmente, Katani fez sinal de positivo para Avery, que saiu da cadeira com um pulo.

– Tchã-ran! – gritou e olhou para o espelho.

Katani tinha transformado os cabelos de Avery em uma cascata brilhante, como uma cachoeira à meia-noite.

– Acho que somos princesas mesmo – Avery admitiu.

– Digam "X"! – Maeve exclamou e ergueu a câmera com um dos braços.

O flash pegou Avery com os olhos fechados e cortou os cabelos de Katani.

— De novo! De novo! — ela gritou, olhando para a tela de exibição.

Foram necessárias pelo menos mais umas 12 tentativas até que conseguissem a fotografia ideal.

— Vou enquadrar isso e colocar na minha escrivaninha! — Charlotte exclamou. — É a lembrança perfeita de uma noite perfeita.

Nenhuma delas pensou, nem por um segundo, que talvez nem tudo continuasse perfeito... A noite tinha apenas começado.

CAPÍTULO 16

> **HAJA CORAÇÃO!**

ISABEL ESPEROU Kevin na entrada do Recanto da Jeri, um abrigo da cidade de Brookline. O pequeno prédio cinza na Rua Parker, nº 76, parecia deserto do lado de fora, mas, do lado de dentro da porta giratória de vidro, Isabel sabia que o lugar zumbia cheio de vida. Ela já estivera lá antes.

Nas suas primeiras semanas na Escola Abigail Adams, ela havia se oferecido para ajudar Maeve a confeccionar cobertores para um projeto de serviço comunitário no Recanto da Jeri. Mas as duas eram tão desesperadamente desorganizadas que o Projeto Algodão quase não aconteceu. Para a sorte delas e do abrigo, Katani tinha entrado em cena e as ajudado a entregar uma pilha colorida de cobertores, conforme o prometido.

– Oi – Kevin a cumprimentou.

Isabel se virou e ficou olhando enquanto ele se aproximava dela, vindo de trás do prédio.

– Esperou muito? – ele perguntou.

De repente, Isabel se sentiu um pouco desconfortável. Torceu para que Kevin não a achasse cruel nem nada por ela querer ir ao baile em vez de manter a promessa.

Balançou a cabeça e rolou uma pedrinha sob o tênis.

Kevin sorriu.

"Humm... bom sinal."

Isabel retribuiu o sorriso.

– Hum... Sinto muito por você ter perdido o baile – ele disse, olhando para os próprios pés.

– Não faz mal.

Isabel lhe deu um sorriso tranquilizador.

– Está tudo bem, então? – ele perguntou.

– Tudo bem – ela respondeu com um movimento de cabeça e então deu um leve puxão na jaqueta do garoto. – Vamos entrar.

Kevin abriu a porta e gesticulou para que Isabel entrasse primeiro.

– Nossa! – ele exclamou ao ver o tanto de gente zanzando por ali. – Eu não fazia ideia de que seria tão importante assim.

– Esses eventos significam muito para as pessoas que moram aqui – Isabel explicou. – Elas sentem que os outros se lembram delas. Foi isso o que a dona disse para a Maeve e para mim quando viemos aqui para o Projeto Algodão.

– Bem, fico feliz de ter vindo.

Kevin apertou a mão dela.

Um pouco chocada, Isabel se virou, rapidamente tirou o casaco e o pendurou em um cabide perto da porta. De repente, sentiu-se aliviada por estar vestindo seu jeans preferido e a camisa verde que Elena Maria dizia que "fazia a pele dela brilhar".

Naquela hora, ela pensou:

"As minhas amigas estão se arrumando em vestidos de gala cheios de brilho e joias chiques..."

No entanto, de alguma forma, aquilo não importava mais. Não havia tempo para sentir pena de si mesma. Crianças de todas as idades e tamanhos lotavam o salão acarpetado. O riso e as vozes estridentes cercavam os dois colegas.

Isabel notou que uma das crianças carregava um cobertor do Projeto Algodão. Isabel não via a hora de contar a Maeve. Aquilo a deixaria muito orgulhosa. Apesar de todo o jeito dramático de Maeve, ela tinha um coração de ouro.

Em uma sala à direita, Isabel podia ver mais crianças e até alguns adultos. Eles brincavam com jogos de tabuleiro, liam livros e folheavam revistas. Na parede mais afastada, um grupo se amontoava em volta de uma televisão grande.

Quando Isabel visitou o lugar pela primeira vez, ficou preocupada, achando que todos seriam tristes e calados. Tinha se tornado uma surpresa o jeito alegre de todos ali. Agora, ela já não conseguia imaginar o Recanto da Jeri de outra forma. Acenou para a menina com o cobertor e mostrou para Kevin um aviso na parede.

– Fui eu que fiz no computador – contou.

O papel descrevia o Projeto Algodão e fornecia um número de telefone para todos que quisessem participar.

Kevin assentiu.

– Você e as suas amigas fizeram bastante para ajudar. Só comecei a me envolver com essas coisas quando os meus primos lá da Flórida perderam a casa por causa de um furacão. Tiveram que morar em um abrigo por umas semanas, e não era tão legal quanto este aqui.

Isabel franziu a testa.

– Eu não sabia!

– É, foi bem difícil para eles.

Kevin se virou lentamente em direção a uma jovem que abria caminho entre o mar de crianças. Era Lorelei, a filha da diretora do Recanto da Jeri.

— Ah, ótimo! Vocês conseguiram! – com os olhos brilhando, ela abriu um sorriso para Kevin e Isabel. – As crianças estão muito animadas!

Aquilo foi o suficiente para Isabel. Qualquer pensamento que ainda restasse sobre o baile do Dia dos Namorados saiu voando pela janela. Estava pronta para fazer corações... muitos corações.

— Olhe o que eu fiz para você!

Um menininho ergueu uma dobradura de coração para Isabel, e a menina com o cobertor se agarrou a uma das pernas dela.

— Obrigada – Isabel sorriu para as crianças.

— E eu não ganho nada? – Kevin brincou.

— Tudo bem, você pode ficar com isto!

Outro garotinho, provavelmente de uns 4 anos, lhe entregou um pedaço de papel decorado com um emaranhado de círculos e linhas.

— É você? – Kevin quis saber.

— A mamãe e eu! – o menino respondeu.

Lorelei chamou as crianças.

— Pessoal, atenção! Os professores de artes chegaram. São o Kevin e a Isabel. Vamos todos para a oficina?

As crianças riram e se apertaram entre Kevin e Isabel enquanto iam para uma sala grande e arejada, com janelas enormes. Uma onda de empolgação foi crescendo no estômago de Isabel à medida que ela analisava a oficina. Cartolina, papel de seda, canetinha, giz de cera, cola, tesoura e uma variedade de outros materiais de arte se alinhavam sobre mesas compridas acompanhadas de cadeiras dobráveis de cor cinza.

– Então, o que você precisa que a gente faça? – Kevin perguntou a Lorelei.

– Temos alguns projetos diferentes – ela explicou. – Eu vou ficar nesta mesa aqui ajudando as crianças a desenhar uns cartões para os pais. Outro voluntário vai ajudar a fazer pirulitos de chocolate, e vocês dois podem cuidar da mesa de ímãs de coração.

Lorelei apontou para uma mesa coberta de jornais, copinhos com tinta e diversos moldes de cerâmica brancos.

– Ontem nós fizemos os moldes com as crianças mais velhas – Lorelei contou. – Tudo o que precisam fazer é ajudá-los a pintar, amanhã usaremos a pistola de cola quente para colar uns ímãs na parte de trás.

Dez minutos depois, Isabel se viu distribuindo pincéis com uma mão e ajudando uma menininha com os cabelos ruivos quase iguais ao de Maeve a misturar branco com azul-escuro para criar um azul-claro.

– Vou fazer um ovo de Páscoa! – anunciou.

– É Dia dos Namorados, sua tonta – falou um menino do outro lado da mesa, franzindo a testa.

Ele era alguns anos mais velho e tinha decidido que iria pintar um robô no seu ímã.

– Meu nome não é "Sua Tonta". É Sylvia. E é um ovo de Páscoa dos Namorados.

E continuou a pintar satisfeita.

Isabel pousou a mão no ombro da menina.

– Está lindo! A sua mãe vai adorar esse ímã.

– Eu sei – a menina concordou. – Mas não sou muito boa em artes – sussurrou.

Isabel se sentou em uma cadeira vazia ao lado da menina e balançou a cabeça.

— É, sim! Veja só, segure o pincel assim.

Ela guiou os pequenos dedos da menina e a ajudou a fazer uma linha trêmula no meio do ovo. Foi recompensada pelo sorriso iluminado da menina.

— Obrigada, Isazul!

— Isazul? Por que Isazul?

Isabel riu.

— Porque, sim, sua boba.

A menina tirou os olhinhos do ovo e, com a voz muito séria, explicou:

— Azul é minha cor preferida e você é minha professora preferida. Vocês têm que ficar juntos.

Isabel se esticou e abraçou Sylvia, dizendo:

— Você é ótima!

"A *mama* tinha razão", ela percebeu. "Vale a pena perder o baile do Dia dos Namorados para ajudar aqui no Recanto da Jeri."

Ali estava ela, fazendo a diferença, alegrando as vidinhas das crianças ao trabalhar com o que mais gostava: arte.

Isabel acenou para Kevin. Ele estava sentado na outra ponta da mesa, ajudando o menino com o ímã de robô a limpar uma enorme gota de tinta preta que havia derrubado na mesa. Kevin ergueu o olhar e lhe deu um sorriso rápido.

— Quem é aquele menino que está rindo para você? – Sylvia perguntou.

— Ele é o Kevin, um amigo meu – Isabel contou, bagunçando os cabelos da menina.

— Ele parece ser legal – ela comentou e voltou a pintar o ovo de Páscoa dos Namorados.

— Ele é legal... muito legal.

Isabel olhou para Kevin.

Ele estava com a cabeça inclinada, bem perto do menininho que naquele momento chorava porque um pouco da tinta preta tinha caído na camiseta dele.

Isabel respirou fundo. Um dos garotos mais populares da Escola de Ensino Fundamental Abigail Adams preferia ser voluntário e ensinar Arte em um abrigo local a ir a um baile da escola.

"Espero que as minhas amigas estejam se divertindo tanto quanto a Isazul!"

Isabel riu sozinha e mergulhou o pincel em um tom lindo de tinta azul-celeste.

PREPARAR, APONTAR, JÁ!

Às 18 horas, a campainha tocou de novo. Charlotte desceu correndo para cumprimentar a galera que ia ao baile.

– Oi, todo mundo – disse, abrindo a porta e guiando para dentro Dillon, Reggie, Riley, Chelsea, Mestre Yurt, Betsy Fitzgerald, Billy Trentini, Chase Finley e Nick Montoya. Todos estavam muito arrumados... menos Dillon, Billy e Chase, que vestiam camisas do time dos Red Sox.

Mais do que tudo, Charlotte ficou empolgada ao ver Nick, que vestia uma camisa branca. Olhou meio de lado para ele quando o garoto ficou bem ao seu lado. O convite de Nick para o baile ainda ecoava nos ouvidos.

"Ele podia ter convidado a Chelsea, mas não convidou", ela pensou. "Ele convidou a mim. Charlotte Ramsey. Não sei como fui capaz de duvidar dele."

Enquanto isso, a conversa animada dos amigos fazia com que a casa amarela vibrasse de energia.

"Deve fazer um tempão que esta casa não fica cheia com tanta gente ao mesmo tempo", Charlotte pensou.

E torceu para que a sra. Pierce não se importasse com todo aquele barulho. Então, lembrou-se de que ela tinha acabado de sair com Yuri. O barulho não seria problema naquela noite!

Chelsea carregava um pacote grande embalado com papel brilhante.

– Ei, o que é isso aí, Chels? – perguntou Avery, que tinha descido a escada correndo atrás de Charlotte.

Chelsea só deu um sorriso misterioso e apoiou o embrulho na parede, pedindo para ninguém tocar nele.

– Ela não vai contar, cara. É, tipo, uma surpresa enorme... enorme – Dillon brincou, esticando-se e tentando dar um cascudo na cabeça de Avery e de Chelsea.

As duas conseguiram desviar.

– O Dillon ficou o caminho todo tentando espiar o que tem aí dentro – Chelsea explicou.

Quando o grupo começou a subir, Dillon puxou Charlotte de lado.

– Cadê o amiguinho? Ele sempre vem até a porta – o garoto sorriu, apreciando o vestido de Charlotte. – A propósito, você está bonita.

Charlotte sorriu e disse:

– Nossa, obrigada.

Ela ficou surpresa com o fato de Dillon Johnson ter notado o seu vestido. E, seu sorriso vacilou quando ela lhe contou sobre Marty.

– Ele está escondido em algum lugar. O Marty anda meio tristonho ultimamente. Não sabemos direito o que tem de errado com o amiguinho.

No topo da escada, Katani ficou ao lado de Chelsea, que tinha decidido usar um vestido rosa que realçava o lindo castanho-claro dos seus olhos.

– Ei, cadê o Marty? – Chelsea perguntou em tom preocupado. Ela também adorava cachorros. – Ele está bem?

– Acho que está com depressão – Avery respondeu, quando se juntou à multidão na sala de estar. – Fica deitado o dia todo com cara de deprimido.

– Quem é que disse que existe cachorro com depressão? – Chase Finley, o menino de que Charlotte menos gostava na Abigail Adams, perguntou debochado.

– Cara, eu pesquisei na internet – Avery desafiou com as mãos na cintura. – Os cachorros ficam deprimidos igual às pessoas.

– Já estou até vendo – Chase comentou. – O Marty deitado no divã do psiquiatra contando a sua infância e os seus problemas de criança.

– De filhote, você quer dizer – Yurt acrescentou com um sorriso.

Naquele momento, o sr. Ramsey apareceu.

– Ora, parece que a Abigail Adams vai ser o maior agito hoje à noite. Vocês estão todos ótimos.

Charlotte olhou para Katani e revirou os olhos. Ninguém mais falava em "agito" hoje em dia.

O pai dela fez um "toque aqui" com alguns dos meninos, piscou para Charlotte e voltou ao escritório, mas não sem antes acrescentar:

– Divirtam-se e... juízo!

Os meninos riram, mas as meninas todas começaram a conversar em tom preocupado sobre Marty e o seu comportamento estranho. Todos concluíram que Charlotte deveria ficar de olho nele, para garantir que não piorasse.

– Talvez você devesse comprar mais um cachorro – Dillon sugeriu. – Li em algum lugar que os cachorros também ficam solitários.

Maeve sussurrou para Katani:

— O Dillon é tão sensível... igualzinho a um príncipe encantado.

— Ele deve ter visto isso no meu blog... — Avery brincou com as meninas.

— Você sabe ler, cara? — Billy Trentini provocou com um enorme sorriso se abrindo no rosto.

— Ei, não me venha com bobagem, sr. Revista em Quadrinhos — Dillon retrucou, balançando a cabeça e os ombros para Billy, como se estivesse estrelando um clipe musical.

— Bem, Maeve, talvez não *exatamente* igual a um príncipe encantado — Katani respondeu com a sobrancelha erguida.

Maeve suspirou frustrada. Teria que assumir o controle da situação. A sua visão romântica de um baile perfeito do Dia dos Namorados não seria arruinada pelas gracinhas de dois patetas, especialmente pelo fato de um desses patetas ser o seu par perfeito. Pisou duro, com as mãos no quadril, e fuzilou Billy e Dillon com os olhos.

— Espero que vocês se comportem. Temos que ir a um evento muito importante.

A sala ficou em silêncio quando Dillon se afastou dela, olhos arregalados.

Nick, que estava perto de Dillon, comentou:

— Cara, você está frito. Diga alguma coisa legal.

Dillon passou os olhos pela sala, procurando Avery. Entretanto, ela estava envolvida conversando com Riley.

— Desculpe, Maeve...

Dillon, na mira de todos, se atrapalhou e finalmente soltou:

— O vestido rosa ficou bom com os seus cabelos ruivos.

Maeve o olhou de um jeito suspeito.

"Será que ele acha que ruivas não deveriam usar rosa?"

A sua ideia de uma noite perfeita com o sr. Popular estava começando a ficar meio embaçada.

Para a sorte dos dois, naquele instante Billy Trentini se jogou no meio do chão da sala, tentando fazer o corpo se movimentar como uma onda. Todos vaiaram, inclusive o próprio Billy, que infelizmente conseguiu bater o nariz no processo.

– Que vacilo, cara! – Chase berrou.

Gemendo e com sangue pingando do nariz, Billy se sentou. Era como uma cena do seriado *Médicos de Plantão*. As meninas se dispersaram quando viram o sangue. Katani segurou a saia do vestido costurado à mão, fazendo careta para a confusão, e Maeve soltou um gritinho.

– Tudo bem por aí? – a voz do sr. Ramsey ecoou do escritório.

– Tudo bem, pai! – Charlotte respondeu.

– Tudo? – Maeve não parecia tão certa.

A verdade era que Betsy Fitzgerald amava *Médicos de Plantão*. A menina entrou em ação rapidamente, assim como a dra. Cathi Tidwell, sua médica preferida, fazia em todos os episódios.

– Todo mundo para trás – a dra. Betsy orientou com um movimento firme da mão.

Então, sentou-se atrás da cabeça de Billy e pediu:

– Incline a cabeça para frente.

Charlotte, por favor, corra e pegue um pano úmido e um pouco de gelo, se puder. Katani, dê aqueles lenços ali para mim.

Betsy pegou um punhado de lenços e os pressionou contra o nariz de um Billy agradecido.

– A minha companhia para o baile não é maravilhosa? – exclamou Henry Yurt todo orgulhoso. – Vamos aplaudir essa menina.

Rindo, todos começaram a aplaudir.

– Uhu! Dra. Betsy!

– Fique quieto, Billy – Betsy ordenou. – Não quer que o seu nariz comece a sangrar de novo, quer?

– Decerto ela vai poder pular a faculdade de Medicina e ir direto do último ano para o pronto-socorro.

Avery riu baixinho para Katani, que caiu na gargalhada.

– Não tem graça – Billy chiou, a voz abafada por causa de todos os lenços que Betsy mantinha apertados com firmeza sobre o nariz dele.

Naquela hora, Charlotte voltou correndo para a sala com um saco de gelo. Betsy pediu a Billy que o segurasse contra o nariz por alguns minutos. Então, ela se levantou e anunciou ao grupo:

– Meu trabalho está feito. Quero ir ao baile. Henry, vamos lá nos divertir.

– O que *milady* desejar.

Henry fez uma reverência, então ele e Betsy saíram pela porta da sala e desceram, prometendo se encontrar com os outros em breve.

– Cara, essa menina é demais para o meu gosto! Acho que a palavra "diversão" não está no vocabulário dela – Chase disse em tom malicioso, observando Dillon e Nick ajudarem Billy a se levantar.

Betsy o ouviu e se virou. Os olhos dela pareciam estar pegando fogo, o que na verdade a deixou muito bonita naquele vestido azul-claro que se avolumava da cintura para baixo.

Cruzando os braços e erguendo o queixo, ela encarou Chase com um ar desafiador.

– Para a sua informação, Chase Finley, sei muito bem como me divertir... e me divertir muito! Não é, Henry?

Ela olhou na direção de Henry Yurt para uma confirmação.

— Com certeza! – ele respondeu. – Deveriam lhe dar uma menção honrosa em diversão.

Betsy olhou para Chase com uma expressão convencida, agarrou a mão de Mestre Yurt e desceu marchando.

Pela primeira vez na vida, Chase Finley ficou sem fala.

Katani passou os olhos pelo relógio que tinha encontrado no brechó e amarrado ao pulso com um laço de fita de cetim azul enfeitada com pedrinhas e anunciou:

— É melhor irmos. Está ficando tarde.

Todos desceram em debandada até o primeiro andar. Charlotte, entretanto, parou quando ouviu o pai descendo os degraus atrás deles. O sr. Ramsey estava todo arrumado, com terno e gravata cinza-escuros. Os cabelos estavam perfeitamente penteados e ajeitados com gel em um estilo novo.

Chelsea apertou o ombro de Charlotte.

— Nossa, Char, o seu pai está bonito. Aonde ele vai?

— Eu... não... ele...

Chelsea a olhou de um jeito estranho e saiu pela porta.

Charlotte não conseguia acreditar que o seu pai estava saindo sem lhe contar aonde iria. É claro que ela já sabia, mas essa não era a questão.

O sr. Ramsey se aproximou de Charlotte e lhe deu um abraço rápido.

— Você está maravilhosa, querida.

Ela não conseguiu se conter. Tinha que perguntar.

— Obrigada, pai... Ahn... aonde você vai?

O sr. Ramsey ajeitou a gravata.

— Você não é a única da cidade que tem compromisso. Também vou sair nesta noite.

E deu um tapinha tranquilizador no ombro dela.

– Mas não se preocupe, volto antes de você chegar do baile.

O sr. Ramsey saiu para a varanda e deu boa-noite a todos os amigos da filha.

– Divirta-se – todos eles gritaram para o pai dela, enquanto ele ia para a rua.

"Ele vai para o encontro secreto com a mãe da Avery", Charlotte pensou. "O que a Avery vai pensar?", ficou imaginando.

Ela espiou pela porta, mas Avery estava conversando com Maeve e Dillon.

Nick voltou para buscar Charlotte, e pegou na mão dela. A pressão delicada dos dedos dele fez a menina sentir um frio na barriga. Como num passe de mágica, ela se sentiu em paz novamente. O que Nick Montoya tinha que a fazia se sentir tão feliz? O seu coração começou a saltitar quando Nick a olhou nos olhos. Como é que ela nunca tinha percebido aqueles cílios compridos dele e a pintinha na bochecha esquerda?

– Está pronta? – ele perguntou.

Como Charlotte não conseguia falar, concordou com a cabeça.

Os dois desceram os degraus e, de mãos dadas, seguiram os amigos pela rua. Caíram na gargalhada quando ouviram Maeve perguntar a Dillon:

– Não está uma noite gloriosa para um baile?

E Dillon respondeu:

– Está, sim Maeve, claro. Está, tipo, simplesmente gloriosa...

SEM PAR E TAPADA

No meio do caminho para o baile, Avery parou para deslizar sobre uma poça de água que tinha congelado e formado uma delicada camada de gelo. Ela chutou para o outro lado da calçada fragmentos de gelo, que mais pareciam de vidro, e notou Chelsea caminhando atrás dela, arrastando a embalagem com a surpresa e a bolsa com a câmera.

– Ei – Avery deu uma corridinha para trás para andar junto com Chelsea. – E aí? Quer ajuda com isso aí?

Chelsea deu um sorrisinho.

– Não é nada de mais. Tudo bem.

– Tem certeza?

Avery analisou o olhar caído de Chelsea e concluiu que ela não estava nada bem.

– Escute, o baile vai ser demais! Você não está doidinha? – e deu um giro, agitando os braços na esperança de fazer a amiga rir. – O que é que tem debaixo de todo esse papel de seda afinal?

– Não posso mostrar ainda! É surpresa mesmo – Chelsea abaixou a voz. – Então... você acha que o Trevor vai estar lá no baile? – perguntou, tentando parecer impassível.

– O T-Ror?

Avery encontrou outra poça congelada e, dessa vez, a partiu com uma das suas elegantes sandálias pretas.

– Ouvi dizer que a Anna o convidou.

– Ele não vai com ela, vai?!

O tom da voz de Chelsea assustou Avery.

– Não tenho ideia.

Avery parou de repente.

– Espere aí, você está a fim do T-Ror?

Chelsea parou, apoiando o pacote no chão por um instante.

– É... bem, estou, sim. Ele é muito legal... Ele gosta de fotografia e sempre que conversamos ele é muito legal comigo...

– Ele é um cara legal mesmo – Avery concordou.

– Mas ele não me convidou para o baile – Chelsea suspirou. – Nós duas, tipo, somos as duas meninas do nosso grupo que não foram convidadas por ninguém para o baile, Avery! Isso não a incomoda nem um pouquinhozinho assim?

– De jeito nenhum – Avery respondeu. – Além disso, o Dillon me convidou para o baile e eu é que não quis.

De repente, ela tapou a boca com a mão, olhando freneticamente em volta para ver se Maeve poderia ter ouvido. Por sorte, a amiga estava na frente de todo mundo, enchendo a orelha de Dillon.

"Opa!", Avery pensou. "Para quem não queria dizer nada..."

– Sério? – Chelsea não conseguia acreditar. – O Dillon é um dos meninos mais populares da escola!

– É, mas não conte para ninguém – Avery ergueu as mãos. – Eu não entendo, mas aparentemente a Maeve vai me matar se descobrir que eu pedi para ele convidá-la no meu lugar.

– Você fez isso!?

Chelsea riu.

– Fiz – Avery deu um sorriso. – Enfim, não importa! Estamos aqui com todos os nossos amigos e nos divertindo muito e ainda vamos dançar a noite toda, certo? Com ou sem meninos!

Chelsea não conseguiu segurar um sorriso. Avery estava certa: o verdadeiro objetivo de ir ao baile era se divertir. Não importava se você fosse com um menino ou não. Ainda assim, pelo menos alguém tinha convidado Avery...

– Chels? – Avery interrompeu os pensamentos dela.

– Oi, Ave?

– Não diga nada sobre essa história do Dillon, tudo bem?

– Tudo bem.

Chelsea pegou a sua câmera e tirou uma foto de Avery deslizando de costas pela calçada.

– Esta aqui vai para o jornal! – anunciou.

CAPÍTULO 17

> **MAIS OU MENOS COMO ROMEU E JULIETA**

QUANDO CHEGARAM ao baile, as GRB e os amigos encontraram o ginásio da Escola de Ensino Fundamental Abigail Adams transformado em uma explosão rosa e vermelha de luzes e som. Casais rodopiavam, a música soava alta e o caleidoscópio de vestidos chiques rodando para todos os lados criava um efeito vertiginoso.

– É completamente mágico! – Maeve gritou, os olhos brilhando. – Como se tivesse saído de um sonho!

Ela se agarrou ao braço de Dillon, que, pela primeira vez na vida, parecia igualmente perplexo.

– Maeve – Katani exclamou –, fomos nós que penduramos cada um desses enfeites algumas horas atrás!

– Eu sei. Mas, com as luzes e tudo mais, parece diferente... melhor!

Quando Katani olhou para a pista de dança, também teve que admitir que o ginásio parecia transformado: agora lembrava um salão de festas cheio de dançarinos graciosos. A única coisa que a fazia se lembrar do velho ginásio era o par de cestas de basquete pendurado nas tabelas. Mas, até elas estavam decoradas com serpentinas rosa e roxas.

– Nossa! Vocês fizeram um trabalho incrível – Nick comentou, tentando absorver a explosão de cor e movimento.

Ele estava bem ao lado de Charlotte, que podia sentir de leve o braço dele contra sua jaqueta. Ela sentiu o coração começar a bater no ritmo da música.

"Ah, agora, sim", ela batucou os pés. "Esta noite vai ser incrível!"

– Deixem os seus casacos no cabide, aqui! – Betsy animada orientou todos, aparecendo do nada.

E então, com um movimento da mão e um entusiasmado Henry Yurt a seguindo de perto, ela desapareceu no meio de um grupo de amigos do comitê de decoração que estava perto da entrada.

A maioria dos meninos do grupo também tinha se afastado, correndo para a parede oposta, onde estavam os comes e bebes. A tentação dos bolinhos e da pizza de calabresa da loja Party Favors era irresistível. Dillon estava quase seguindo os outros meninos quando Maeve atirou o casaco para ele e quase fez com que o garoto perdesse o equilíbrio ao erguer os braços no ar com um gesto exagerado de empolgação.

– Vamos dançar!

Charlotte achou que Dillon parecia apavorado e confuso, enquanto Maeve, nitidamente desatenta, juntava as mãos abaixo do queixo e dava uma voltinha.

– É nessa hora do filme que uma música muito legal começa a tocar e então, de repente, todo mundo começa a dançar a mesma coreografia, acertando todos os passos. Aí se abre um espaço e a estrela do show entra. Elegantemente atrasada, é claro.

Avery deu um pulo, tentando ver o meio do ginásio por cima da multidão de alunos mais altos.

– Não sei quanto a vocês, mas eu não quero me atrasar! Vamos começar logo com essa história de dança! – disse ela.

Katani sorriu para Avery.

– É isso aí, garota! – em seguida, dirigiu-se para Reggie. – Quer dançar?

– Você vem, Chels? – Avery perguntou, enquanto Katani e Reggie, seguidos por Charlotte, Nick, Maeve e Dillon, abriam caminho até um ponto vazio.

Chelsea agarrou a moldura embalada que tinha arrastado até o baile e olhou em volta, procurando Trevor uma última vez.

"Por que ele não veio?"

Ela se sentia mais triste a cada minuto. Tinha trabalhado na sua surpresa até tarde da noite, esperando que ele estivesse lá para ver.

– Já chego lá – murmurou.

– Nem pensar!

Avery não abandonaria uma amiga que se sentia deprimida.

– Você não ficou nem um pouco animada de estar aqui? Quero dizer, olhe só para tudo isto... Ei, se você não quiser dançar, vamos lá pegar uns bolinhos, então – Avery apontou na direção da mesa com os lanches.

Chelsea balançou a cabeça.

– Vá você, Avery. Preciso guardar isto em algum canto.

– Chelsea. Estamos aqui com todos os nossos amigos... Vamos curtir a noite toda e nos divertir muito... com ou sem Trevor – ela sussurrou.

Bem naquele instante, a porta se abriu, deixando entrar uma rajada de vento gelado. Um garoto com um gorro entrou, esfregando as mãos uma na outra.

— Ninguém me disse que Boston ficava no meio do Ártico.

Ele tirou o gorro e Chelsea quase desmaiou.

— Trevor! — ela conseguiu gemer.

Ele vestia bermuda e uma camisa havaiana embaixo do casaco. Os cabelos estavam lindos como sempre, mesmo espetados para fora do boné que usava embaixo do gorro.

— Oi, Chels, A-Veloz.

Bateu os punhos em um cumprimento com Avery e então apontou para o pacote de Chelsea.

— O que é isso?

— Ela não quer contar para ninguém... — Avery começou, mas Chelsea ergueu a mão.

Aquele era o momento perfeito para a grande revelação. Trevor estava lá.

— É para todo mundo aqui no baile! — ela explicou. — Já que o jornal não vai sair até a semana que vem.

Cuidadosamente, Chelsea desembalou o pacote que carregava desde que tinha saído de casa. Uma multidão começou a se reunir em volta. Quando ela finalmente tirou um grande pôster emoldurado de dentro da embalagem, todos ficaram em profundo silêncio.

Então, vieram os "ohs" e "ahs". Era uma colagem, mas que colagem! Chelsea tinha distribuído todas as fotos de seu projeto "O Amor Está no Ar" sobre uma tela cor-de-rosa coberta de corações de todas as cores e tamanhos. Algumas das fotos estavam embaçadas, com aparência de um sonho borrado, mas outras estavam bem nítidas.

– Oh, meu Deus! – alguém exclamou. – Parece coisa de revista.

Chelsea, orgulhosa, abriu um sorriso. Com o canto dos olhos, tentou ler a expressão de Trevor enquanto ele observava a apresentação dela.

Os outros se agitavam para ver se a foto deles estava lá. Avery encontrou os gêmeos Trentini posando perto dos armários, Katani com uma camiseta que ela mesma tinha feito, Isabel com uma pintura, e uma linda foto de Maeve chutando para o grande gol... antes de plantar bananeira na lama.

– Nossa, Chels, você que fez isso?

Trevor se aproximou para analisar todas as imagens. Havia até uma com ele segurando um mapa da Califórnia.

– O Nick escreveu as legendas – ela explicou, corando de orgulho ao ver a expressão de Trevor. – Mas eu montei tudo ontem à noite.

– A gente TEM que prender isso em algum lugar onde todo mundo possa ver!

Avery se aproximou de Trevor e Chelsea aos pulos. Então, percebeu que os dois não estavam prestando atenção nela. Trevor dizia algo sobre a profundidade da luz Chelsea explicava os detalhes da revelação das fotos.

Uma batida empolgante de hip-hop ecoou no ginásio, chamando Avery para a ação.

– Vejo todos vocês depois, seus maníacos por foto! – gritou, ao mesmo tempo que a multidão explodia em gritos e pulos.

Avery ficou bem no meio do ginásio, debatendo-se e fazendo todos rirem com seus mais modernos passos de dança.

QUER DANÇAR COMIGO?

– Cara – Dillon disse e se virou para Maeve –, a Ave está fazendo a dancinha do Kelley Washington quando ele marca um *touchdown*. Dê só uma olhada!

– Kelley *quem*?

Maeve queimou a cuca atrás de astros recentes de reality shows e cantores de hip-hop, mas foi um branco total.

Além disso, não conseguia acreditar que Dillon a tinha chamado de "cara". Ela teria que conversar com ele a respeito.

– Sabe, do time dos Patriots? Futebol americano? Posição de *wide receiver*?

Maeve balançou a cabeça, reproduzindo perfeitamente o movimento que tinha aprendido na *Dança dos Famosos*. Dillon nem estava olhando. Ele brincava com o prendedor da gravata como se fosse uma minúscula bola de futebol e fazia caretas para Avery.

Uma música lenta começou e Maeve estendeu a mão com a palma para baixo e dedos esticados, assim como tinha visto em tantos filmes.

– Dillon Johnson! – ela disse. – Eu adoraria dançar!

Ele ainda não a tinha convidado para dançar, porém a garota não conseguia esperar mais. Estava sonhando com aquele momento!

Dillon ergueu a mão tão lentamente que Maeve achou que a música iria terminar antes que os dois conseguissem começar a dançar. Por fim, ele tocou as pontas dos dedos dela, e Maeve fez uma reverência como imaginava que a princesa Diana teria feito.

Enquanto os dois dançavam, Dillon olhava fixamente para a parede oposta, e Maeve apoiava as palmas da mão bem de leve sobre os ombros dele e girava. Se ela fechasse os olhos, quase conseguiria fingir que ele a puxava mais para perto, em vez de ter travado os braços esticados e se inclinado para trás.

À medida que a música ia chegando ao seu ponto alto, Maeve foi se perdendo no seu jardim de rosas imaginário em Hollywood, cantando junto:

– O amor vem chegando...

De repente, não havia mais ombro nenhum sob as mãos dela.

– Vou pegar uns bolinhos antes que acabem, Maeve. A gente se vê depois.

Antes que ela pudesse dizer alguma coisa, Dillon saiu correndo em direção à mesa com os lanches.

"A gente se vê depois", Maeve se zangou.

Charlotte e Nick estavam em um mundo só deles, Katani e Reggie tinham se unido a um grupo de gênios em ciências, por isso somente Avery a ouviu.

– O que aconteceu? – Avery perguntou, observando Dillon se afastar.

– Tudo!

Maeve arrastou Avery para o corredor quando os alto-falantes começaram a tocar bem alto a música *YMCA*.

– Primeiro, ele está usando uma camiseta com o prendedor de gravata na *manga*. Segundo, ele nem sequer *olha* para mim. Terceiro, ele só quer conversar sobre esportes!

– Ahn, Maeve – Avery disse inquieta –, é disso que ele gosta.

– Ele gosta mais de esportes do que de *mim*?!

Maeve correu as mãos pelo cabelo.

– Bem... é, talvez – Avery disse em tom despreocupado. – Não dá para fazer o Dillon se transformar magicamente em uma cópia sua que você pode vestir e arrastar para lá e para cá.

– Você se dá bem com ele – Maeve argumentou. – Não consegue

pedir para ele se comportar? Não estou me divertindo nem um pouco!

— Credo, Maeve! — Avery cruzou os braços. — O Dillon só está sendo ele mesmo. Por que você nunca está feliz? Ele a convidou para o baile, não foi?

Maeve confirmou com a cabeça.

— Mas, Avery, ele está agindo como se não quisesse vir comigo! Quero dizer, por que ele iria me convidar se não quisesse? Você acha que ele queria me convidar?

Avery engoliu em seco. Como ela poderia dizer que sim? Aquilo não parecia mais uma mentirinha sem maldade. Parecia uma grande de uma enganação.

— Bem... — Avery brincava com a faixa do vestido de novo, amarrando e desamarrando o laço. — Quem sabe, se você conversar um pouco sobre esportes com ele... ou qualquer coisa assim?

— Odeio esportes! — Maeve lamentou.

— Então por que você queria vir ao baile com ele? O Dillon adora esportes — Avery ergueu a voz.

Maeve estava começando a ficar irritante e Avery estava começando a se sentir mal por Dillon.

— Porque ele é bonito, porque ele me convidou e porque eu queria! — a voz dela aumentou para se equiparar à de Avery.

— Bem, talvez ele não quisesse de verdade! — Avery gritou.

Um grupo de meninas da 9ª série que passava por ali a caminho do banheiro olhou as duas meio de lado.

— Bem, se é assim... — Maeve bufou. — Então ele não teria me convidado, sua boba.

Avery sentiu o seu rosto corar.

— Eu pedi para ele convidá-la... porque, bem, achei que você ficaria feliz, e agora nenhum de vocês dois está feliz!

Assim que terminou a frase, Avery voltou correndo para o meio do ginásio.

"Odeio segredos!"

Ela soltava fogo pelas ventas, procurando Charlotte e Katani. Elas saberiam o que fazer.

Maeve Kaplan-Taylor ficou completamente imóvel. Olhou para o outro lado do ginásio e viu Dillon brincando com Billy, Josh e Chase. Ele parecia feliz junto com os amigos.

– PROBLEMÃO – Avery ofegou, agarrando Charlotte pelo braço. – A Maeve está sabendo sobre o Dillon.

CABO DE GUERRA

Chelsea sentiu uma mão no ombro. Virou-se e se viu olhando para dois pares de olhos delineados com um rímel grosso.

"Ô-o... As Rainhas Malvadas de novo, não!"

Se alguém era capaz de estragar uma diversão, eram elas.

– Ei, Anna, olhe só isso!

Trevor estendeu o pôster. Chelsea queria arrancar a moldura das mãos dele. Ele não estava há tempo suficiente na Abigail Adams para perceber o tamanho da destruição que Anna e Joline causariam.

– Ooh, a menina da câmera – Joline cantarolou. – Exibindo a lição de casa?

Chelsea se encolheu.

"Como é que elas sempre conseguem jogar o insulto certo para cima da gente?"

Agora ela se sentia uma completa idiota. Ela queria mesmo se exibir um pouquinho... para Trevor. Queria que ele achasse que ela era alguém. E agora, com um único comentário, Joline a tinha reduzido a uma fracassada.

— Não vamos distraí-la dos admiradores dela – Anna disse, soltando um sorriso malvado –, não é, Trevor?

E segurou a mão dele. Agora não havia mais nenhum admirador, somente Trevor. Chelsea podia sentir o seu mau humor aumentando.

— O quê? – ele olhou para a RM nº 1.

Chelsea percebeu que Trevor não tinha entendido que Anna a estava insultando. Obviamente ele não estava inteirado de toda aquela história de menina má. Mas Chelsea estava. Tinha convivido com as punhaladas delas a vida toda.

— Essa é a minha música!

Anna jogou os cabelos de lado.

— Vamos!

De costas, Trevor deu uma rápida olhada para Chelsea enquanto Anna o arrastava em direção à pista de dança.

"Ele realmente não sabe o que está fazendo", uma voz baixinha protestou dentro dela, mas Chelsea, ainda assim, queria mesmo era gritar. *"Não é justo!"*

Um garoto bonito como Trevor nunca iria preferir conversar com ela se pudesse dançar com uma menina linda como Anna.

— É muito... interessante o vestido que você está usando – Joline acrescentou antes de seguir o rastro da sua parceira sequestradora de meninos até a pista. – Essa cor quase a deixa menos... larga.

Chelsea gelou. Lá estava aquela palavra outra vez. Embalou novamente o pôster e o apoiou contra a parede ao lado do bebedouro.

"Meninos como o Trevor não gostam de sair com meninas gordas feito eu." Chelsea abriu a capa da câmera e iniciou a rotina de fotógrafa, de escolher lentes e filtros. "É melhor eu me misturar com o plano de fundo e só tirar as minhas fotos, como sempre faço. Pelo menos nisso eu sou boa!"

Chelsea respirou fundo e entrou na quadra, mantendo as costas grudadas na parede. De imediato, viu algumas fotos perfeitas: meninas em vestidos brilhantes grudadas umas nas outras, um garoto fazendo uns passos incríveis de *break* e centenas de luzes coloridas jogando sombras cor-de-rosa sobre toda a multidão.

– E aí, Chelsea? – Nick perguntou, passando por ali depois de ir à mesa de lanches.

– Cadê a Charlotte? – Chelsea quis saber.

– Foi ao banheiro com as outras GRB – ele riu. – Afinal, por que as meninas sempre têm que ir para o banheiro aos bandos?

Normalmente, Chelsea teria rido, porém não conseguiu. Ele percebeu, é claro.

– Ei, o que foi? – ele perguntou preocupado.

Chelsea deu de ombros.

– Ah, não é nada, não. São as RM à solta por aí.

– Entendi – Nick compreendeu na hora. – Não sei o que aquelas duas tomam de café da manhã, mas a polícia deveria dar uma investigada.

Chelsea sabia que ele só estava tentando fazer com que ela se sentisse melhor, mas, por algum motivo, aquilo só a deixava mais arrasada.

Nick pareceu incomodado por um instante.

– Ahn, quer dançar?

Chelsea concordou com a cabeça.

"Quem sabe, a Anna e o Trevor me veem! Aí eles vão saber que não sou um fracasso total..."

Os acordes do tema do filme *Titanic* tomaram conta do ginásio quando Nick levava Chelsea para a pista. Sentindo-se meio estranha, ela colocou as mãos sobre o ombro dele. Nick esticou os braços e segurou a cintura dela, mantendo um bom espaço entre os dois.

"Ele é legal. Como se fosse meu irmão", Chelsea se deu conta.

Chelsea balançou a cabeça e murmurou a letra da música, tentando não olhar para Trevor e Anna, que dançavam juntos do outro lado do ginásio.

A CIDADE DOS FRACASSADOS

– Será que alguém pode fazer o favor de me explicar por que a traidora da Avery me fez parecer uma completa, total e inacreditável fracassada no Dia dos Namorados?!?

Maeve se deixou desabar em uma cadeira dobrável que alguém tinha deixado no banheiro.

Charlotte e Katani estavam lado a lado, trocando olhares. Avery ficou mais para trás, como se achasse que Maeve pudesse dar um salto e atacá-la.

– Bem... – Charlotte começou.

– Em primeiro lugar... – Katani disse ao mesmo tempo.

– Muito bem, eu explico.

Avery não poderia deixar as suas amigas assumirem a culpa por ela, então a menina se espremeu entre as duas e colocou a mão no encosto da cadeira de Maeve.

– Olhe, eu sabia que você queria ir com o Dillon mais do que tudo na vida, então eu meio que pedi para ele convidá-la. Aí todo mundo me disse que isso não era legal, mas já era tarde demais e...

Katani assentiu.

– Achamos que seria mais fácil se você não soubesse de nada.

– E nos enganamos.

Charlotte colocou um braço em volta dos ombros de Maeve.

– A gente só queria que o baile fosse perfeito para você.

— É?

Ela suspirou.

Então, Maeve surpreendeu todas ao se levantar de um pulo e lavar o rosto com a água fria da pia.

— Então é isso? – ela quis saber.

— Bem... é – Avery respondeu.

— Muito bem então – Maeve disse em tom natural. – Se o Dillon quer mesmo dançar comigo, isso significa que agora posso dançar com quem eu quiser, certo? Não posso jogar esta noite no lixo.

E, sem mais nem menos, Maeve tinha voltado à sua personalidade normal, a pessoa feliz e alegre de sempre.

Levantou-se e deu um abraço em Avery.

— Só não faça de novo, está bem? É constrangedor para mim.

— Está bem – Avery concordou perplexa por ter se safado com tanta facilidade.

"Mas é isso aí", ela pensou. "Essa é a Maeve... imprevisível... e bondosa."

— Maeve! – Charlotte riu, endireitando-se na frente do espelho para retocar o gloss. – Com quem é que você vai dançar?

Estava satisfeita por sua amiga ter voltado ao jeito animado de sempre.

— Hummm... Já respondo!

Maeve repassou mentalmente a lista de meninos da 7ª série, mas não conseguiu pensar em nenhum garoto que soubesse de verdade dançar como Fred Astaire.

— Falando em meninos, como é que está indo com o Nick? – perguntou Katani, juntando-se a Charlotte em frente ao espelho e pegando sua pequena nécessaire de maquiagem.

— O Nick é um doce – Charlotte elogiou. – Acho que gosto mais dele do que de qualquer outro garoto que já conheci.

Ela não sabia muito bem como explicar às amigas a conversa dos dois ao telefone na outra noite. Na verdade, não sabia nem como explicar a si mesma. Nick ainda era só seu amigo, mas de uma forma que os dois poderiam se abrir sobre tudo sem se preocupar com o que o outro iria pensar.

– Ele é... bem *especial*. – Charlotte disse para as amigas.

Maeve alisou a saia e afofou os cabelos.

– Vocês fazem um lindo casal. *Quase* tão lindo quanto o Dillon e eu éramos!

Charlotte sorriu, mantendo os seus pensamentos só para si, onde poderia guardá-los com carinho.

– Obrigada.

Quando Katani acabou de retocar a maquiagem, agarrou Avery pelo ombro.

– O seu cabelo está um caos! O que você andou fazendo? Ficou pendurada de cabeça para baixo?

Avery cruzou os braços e suspirou.

– Gosto de me mexer bastante quando estou dançando. Não dá para me preocupar com penteados quando estou tentando acertar os passos.

Katani revirou os olhos e meteu a mão na massa, arrumando os cabelos de Avery com uma escova tão fina e chique quanto um telefone celular.

– Eu deveria ter trazido spray de cabelo – murmurou.

Maeve abriu um sorriso.

– Não há spray de cabelo no mundo que consiga domar os cachos de MKT!

– Pronto – Katani disse. – O cabelo da Avery está um pouquinho melhor agora. Prontas para voltar lá para fora?

CONFUSÃO NA PISTA DE DANÇA

O ginásio parecia ainda mais lotado do que quando elas tinham ido para o banheiro. Quando Charlotte e as amigas voltaram à pista de dança, ela tentou identificar Nick naquela multidão.

"Cadê ele?", ela pensou com os olhos passando pelos rostos no ginásio.

As primeiras notas da música tema do filme *Titanic* dançaram no ar. Charlotte ficou cantarolando a letra, não conseguia evitar. Desde que tinha visto o filme pela primeira vez, com o pai, em Paris, havia se apaixonado pela forma como a voz de Celine Dion ia se impondo cada vez mais.

Katani zombava dela por curtir uma música tão antiga, mas Maeve também a adorava imensamente. Charlotte se lembrou de ter visto o filme em uma noite das GRB juntas. Ela e Maeve cantaram com toda a força de seus pulmões, Katani e Avery gritaram e jogaram travesseiros nelas até que Maeve não conseguisse cantar mais, de tanto que ria.

"Near, far, wherever you are..."

Charlotte procurou ansiosamente Nick. Ele adoraria ouvir aquela história! E então os dois dançariam juntos de novo... quem sabe, até de mãos dadas. Charlotte fechou os olhos por um instante, aproveitando a música que parecia levá-la para longe do baile, em um mundo de ondas, desastre, amor e esperança.

Quando abriu os olhos, uma das lâmpadas coloridas e piscantes penduradas no teto jogou um facho de luz diretamente sobre duas pessoas dançando. Elas se moviam juntas, um pouquinho mais próximas do que os outros casais.

"O Nick e a Chelsea!"

Primeiro Charlotte não acreditou, mas a luz não saía de cima deles e a música não parava. A voz de Celine Dion continuava aumentando e explodindo: *"And you're here in my heart, and my heart will go on and on..."* Charlotte ficou ali, imóvel no lugar, tentando não reagir.

"Isso não quer dizer nada", disse para si mesma.

Mas por que aquela música? Por que naquela noite? Por que Chelsea não podia achar outra pessoa com quem dançar?

"Será que o Nick mentiu para mim? Os dois estão dançando muito próximos!"

Charlotte não conseguia acreditar que tinha voltado à estaca zero de novo.

– Ei, aquele ali não é o Nick... dançando com a Chelsea? – Maeve apontou.

Charlotte engoliu em seco, depois se virou e saiu pela porta.

– Ô-ô – Katani fez. – Já volto. VOCÊ, vá conversar com o Nick.

– Eu? – Maeve gaguejou, porém não havia tempo para discutir. – Vamos.

Ela agarrou a mão de Avery e abriu caminho entre um grupo de alunos que dançavam enquanto a voz de Celine Dion atingia um último crescendo de partir corações.

– Nick! – Maeve chamou. – Que raios você está fazendo?

– Hummm... dançando? – ele disse.

Chelsea soltou Nick e deu um passo para trás, as bochechas coradas. Não era a sua intenção tocar nas mãos dele; ela tinha se deixado levar pela música. Não conseguia evitar! Não parava de imaginar que Nick era Trevor.

– Acho melhor você ir atrás da Charlotte – Maeve repreendeu o rapaz.

– É! – Avery concordou, embora não fizesse ideia de qual era o problema.

Eram todos amigos, o que importava se eles dançassem juntos?

– Eu fui, quer dizer, eu vou, quer dizer... – Nick olhou em volta. – Ah, não, a Charlotte viu, não foi?

Maeve cruzou os braços e assentiu. Seu olhar era capaz de derreter um pedaço de metal.

– Cadê ela?! – Nick perguntou ansioso.

Maeve apontou na direção da porta, então saiu apressada, desviando por pouco do time de basquete da 9ª série, que dançava em um círculo abaixo de um dos corações gigantes pintados por Isabel.

Nick ficou ali parado, em choque. Até que disse:

– É para eu, hum, ir também? Ou...

Avery deu de ombros e Chelsea estava visivelmente desconfortável.

– É culpa minha – ela sussurrou para Avery, olhando para os pés. – Adoro essa música e, bem, o Nick me chamou para dançar... Não percebi que... Achei que estava tudo bem... Acho que vou voltar a tirar fotos.

– Acho que é melhor eu ir – falou Nick e, com um rápido sorriso de desculpas para Chelsea, abriu caminho em direção à porta.

CAPÍTULO 18

UM PARAÍSO DE INVERNO

UMA RAJADA de vento soprou pelo pátio quando Nick gritou:

– Ei!

Charlotte ergueu o olhar e se apoiou em Katani, que estava sentada com ela em um banco de jardim praticamente congelado. Maeve tinha uma mão sobre o ombro dela, que apertou um pouco mais quando Nick surgiu atrás das três.

– Quer que a gente vá embora, Char? – uma Katani hesitante perguntou.

– Não... Quero... Não sei – Charlotte falou.

Maeve achou que a voz da amiga parecia um pouco com a de um de seus porquinhos-da-índia.

Katani entregou um lenço a Charlotte. A menina fungou e assoou o nariz.

"Que ótimo", suspirou. "Agora o meu nariz está vermelho e escorrendo. Estou parecendo uma rena do Papai Noel. O que aconteceu com o meu baile dos sonhos?"

Ao ver Nick parado ali, todo encabulado, Charlotte não conseguia entender por que ela se sentia tão arrasada.

Nick já tinha explicado que ele e Chelsea eram só amigos. E Nick tinha dançado com Charlotte pelo menos umas dez músicas, que foram os melhores momentos de toda a vida dela.

"É pura bobeira ficar com ciúmes por causa de uma dança", ela repreendeu a si mesma.

– Tudo bem. Podem ir.

Charlotte deu uns tapinhas na mão de Katani e forçou um sorriso para Maeve.

– Estou bem.

– Tem certeza? – Katani perguntou, espremendo os olhos na direção de Nick.

– Tenho, sim.

Ao ouvir a voz da amiga voltar ao normal, Katani se levantou.

– Muito bem então – Maeve disse. – Volte lá para nós assim que puder!

Katani passou com tudo na frente de Nick e voltou para dentro com Maeve.

– É muito drama acontecendo por aqui! – anunciou.

Charlotte sentiu o ar gelado entrar nos pulmões e sair em pequenas nuvens enquanto Nick se sentava no banco. Ele olhou para as mãos e Charlotte fungou.

– Você estava chorando? – Nick perguntou.

Charlotte deu de ombros, tentando evitar que a sua voz soasse muito deplorável.

– Eu não chamaria exatamente de choro... São mais umas fungadas mesmo.

Nick fez um enorme ruído como se tivesse prendido a respiração por uma hora.

– Já tentei lhe dizer antes. A Chelsea é só minha amiga.

– Eu sei.

Charlotte abraçou os ombros e ouviu a batida de bateria que vinha de dentro do ginásio.

– Não sei por que eu surtei assim.

– Tudo bem.

Ele se arrastou de lado no banco até que o seu ombro tocasse o dela.

– Esquisito, não é?

– É – Charlotte concordou. – Era mais fácil sermos só amigos.

– Acho que sim – Nick suspirou.

Os dois se sentaram em silêncio por um minuto. A neve voava ao redor deles. Nick tirou com a mão alguns flocos que tinham caído sobre o nariz e os cílios de Charlotte. Uma luz em cima da porta do ginásio iluminou os flocos quando eles começaram a cair, girando cada vez mais rápido.

"Parece um balé lindo", Charlotte pensou, "só para mim e o Nick". Nick sorriu.

– Pronta para voltar lá para dentro?

– Claro.

Charlotte sorriu, secretamente desejando poder ficar ali fora só mais alguns minutinhos. De alguma forma, não estava mais braba com ele. Só se sentia confusa.

Nick se levantou com um pulo e tirou a neve de cima dos ombros.

– Sabe, a Chelsea estava bem para baixo depois que as RM fizeram alguns daqueles comentários *especiais* delas. Foi por isso que a chamei para dançar.

– Vamos lá ver se ela está bem agora.

Charlotte estendeu a mão para Nick. Era de fritar os miolos imaginar que um minuto atrás ela estava toda arrasada e que agora estava tudo bem. Ficou pensando se as GRB deveriam dar um alerta de paixão caso uma delas fosse mordida pelo bicho do amor de novo.

COMIDA, MAGNÍFICA COMIDA!

Katani saiu para dançar com Reggie, Maeve foi em direção a Avery, que estava ao lado de uma Chelsea bem chateada.

– Ei, Chels, vamos mostrar a sua colagem para a Maeve – Avery sugeriu, lembrando-se de como a colega tinha se sentido orgulhosa quando mostrou o trabalho para ela e para Trevor.

Assim, as três saíram em direção ao local onde Chelsea tinha deixado a grande moldura, ao lado do bebedouro.

– Nossa, Chelsea, está *maravilhoso*! – Maeve anunciou. – Você deveria autografar! Ou eu autografo – ela brincou –, tendo em vista que sou uma grande estrela do futebol.

– Uhu! Maeve! – disse Avery, abraçando a amiga.

Chelsea só ergueu os ombros.

– Não é nada de mais.

Olhou por cima do ombro de Maeve para ver se Trevor estava por perto. Não tinha visto o garoto desde aquela olhadela rápida antes de dançar com Nick.

"Para onde a Anna levou Trevor? Para um esconderijo secreto das Rainhas Malvadas?"

– Não, é sério, você merece um prêmio! A fotógrafa do ano da Abigail Adams! – Maeve continuou.

– Sou a *única* fotógrafa da escola – Chelsea observou.

– Vou pegar uma pizza para a gente – Avery sugeriu ao sentir o estômago doer. – Já volto.

Dillon estava de plantão na mesa de comes e bebes, devorando umas batatinhas com molho. Outra música lenta começou.

"Para que tanta música lenta?"

Avery tentou colocar as mãos no bolso até que se deu conta de que o vestido não tinha bolso nenhum.

"Anotação mental", disse a si mesma. "Da próxima vez que você for comprar um vestido, arranje um com bolsos."

De que outro jeito seria possível guardar as coisas se não havia onde colocá-las?

– Nem pense em me convidar para dançar música lenta – Avery disse a Dillon depois que resolveu colocar as mãos na cintura.

Dillon riu.

– Está louca? Prefiro comer minhoca com torrada.

Avery suspirou de alívio. Talvez, no fim das contas, Dillon não gostasse dela de GOSTAR.

– Somos dois então, cara – ela disse, apanhando dois brownies.

As caixas de pizza estavam todas vazias.

– Ei, não vá acabar com a comida! – Dillon mandou.

Avery revirou os olhos.

– É por ordem de chegada.

– Bem, eu estava aqui antes e o resto é meu, meu!

Dillon agarrou dois brownies e os enfiou na boca de uma só vez.

– Dillon, juro por Deus, você é o maior babaca!

Avery se virou para ir embora.

– Muito obrigado – ele disse, usando a manga para limpar o chocolate da boca. – Então, o que é que a Maeve tem? Ela estava, tipo, me arrastando para tudo quanto era lado e depois vocês todas sumiram!

Avery se virou e abaixou a voz.

– Eu meio que contei para ela que pedi a você convidá-la para o baile.

– E o que é que tem?

Ele parecia perplexo.

Avery suspirou.

– Eu sei, cara. Também não entendo. Mas acho que ela se importa.

– Hum – Dillon resmungou. – Será que posso ficar com este broche da hora?

Ele ergueu o prendedor de gravata.

– Vai saber!

Avery riu e saiu de fininho com os brownies na mão.

E, quando voltou ao corredor, Maeve, Chelsea e a moldura com a colagem não estavam em lugar nenhum.

O *WIDE RETRIEVER* DE JOLINE

– Maeve, vamos – Chelsea insistiu.

Ela e Maeve tinham ido ao outro lado do ginásio para sair do meio de uma multidão de bagunceiros da 9ª série e agora Chelsea podia ver Anna se aproximando com Trevor a tiracolo.

– Vamos sair daqui.

Mas Maeve abanou a cabeça. Estava cansada de ver as RM tentarem arruinar a vida de todo mundo.

– Cadê o *Dillon?* – Anna perguntou a Maeve com um olhar de superioridade.

– Acho que o vi atacando uns brownies com a Avery – Trevor começou.

Joline interrompeu:

– Como é que é ver o seu par com uma das suas melhores amigas?

Maeve encolheu os ombros.

– Ele não é muito bem o meu par. E o Dillon pode ficar com

quem ele quiser. Isto aqui não é uma prisão.

Joline deu um sorriso amarelo e puxou o braço de um menino alto que estava atrás dela, olhando perdido para o teto.

– Este aqui é o Brandon. Ele está no time de futebol americano da 8ª série. É o *wide retriever*.

Maeve abriu um sorriso.

– Você não está querendo dizer... *wide receiver*? Como o Kelley Washington?

– Ei, essa menina sabe das coisas! – Brandon voltou à vida de repente.

– Rá-rá... *wide retriever* – Trevor riu. – Isso é o quê? Quando um cachorro *golden retriever* faz parte do time?

Chelsea e Maeve riram quando Joline franziu a testa.

– Não foi isso o que eu disse. Que seja – disse Joline, saindo como um furacão.

– Venha, Trevor – falou Anna, seguindo a amiga, mas Trevor ficou para trás.

– Vou ficar com o pessoal aqui um pouquinho.

Os olhos dele pararam em Chelsea.

– Ei, Chels, quer dançar?

– O quê?! – disse Anna com os olhos soltando fogo. – Eu dou uma segunda chance para você, gasto o meu tempo precioso apresentando-o para *todo mundo* legal nesta escola e você quer dançar com ela?!

– Ah, é, na verdade, quero, sim.

Trevor estendeu a mão para Chelsea, que de repente se sentiu a Bela Adormecida acordando do seu sono de um século.

– Claro – Chelsea respondeu com um sorriso surpreso.

Trevor balançou a cabeça.

– Vamos, essa música é ótima.

Maeve observou Trevor e Chelsea se afastarem, sentindo certa satisfação com o olhar furioso no rosto de Anna. A GRB também viu a Rainha Malvada ir arrogante na outra direção e percebeu a colagem de Chelsea esquecida na parede.

"Hã", pensou, "o que é que eu vou fazer com isso?"

Sem querer que o trabalho de Chelsea fosse arruinado, Maeve o tirou do caminho, colocando-o na entrada, atrás dos casacos, para que ninguém pisasse nele ou coisa assim.

"Agora vou dançar!"

Enfiou-se no banheiro por um segundinho, só para garantir que seus cachos estavam no lugar, e então entrou triunfante na pista de dança, bem na hora da sua música preferida.

RAINHA DA DANÇA

Para surpresa de Chelsea, ela não se sentiu nem um pouco esquisita dançando com Trevor.

"Sem dúvida nenhuma, não é como dançar com o meu irmão", ela suspirou, com Trevor segurando a mão dela.

Lembrou-se da dança com Nick. Ficou feliz por ele tê-la convidado, porém triste por ter deixado Charlotte tão chateada.

"Espero que ela esteja bem."

– Eu adoro as suas fotos – Trevor disse num tom de voz mais alto que a música. – Será que você consegue me ensinar a fazer umas colagens como aquela? Eu tiro muitas fotos, mas nunca sei o que fazer com elas depois.

Chelsea concordou com a cabeça.

– Claro. Não é difícil, não. A gente poderia se encontrar depois da aula e trabalhar em alguma coisa qualquer dia.

– Ia ser muito legal!

Trevor se aproximou um pouco mais quando Chelsea deu um

giro, o vestido vermelho rodando em volta das suas pernas. Ela se sentiu uma rainha, mas não uma rainha malvada: uma rainha da dança.

— Ei, Chels! — a voz de Charlotte entrou nos seus pensamentos.

Chelsea e Trevor acenaram quando Charlotte se aproximou correndo, seguida por Katani, Nick e Reggie.

— Tudo bem, Char? — Chelsea perguntou, estendendo os braços para a sua grande amiga.

Charlotte abraçou Chelsea.

— Tudo, está tudo fabulástico! — ela disse com uma risada, imitando Maeve. — E você?

As amigas dela eram muito legais!

— Está tudo ótimo — Chelsea respondeu. — Você deveria ter visto a Maeve responder para as RM!

— Só a Maeve mesmo!

Charlotte riu quando Chelsea contou a história.

Então, Katani balançou os braços no ar.

— Vamos lá, pessoal, vamos dançar!

MACAQUICES COM UM MACACO MOSTARDA

"Eu não fazia ideia que o Riley dançava tão bem", Maeve pensou.

A garota tinha ido ficar um pouco com os integrantes da banda e um grupo de alunos que curtiam música, já que não conseguia encontrar as amigas em lugar nenhum. Mas é claro que, com tantos rostos e vozes, com a música alta e a iluminação suave, ela poderia ter cruzado com uma delas sem ter percebido. Esperava que Charlotte e Nick estivessem bem.

"Ah, bem, a gente se encontra mais cedo ou mais tarde."

Maeve voltou a sua atenção para Riley. De repente, notou

como ele estava bonito com os cabelos ajeitados para trás com gel.

Antes que Maeve pudesse perguntar se ele queria dançar, Riley se virou para ela e disse:

– Não acredito que eles estão tocando essa música! – ele abriu um sorriso. – Essa banda aí vai ser a próxima nas paradas, com certeza!

– Sério? – Maeve gritou mais alto que os acordes.

Ela nunca tinha ouvido aquela música antes.

Riley confirmou com a cabeça.

– As pessoas não têm noção de como é difícil compor uma letra boa e uma melodia que pega. Eu componho muitas músicas para O Macaco Mostarda e posso dizer que dá mesmo um trabalhão.

Maeve inclinou o rosto mais para perto de Riley para que pudesse falar no ouvido dele.

– Aposto que sim. É muito legal você compor as suas músicas! Quando é que vocês vão se apresentar de novo?

Riley fez uma pausa, balançando a cabeça no ritmo da batida da música.

– Bem, estou com uma música nova... mas ainda não sei se ela está pronta para ser divulgada. Quer tentar qualquer hora?

Cheia de si, Maeve riu.

– Riley, tive uma ótima ideia!

– Ah, é? Qual?

Ela colocou os lábios na orelha dele e sussurrou algo que fez os olhos do garoto se iluminarem de empolgação.

– A gente podia tomar um ponche enquanto conversa sobre isso – Riley sugeriu, e o guitarrista do Macaco Mostarda deu um pulo no ar meio de lado, batendo as pernas uma na outra.

– Parece fantabuloso – Maeve elogiou, sentindo uma pontada de animação.

TUDO JUNTO DE NOVO

No fim da música seguinte, as GRB encontraram Maeve e Riley conversando seriamente perto da mesa de lanches. Uma agitação de abraços rápidos, cumprimentos e perguntas foi interrompida por Avery, que chegou aos pulos, seguida de Dillon.

– Os meus pés estão me matando! – Avery reclamou, tirando a sandália do pé direito e esfregando os dedos.

– É – Dillon brincou. – E você quase fez o nariz do Billy sangrar de novo!

– Como é que você sempre consegue bater nas pessoas quando está dançando? – Katani questionou.

– É um dom, eu acho – Avery respondeu com um sorriso orgulhoso.

– Avery, você deveria ir às minhas aulas de hip-hop! – Maeve sugeriu, oferecendo um copo de ponche para a amiga. Então, passou os olhos por Dillon. – Posso conversar com você um minuto?

Dillon pareceu um pouco apavorado.

– Tudo bem – Avery animou Dillon.

Maeve o levou um pouco para longe da mesa.

– Desculpe – ela murmurou.

– Por quê? – Dillon parecia confuso.

Maeve ergueu as mãos.

"Será que o Dillon é tão sem noção quanto a Avery?", ela se questionou.

– Porque você me convidou para o baile e eu nem se quer dancei realmente com você!

Ele deu um soquinho no ombro dela.

– Tudo bem, Maeve. Esqueça isso. Posso ficar com o broche?

Ele apontou para o prendedor de gravata que estava preso na manga da camiseta.

– Pode.

Maeve abriu um sorriso quando Riley apareceu atrás dela.

– Pronta? – ele perguntou.

Dez minutos depois, a voz de Maeve ecoou por todo o ginásio. Ela e Riley tinham subido no palco e Maeve falava ao microfone.

– Atenção! Um minuto da sua atenção, por favor! – ela pediu, colocando o máximo de emoção que conseguia em cada palavra. – Riley Lee, O Macaco Mostarda e eu, Maeve Kaplan-Taylor, estamos aqui para botar para quebrar. Mas antes quero agradecer a Chelsea Briggs por fazer uma homenagem tão incrível a todos os alunos aqui da Abigail Adams!

Riley se esticou até uma caixa de som e tirou de trás dela o projeto de Chelsea. Maeve o virou e o colocou na base do palco com um gesto exagerado.

"Ela não fez isso!", Chelsea pensou, apesar de estar saltitando por dentro.

– É isso aí! – Trevor lhe fez sinal de positivo. – Todo mundo adorou!

E era verdade, pois uma multidão se formava ao redor do pôster.

– Sim, senhoras e senhores – Maeve continuou. – O amor está no ar, por isso se preparem para cair no ritmo da nova música *Você, Você, Você!*

Riley pegou a guitarra e soltou o primeiro acorde. O som ecoou pelo ginásio e chamou a atenção de todos. Em seguida, Riley e Maeve iniciaram um belo dueto:

Eu jamais achei que iria querer cantar,
Nunca soube o que o futuro iria me dar,
E ele me deu você, você, você...

Nunca achei que meu coração se sentiria assim,
Não conseguia falar, não sabia o que fazer de mim
Quando vi você, você, você...

A música romântica e engraçadinha seguia uma batida de jazz que deixou todos de boca aberta quando Maeve e Riley misturaram as vozes em um som vivo e harmonioso. Por isso, ninguém nem se importou quando Maeve fez confusão com uma parte da letra.

– Sabe, Nick, uma das nossas aventuras pode ser visitar a Maeve e o Riley em Hollywood um dia – Charlotte sussurrou.

– Estou dentro – ele sorriu e segurou a mão dela.

QUANDO A MÚSICA CHEGA AO FIM

– Maeve, espere – Riley a chamou quando ela seguia as amigas até o lado de fora.

Oficialmente, o baile tinha acabado e todos já estavam indo embora. Maeve se virou.

Riley jogou um CD nas mãos dela.

– Tome.

Maeve correu os dedos pela lateral da caixa de plástico.

– O que é isto?

Riley abriu um sorriso.

– É uma coletânea de algumas músicas que achei que você iria gostar. Queria ter entregado para você antes, mas esqueci.

Maeve virou a caixa para olhar a parte de trás e rapidamente passou os olhos por algumas faixas. Ele tinha razão. Algumas das suas músicas preferidas estavam gravadas ali, naquele CD. Era como se ele tivesse entrado na sua cabeça e descoberto exatamente de que tipo de música ela gostava.

– Oh, Riley! – ela exclamou aos pulos. – É muita gentileza sua! – ela apertou a mão do garoto. – Ai, minha nossa! Isso me lembra perfeitamente do filme da Judy Garland, quando ela e o Mickey Rooney decidem fazer uma apresentação e cantam um dueto lindo juntos e...

Riley arregalou os olhos.

– Você é muito legal, Maeve. Você é diferente das outras meninas. Você, tipo, tem essa paixão e bota para fora, para todo mundo ver.

Maeve não conseguia acreditar no que estava ouvindo. Riley achava que ela era interessante e diferente. Nunca ninguém tinha lhe dito isso. Normalmente as pessoas a achavam meio boba por ser tão louca por filmes.

– Obrigada – foi tudo o que ela conseguiu falar.

Ela e Riley andaram pela noite coberta de neve, conversando animados sobre o dueto e discutindo formas para melhorar da próxima vez.

Charlotte estava perto da calçada, com o coração leve como um algodão-doce cor-de-rosa. Será que a noite poderia ficar melhor ainda?

– Está pronta para ir para casa? – Nick perguntou, aparecendo ao seu lado.

– É, estou cansada.

Fora uma longa noite, e Charlotte se sentia como se tivesse dançado durante dias.

Os dois, lado a lado, caminhavam na noite fria e silenciosa. Era maravilhoso ter Nick junto dela enquanto a neve caía. Charlotte nunca tinha imaginado que amaria um lugar tanto quanto tinha amado Paris, mas foi isso o que aconteceu. Naquela noite fria de inverno, não havia nenhum outro lugar onde ela queria estar que não fosse ali mesmo, em Brookline.

Ao caminharem, Nick contava sobre uma viagem de inverno que tinha feito com o pai. Tinham ido até as White Mountains, escalado o penhasco de Francônia e descido de esqui. Charlotte falou sobre sua tentativa de explicar como era a neve para seus amigos na Tanzânia.

– Existe uma época de chuvas naquela parte da África – Charlotte contou –, mas nunca neva!

A caminhada terminou muito rápido. Quando chegaram aos degraus da casa amarela, Charlotte se virou para agradecer a Nick.

– Obrigada por ter vindo até em casa comigo, Nick. Eu me diverti demais, foi maravilhoso.

Charlotte esperava que os dois conseguissem deixar para trás todos os mal-entendidos do passado. Ela sabia que gostava de Nick de uma forma especial, mas já tinha lidado com confusões de amor suficientes para um ano.

"Ah, não! De novo, não!"

Charlotte caiu para a frente quando se virou para subir os degraus.

Nick a segurou pelo braço e Charlotte se endireitou rapidamente.

– Ahn... é. Acho que eu meio que errei um degrau.

– É... acho que sim – Nick disse, sorrindo. – Então... será que a gente pode se encontrar para tomar café da padaria na segunda--feira?

– Claro, eu adoraria – ela respondeu e olhou para as tiras da sandália.

Os seus dedos estavam rosados e gelados por causa da neve. Ela ergueu os olhos com um sorriso travesso.

– Espere. Você vai mesmo aparecer dessa vez?

– Eu vou estar lá – Nick afirmou.

Charlotte sorriu e olhou para ele. Os olhos dele brilhavam sob a luz da Lua, encarando diretamente os dela. Ela poderia ficar fitando os olhos dele para sempre, mas finalmente se virou para entrar.

– Bem, boa-noite – ela sussurrou, virando-se mais uma vez para tentar subir os degraus.

– Charlotte... – ela ouviu Nick dizer.

A garota se virou. O que ele ainda estava fazendo ali? Ela ficou no primeiro degrau, esperando que ele dissesse algo, mas, em vez disso, ele se moveu na direção dela, pousou as mãos nos seus ombros e fechou os olhos.

Os pensamentos de Charlotte estavam a mil e ela sentiu um enorme frio na barriga. Rapidamente fechou os olhos também e, antes que conseguisse recobrar o controle dos seus pensamentos, sentiu os lábios de Nick sobre os dela, delicados e leves como um floco de neve! A cabeça dela zuniu e ela pôde sentir todos os centímetros do seu corpo sorrindo. Ali estava ela, em uma noite linda de neve, sendo beijada pelo menino mais gentil e mais lindo do mundo!

– Boa-noite – Nick disse baixinho, afastando-se e, antes que Charlotte se desse conta, ele tinha desaparecido rua abaixo.

Charlotte subiu os degraus da varanda correndo, abriu a porta da frente com tudo e sorriu radiante, entrando em casa. Fechou a porta e se apoiou nela, tentando acalmar a respiração instável. Ao subir tropeçando pelos degraus, ouviu o pai chamar:

– Como é que foi, querida?

"Meu Deus! Não posso conversar com o meu pai! Não agora", pensou.

– Foi divertido! Boa-noite!

Antes que ele pudesse lhe perguntar qualquer outra coisa, ela subiu os degraus até o quarto. Não queria de jeito nenhum contar ao pai sobre o beijo. Ainda não estava preparada para dividir certas coisas com ele. Tirando a sandália aos chutes, pegou Marty no colo e se jogou na cama. As molas do colchão rangeram em protesto enquanto ela pegava o travesseiro e o abraçava com Marty aconchegado ao seu lado.

"Um beijo. O MEU PRIMEIRO BEIJO." Encarando o teto, ela repassou mentalmente todos os momentos da caminhada para casa até chegar ao beijo. Depois, começou tudo de novo. Acariciando os pelos de Marty de maneira distraída, Charlotte abriu o diário e encarou a página em branco por um longo tempo antes de começar a escrever.

Diário da Charlotte
ULTRASSECRETO

Ninguém nunca vai ler isto, a não ser talvez eu mesma quando estiver mais velha, mas tenho que escrever, senão acho que vou explodir. O Nick Montoya me beijou nesta noite. Um beijo de verdade! Ele disse: "Eu vou estar lá" e simplesmente se inclinou para perto de mim e me beijou. Não acredito que isso aconteceu mesmo e com o garoto mais lindo, mais fofo e mais gentil de todo o planeta.

Estou com vontade de pular, de dançar e de me enfiar debaixo das cobertas e me esconder ao mesmo tempo. O que é que eu faço agora? O Marty está me olhando de um jeito estranho. Acho que ele sabe que tem alguma coisa acontecendo. As pessoas conseguem dormir depois do primeiro beijo? Ou ficam acordadas a noite toda pensando, pensando e pensando em tudo de novo?

CAPÍTULO 19

> **PANQUECAS NO PARAÍSO**

JÁ ERAM quase 11 horas quando Charlotte, sonolenta, abriu os olhos. E só porque o pai estava preparando as suas famosíssimas panquecas e o aroma divino que saía da cozinha chegava ao quarto dela. Charlotte, no entanto, ainda não estava totalmente preparada para comer. A cabeça ainda girava por conta da aventura da noite anterior e os pés... estavam tão doloridos! Toda aquela dança em sapatos chiques e depois a caminhada para casa no meio da neve a fizeram perceber que a moda tem seu preço.

Charlotte estalou os dedos e se encolheu mais fundo no meio das cobertas. Sorriu quando relembrou a última dança com Nick. Foi encantadora! Ela quase tinha se sentido como uma Cinderela em um baile moderno.

De repente, Charlotte riu quando uma visão do seu desastre no primeiro dia de aula na Abigail Adams surgiu na sua cabeça. Naquela época, quando prendeu a toalha da mesa no zíper da calça e arruinou o seu grupo de almoço na frente de todos em pleno refeitório, a menina estava convencida de que ela, Charlotte

Ramsey, seria considerada para sempre a maior fracassada de todos os tempos.

E quase foi assim. Mas então as GRB aconteceram e ela ficou satisfeita de encontrar as melhores amigas do mundo. E agora havia Nick. Nick, que amava as suas histórias sobre subir em camelos, atravessar desertos e ver antílopes em um estouro. Nick, com quem ela podia conversar sobre os seus sonhos de viajar pelo mundo. Nick, que parecia entendê-la de verdade. Nick, que a tinha beijado!

— Charlotte, querida — o pai chamou. — O seu café da manhã está pronto.

— Um minuto — ela respondeu, jogando as cobertas para o lado e pulando da cama.

Primeiro, precisava verificar seus e-mails.

```
Para: Charlotte
De: Sophie
Assunto: choro
```

Está tudo bem? Em dois dias, tudo o que recebi foi uma mensagem me dizendo que você estava chorando! Por favor, escreva logo. Preciso saber se *ma meilleure amie* Charlotte está se sentindo melhor ou não. Queria poder ir até Boston por um minuto para ver você e lhe levar muito chocolate! A minha sensação é que vai ficar tudo bem. Mas me conte. Logo! Estou perdendo o sono!

Ton amie,
Sophie

— Ah, não! — Charlotte disse em voz alta no meio do quarto vazio. — Não escrevi nada depois que levei o Marty para passear. Pelo menos naquela manhã tinha boas notícias para dar.

```
De: Charlotte
Para: Sophie
Assunto: Re: choro

Desculpe não ter escrito antes, minha
vida ficou uma loucura! Mas você, Sophie,
consegue prever o futuro. Tudo entre mim e
o Nick foi um enorme de um mal-entendido,
exatamente como você disse. E agora está
tudo perfeito... mais que perfeito. Bem...
está pronta? O Nick me beijou. É, o meu
primeiro beijo. Será que está acontecendo
mesmo? Está tudo muito maravilhoso!!! Ainda
não sei se quero contar para outra pessoa
sobre o meu primeiro beijo, mas sei que você
vai manter o meu segredo bem guardado.

Au revoir,
Charlotte


P.S.: Não dormi nada esta noite!
P.P.S.: Escreva de volta... e logo!
```

Charlotte se sentou por um instante, tentando lembrar exatamente qual tinha sido a sensação do beijo. Era mais fácil lembrar as palavras que Nick dissera e a forma como ele piscou depois e enfiou as mãos bem fundo no bolso.

– Está aí em cima? – a voz do pai ecoou pela escada da Torre, onde ela estava sentada na frente do computador.

– Estou – Charlotte respondeu, bocejando, e desceu até a cozinha aos tropeços, ainda vestindo o pijama.

– Bom-dia, Bela Adormecida – o pai disse, colocando uma pilha de panquecas fumegantes sobre o prato dela. – Ou devo dizer Cinderela? Foi a Cinderela quem ficou dançando até de madrugada.

Uma batida na porta os interrompeu. O sr. Ramsey desceu a escada para abrir a porta, e Charlotte despejou cobertura em cima das panquecas.

– Maeve, Isabel! Mas que bela surpresa! Venham comer umas panquecas!

Charlotte ouviu todos subirem pesadamente a escada e então viu suas amigas entrarem na cozinha, batendo os pés para tirar a neve das botas.

– Charlotte! Você já acordou! A gente *precisa* conversar – Maeve se empolgou. – Todas nós! Não foi o baile mais lindo do mundo?

Jogou os braços para o alto e girou pela cozinha ao lado de um sr. Ramsey intrigado.

Então, Maeve se virou para o pai de Charlotte.

– Sr. Ramsey, a gente precisa roubar a Charlotte e levá-la para a Padaria dos Montoya. Afinal, foi o baile do século e precisamos nos atualizar.

Charlotte tentou não dar um sorriso óbvio demais. Maeve não sabia nem metade do que havia acontecido!

– Mas... estou de pijama e...

Charlotte apontou com o garfo para o café da manhã.

O sr. Ramsey estava no fogão de novo, despejando mais massa na frigideira.

– Meninas! Tem o suficiente para todas.

– Ah, muito obrigada, sr. Ramsey, mas eu não posso *de maneira nenhuma* – os olhos de Maeve ficaram grandes e ela soou exatamente como uma de suas estrelas do cinema preferidas. – Sabe, estamos com *muita* pressa! A Katani e a Avery já estão indo para a padaria! E temos que levar a Charlotte, não seria certo sem ela.

Charlotte quase tossiu um pedaço da panqueca para fora da boca. Na padaria!

"E se o Nick achar que eu estou atrás dele agora?"

Era pouco provável, mas mesmo assim... Ele não iria dizer nada na frente das amigas dela, iria?

– Bem, acho que vou ter que congelar minhas panquecas especiais então – ele disse, dando uns tapinhas nas costas da filha. – Mas fiquei meio curioso, meninas. Vocês não se viram noite passada, no baile?

O pai olhava para todas elas com um jeito intrigado.

– Bem, eu não fui... – Isabel começou a explicar.

– E tem tanta coisa para conversar! – Maeve interrompeu. – O DJ, a comida, o que todo mundo estava vestindo... Encare isso como uma conversa superimportante de mulher, sr. Ramsey.

O sr. Ramsey voltou ao fogão e colocou algumas panquecas fresquinhas em um prato.

– Bem, nesse caso, Charlotte, acho melhor você se trocar – ele disse, sorrindo.

Charlotte abaixou os olhos até seu café da manhã pela metade.

– Obrigada, pai. É melhor eu guardar um espacinho se nós vamos... para lá.

Ela torceu para que as amigas não notassem que ela não queria mencionar o nome do estabelecimento. Estava preocupada em dizer o nome da padaria e a sua voz ficar esquisita, como tinha ficado ao telefone com Nick no outro dia.

O sr. Ramsey encolheu os ombros.

– Com certeza o Marty vai gostar do resto do seu café. Vá se divertir com as suas amigas! O apetite do amiguinho parece que voltou ao normal.

Ele deu umas risadinhas quando Marty ficou ao seu lado, olhando para cima com cara de pidão.

Em questão de cinco minutos, as amigas já estavam andando pela Rua Beacon, a caminho da padaria.

"O que será que o Nick vai pensar?", Charlotte ficou imaginando toda nervosa.

CORAÇÕES E BEIJA-FLORES

Avery deu um pulo da cadeira e acenou quando Maeve chegou à padaria com Charlotte e Isabel. O estabelecimento estava sempre cheio nas manhãs de sábado, e aquele não era exceção. Só para chegarem à mesa, as meninas tiveram que se apertar no meio de uma fila que saía do caixa e ia quase até a porta. Charlotte se sentou de frente para o balcão e ficou de olho, procurando os cabelos castanhos de Nick.

– Por que vocês demoraram tanto? – Katani perguntou depois de abraçar as amigas. – Todo mundo queria pegar as cadeiras que guardamos para vocês!

– A Char ainda estava de pijama – Isabel explicou.

– E o sr. Ramsey queria fazer umas panquecas para a gente! – Maeve cheirou o ar. – Foi gentileza dele oferecer, mas explicamos – ela acrescentou com um gesto exagerado – que esta era uma reunião muito importante das GRB. E eu acho que estamos precisando do chocolate quente daqui... concordam?

Como se estivesse respondendo à pergunta dela, Nick apareceu trazendo uma bandeja com cinco chocolates quentes e um prato de bolinhos fresquinhos. Charlotte evitou olhá-lo nos olhos, porém observou passar as bebidas para as meninas e deixar o prato na mesa. Tentou manter a respiração estável, mas não conseguiu, em parte porque Maeve a ficava encarando com brilho nos olhos.

Sério: ela estava prestes a explodir por dentro. Era uma sensação estranha, em parte ansiedade, como se fosse abrir um presente de aniversário, e em parte como se estivesse escondida debaixo das cobertas.

– Oi, Char – ele disse baixinho, pousando o prato na mesa. – E aí, GRB? – ele falou para as outras meninas.

– Está cheio aqui hoje – Katani comentou.

Nick concordou com a cabeça.

– É, todo mundo resolveu vir hoje. Meus pais me arrancaram da cama para eu vir ajudar. Vi vocês sentadas aqui e, bem... achei melhor pegar uns bolinhos fresquinhos para vocês, porque a fila está tão grande que decerto vocês ficariam sem nenhum.

Charlotte achou que Nick estava meio tagarela.

"Talvez ele também esteja meio nervoso", ela imaginou, girando uma mecha de cabelo.

– Obrigada, cara! – disse Avery apanhando um bolinho quente. – Se chegar mais gente, vocês vão ter que arranjar aqueles negócios de elástico que usam para as filas do aeroporto.

– Negócios de elástico? – Maeve riu.

– *O que é que foi?* Você por um acaso sabe como aquilo se chama? – Avery desafiou.

— Charlotte? — Katani questionou. — Você é a especialista em palavras e em aeroportos!

— Hum... — Charlotte não conseguia pensar em absolutamente nada com Nick ali perto.

Nick respondeu, então:

— Acho que deve ser cordão mesmo, Ave... Tenho que ir trabalhar — Nick disse apressado. — Queria ficar por aqui, mas...

Ele mostrou a fila.

— Sem problema — Isabel garantiu. — Boa sorte!

— Obrigada pelos bolinhos — Charlotte disse e deu um leve aceno, enquanto ele desaparecia atrás do balcão.

— Vocês são tããão fofos! — Maeve exclamou, deixando aquela conversa de aeroportos e filas para trás. — Então, conte tudo! O que ele disse no meio daquela neve toda? Aposto que foi romântico! Ele beijou a sua mão e pediu desculpas?

— Maeve! — Katani a repreendeu ao ver a expressão pálida de Charlotte. — Talvez ela não queira conversar sobre isso.

— Tudo... tudo bem — Charlotte disse baixinho. — Quero dizer, foi tudo muito legal! Foi ótimo depois que eu parei de agir feito idiota!

— Sei o que quer dizer — Isabel concordou. — Achei que seria horrível perder o baile, mas sabem de uma coisa? Eu me diverti muito no Recanto da Jeri.

Ela ergueu uma sacola de compras velha que estava carregando.

— Até tive tempo de fazer umas coisinhas para vocês.

— Sério?!

Maeve encarou a sacola com brilho nos olhos. Ela adorava presentes!

Isabel desembrulhou um ímã de cerâmica em formato de coração mais ou menos do tamanho da palma da sua mão. Pintado no meio, estava um lindo beija-flor cor-de-rosa.

– Este é para você, Maeve, porque você é um doce e muito amável.

Maeve agarrou seu ímã e murmurou:

– É lindo! Vou guardar no meu armário lá da escola.

Isabel deu a Charlotte uma garça, por conta dos seus voos pelo mundo e para lhe trazer boa sorte. Avery ganhou uma arara por sua alegria, e Katani, um cisne muito elegante.

– E você, Izzy? – Charlotte perguntou.

– Bem...

Izzy colocou a mão dentro da sacola e tirou de lá um ímã verde e rosa em formato de ovo.

– O Kevin fez este aqui para mim – ela confessou. – É um ovo de Páscoa.

– O quê?! – todas as amigas disseram juntas.

Isabel riu.

– Vocês tinham que estar lá para ver!

CONFISSÕES DE UM PAI SOLTEIRO

Charlotte voltou para casa duas horas depois. Depois dos presentes de Isabel, elas começaram a conversar sobre os vestidos das meninas, em seguida foram para os melhores passos de dança e finalmente concordaram que a apresentação de Riley e Maeve foi incrível.

E, quando estavam prontas para ir embora, Chelsea apareceu com Trevor, Dillon e Yurt. Ela tinha cruzado com os meninos enquanto revelava as suas fotos preferidas do baile na máquina automática que havia na farmácia. Todos riram de uma foto de Yurt dando um pulo espetacular, e Maeve se apaixonou por uma foto linda de todas as GRB segurando os corações que tinham ajudado a pendurar por todo o ginásio.

O pai de Charlotte estava lavando a louça quando ela entrou na cozinha.

– E aí? – ele perguntou. – Será que um dia você vai me contar como é que foi o baile?

Charlotte havia se divertido tanto que mal tinha tido tempo para pensar no que contar ao pai. Pegou um pano de prato e começou a secar a louça.

"Não posso contar tudo para ele... pelo menos não ainda."

– Foi divertido, pai.

Ela se esticou e guardou a frigideira.

– A música estava fantástica.

– Que bom que você se divertiu – o pai disse. – E então... você e o Nick...

"Como é que ele sempre sabe no que eu estou pensando?"

Charlotte ficou aliviada por estar com a cabeça dentro do armário; assim seu pai não a veria corar.

– O que é que tem? – ela se levantou e, calmamente, pegou um prato do escorredor.

– Você gosta mesmo dele, não é?

Charlotte deu de ombros.

– Bem, ele é... muito legal... e quer viajar também.

O sr. Ramsey concordou com a cabeça.

– Tudo bem. Você não precisa me contar tudo, mas sabe que pode... se quiser.

Charlotte guardou o prato e os dois trabalharam em silêncio por alguns minutos.

Quando o sr. Ramsey finalmente falou de novo, ele parecia inquieto.

– Ainda me lembro do meu primeiro encontro com a sua mãe. Ela estava tão linda naquele dia, com os cabelos compridos soltos... parecia uma moça saída de uma pintura renascentista. E ainda me lembro do que ela estava vestindo: uma calça jeans azul e uma blusa vermelha.

O pai balançou a cabeça e riu.

– Fomos ao cinema de Brookline. Lembro que vimos *Casablanca*, um filme ótimo do Humphrey Bogart.

O pai ficou em silêncio por um minuto, deixando a água correr na pia.

Uma profunda tristeza tomou conta do coração de Charlotte. Se a sua mãe ainda estivesse viva, poderia lhe falar sobre a noite passada e o seu primeiro beijo. Era para isso que as mães existiam. Charlotte suspirou e tentou se concentrar em alguma outra coisa, mas pensar em mães a fazia se lembrar da sra. Madden e do recado que ela tinha ouvido na secretária eletrônica.

Charlotte guardou o último prato e se sentou à mesa.

– Pai, preciso perguntar uma coisa para você – ela começou.

O sr. Ramsey se sentou na cadeira ao lado dela e cruzou as pernas.

– Pode perguntar, querida.

Charlotte respirou fundo. Não tinha por que ficar enrolando. "Vou perguntar direto mesmo", ela pensou.

– Pai, como é que foi o seu encontro com a mãe da Avery?

O pai jogou o corpo para trás tão subitamente que quase caiu da cadeira. Primeiro Charlotte achou que ele estava engasgado, mas então se deu conta de que ele tinha sido totalmente surpreendido pela pergunta dela.

Ele pegou um guardanapo e secou os olhos úmidos, e Charlotte voltou à sua cadeira.

– Muito bem. Uau. Por essa eu não esperava.

Ele riu.

— Pai! — Charlotte não conseguia acreditar: parecia que ele era a criança e ela era a adulta! — Não tem graça. Ouvi o recado que ela deixou para você. Vocês foram àquele restaurante francês ontem à noite.

O sr. Ramsey sorriu para a filha.

— Ah, Charlotte! Desculpe, eu deveria ter explicado, mas você estava tão ocupada se preparando para o baile... Não quis atrapalhá-la!

— Bem, da próxima vez que você resolver namorar a mãe de uma amiga minha, que tal me avisar?

Ela ainda estava um pouco irritada, mas algo nos olhos do pai a fazia achar que tinha errado alguma coisa.

— Não tem nada de namoro, Charlotte! Fomos com um grupo de pessoas. Um amigo meu da universidade teve a ideia: "Por que a gente não reúne um monte de pais solteiros para não termos que passar o Dia dos Namorados sozinhos?" Convidei a Bif porque achei que ela fosse se interessar... A gente se divertiu tanto que está pensando em reunir o grupo uma vez por mês, quem sabe?

Charlotte riu de alívio.

— Vocês não estão namorando?

O pai balançou a cabeça e se esticou para dar uns tapinhas no ombro de Charlotte.

— Não, querida... Eu... Não tenho ninguém no momento. Mas me sinto meio solitário às vezes, então esse grupo pode ser uma maneira bem legal de conhecer pessoas novas.

"Meu pai, solitário!"

Charlotte se sentiu péssima. Nunca imaginou que o seu pai pudesse se sentir sozinho. Ele estava sempre tão ocupado com a universidade, tinha os artigos para escrever e tinha Charlotte e Marty. De repente, ela se deu conta de que não era a única que sentia falta da mãe.

Quando o pai viu a expressão no rosto dela, suspirou profundamente.

— Sabe, Charlotte, quando a gente perde alguém que ama, às vezes leva um tempo para imaginar outra pessoa na nossa vida.

Charlotte correu para abraçar o pai. Os dois ficaram ali juntos, confortando um ao outro, até que Marty começou a pular em cima deles.

— Acho que ele também quer participar do abraço — Charlotte disse.

A VERDADE E NADA MAIS QUE A VERDADE

Depois de comer mais bolinhos do que deveria na Padaria dos Montoya, Avery se deitou encolhida no sofá para assistir ao jogo de basquete do time da Universidade de Boston. Scott estava esparramado na poltrona do outro lado da sala. Era o time da região preferido dos dois.

— Quando é mesmo a estreia dos Red Sox? — Avery questionou.

Futebol e basquete eram os jogos que ela mais gostava de jogar, mas beisebol era o preferido para assistir. Não aguentava mais ter que esperar o inverno inteiro para ver o primeiro jogo do seu time predileto.

— Só em abril — Scott bocejou.

Começou a passar um comercial e um gato dançou e sapateou na tela da televisão, aguardando o dono encher a tigela de comida. A sra. Madden colocou a cabeça para dentro da sala.

— Por um acaso vocês dois vão desgrudar da televisão logo?

— Mãe, a gente merece uma folga... — Avery começou.

— Bem, vou precisar de uma ajuda hoje. Isto aqui está uma *bagunça*!

A mãe indicou o ambiente, mostrando o que, para Avery e Scott, parecia uma sala de estar impecável e imaculada.

— Sente aí e relaxe, mãe.

Scott apontou para o sofá. Para a surpresa de Avery, ela se sentou mesmo, encolhida e com as mãos apertadas uma na outra.

— Você se divertiu ontem à noite? – ela perguntou para Avery.

— É claro, mãe.

Avery deu de ombros e então soltou sem pensar:

— E você? Como é que foi o seu encontro romântico?

Scott a encarou.

— O que é isso, Ave, não encha a paciência dela.

— Oh!

A mãe parecia confusa.

— Eu me diverti muito. Mas não foi um *encontro romântico!* Por que você achou que era?

Scott fuzilou Avery com os olhos. A menina deu um pulo e encarou a mãe como uma detetive disfarçada.

— Você não está namorando o sr. Ramsey?

— O sr. Ramsey!

A mãe de Avery caiu na gargalhada.

— Ah, querida, ah!

— O que foi? – Avery insistiu de braços cruzados diante da mãe.

A sra. Madden pegou Avery nos braços.

— Saímos em um grupo de pais solteiros. O sr. Ramsey estava lá, assim como mais uns dez amigos novos que fizemos!

— É sério, mãe? – Avery perguntou aconchegada no abraço da mãe.

– Sério, querida. Eu contaria se tivesse um encontro romântico.

E beijou o topo da cabeça da filha.

Scott se levantou e se espreguiçou.

– Legal. Vou encontrar uns amigos. Depois você me conta como acabou o jogo, Ave?

Quando o irmão deixou a sala, Avery se afastou da mãe.

– Eu... Eu queria conversar mais uma coisa com você, mãe.

– Pode dizer, meu amor.

E então Avery contou tudo: sobre Dillon tê-la convidado para o baile e ela ter negado porque Maeve queria ser convidada por ele.

– Mas acabou dando tudo certo – Avery concluiu. – Porque a Maeve chegou à conclusão de que tinha muito mais coisas em comum com esse carinha, o Riley, o que é a mais pura verdade, porque os dois são loucos por música e atuação. Mas aí é que está – ela tentou explicar. – Ainda me sinto meio esquisita por causa de toda essa história do Dillon. Quero dizer, ele me convidou para dançar, então acho que talvez, quem sabe, ele meio que goste de mim e...

Com uma enxurrada de comemorações, o jogo de basquete terminou. Avery ficou encarando a cena por alguns instantes.

A sra. Madden balançou a cabeça para animá-la.

– E...?

– Como é que eu vou jogar futebol e essas coisas com ele agora? Não vai ser esquisito?

Os lábios da sra. Madden se contorceram.

– Querida, é perfeitamente normal ser *só amiga* dos meninos. O Dillon é um dos seus melhores amigos, e isso não mudou. Provavelmente, ele vai ficar aliviado se tudo voltar a ser assim – ela disse, acariciando os cabelos da filha. – Você vai saber –

ela acrescentou – quando começar a ver os meninos de um jeito diferente. E não precisa se apressar para chegar lá! Um dia você vai encontrar um menino com o senso de humor perfeito, inteligente e...

– E fera nos esportes, não é? – Avery opinou.

– Isso mesmo, filha!

A mãe riu.

Avery abriu um sorriso. A mãe podia até deixá-la irritada com muita frequência, mas sempre sabia a coisa certa a dizer para fazer Avery se sentir melhor.

A menina deu um abraço rápido na mãe.

– Muito bem. Ajudo-a a arrumar as coisas depois que eu fizer um pouco da lição.

Antes de pegar o livro de literatura, Avery entrou na internet. Nenhuma das GRB estava on-line, mas outro nome chamou sua atenção. JSnowboarder. "Jason." Ele era um cara completamente diferente de Dillon e de todos os outros meninos da Abigail Adams.

Sala de Bate-papo: GRB

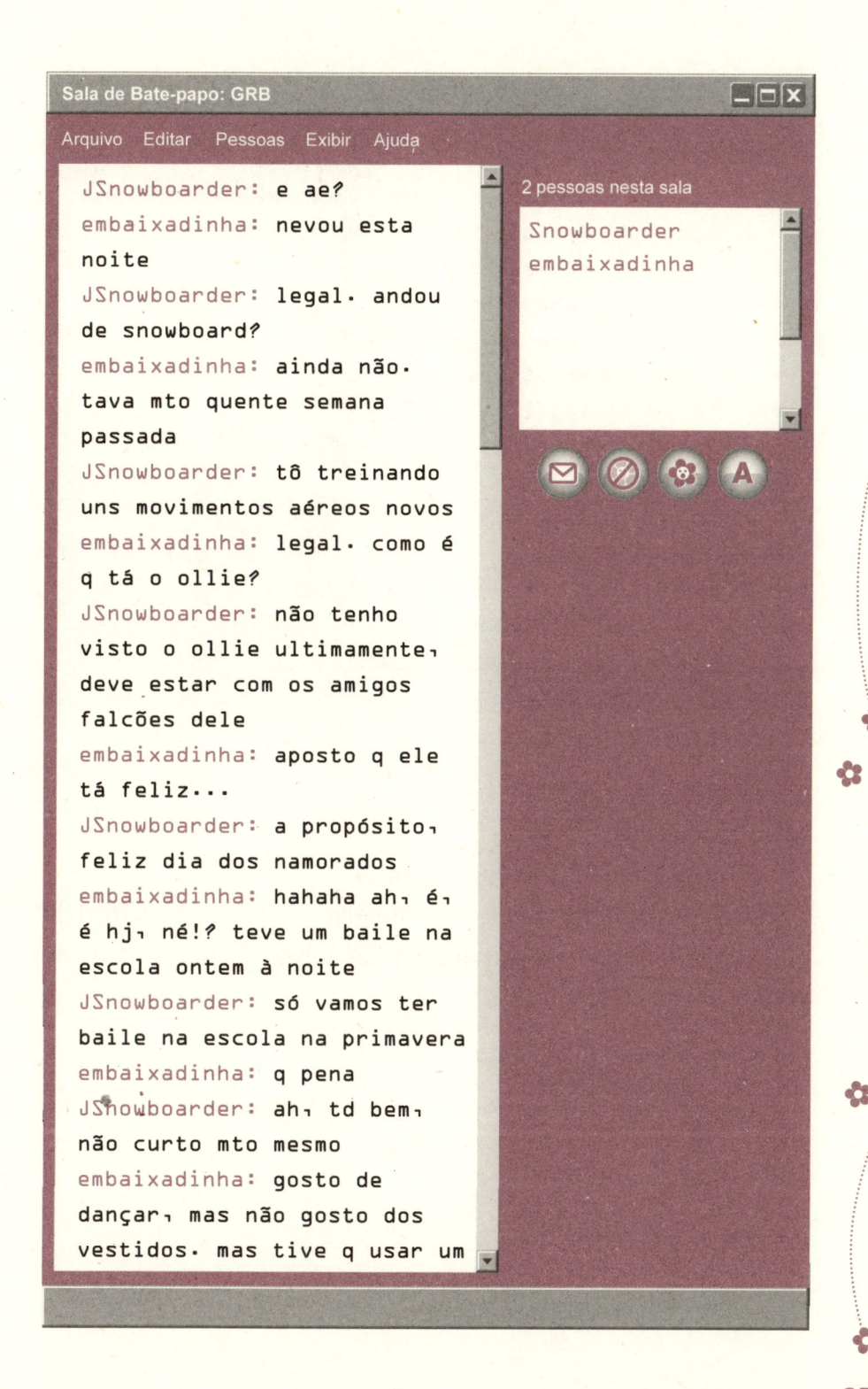

Arquivo   Editar   Pessoas   Exibir   Ajuda

JSnowboarder: e ae?
embaixadinha: nevou esta noite
JSnowboarder: legal. andou de snowboard?
embaixadinha: ainda não. tava mto quente semana passada
JSnowboarder: tô treinando uns movimentos aéreos novos
embaixadinha: legal. como é q tá o ollie?
JSnowboarder: não tenho visto o ollie ultimamente, deve estar com os amigos falcões dele
embaixadinha: aposto q ele tá feliz...
JSnowboarder: a propósito, feliz dia dos namorados
embaixadinha: hahaha ah, é, é hj, né!? teve um baile na escola ontem à noite
JSnowboarder: só vamos ter baile na escola na primavera
embaixadinha: q pena
JSnowboarder: ah, td bem, não curto mto mesmo
embaixadinha: gosto de dançar, mas não gosto dos vestidos. mas tive q usar um

2 pessoas nesta sala

Snowboarder
embaixadinha

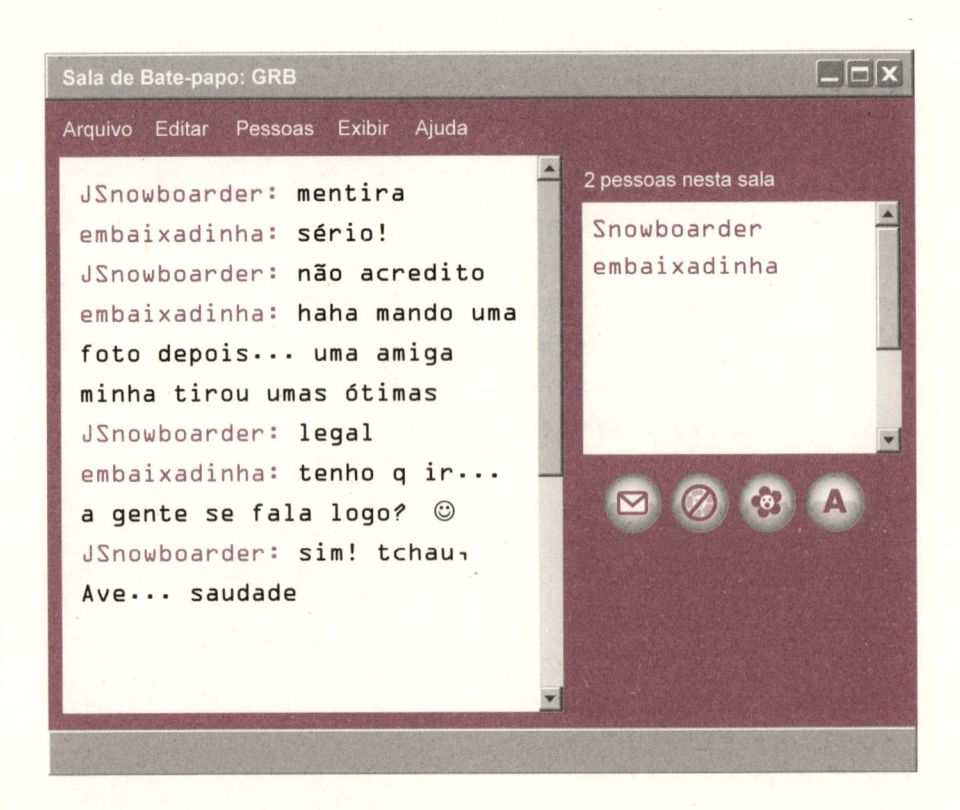

> **Sala de Bate-papo: GRB**
>
> Arquivo Editar Pessoas Exibir Ajuda
>
> JSnowboarder: mentira
> embaixadinha: sério!
> JSnowboarder: não acredito
> embaixadinha: haha mando uma foto depois... uma amiga minha tirou umas ótimas
> JSnowboarder: legal
> embaixadinha: tenho q ir... a gente se fala logo? ☺
> JSnowboarder: sim! tchau,
> Ave... saudade
>
> 2 pessoas nesta sala
> Snowboarder
> embaixadinha

Avery foi até o armário e começou a vasculhar dentro da mochila.

"O Jason está com saudade de mim."

Uma sensação desconhecida começou a nascer dentro dela quando a menina percebeu que também estava com saudade de Jason.

CAPÍTULO 20

> **O AMOR ESTÁ NO AR**

DO LADO DE FORA, o sol brilhava sobre os montinhos da neve que acabara de cair. Marty trotava ao lado de Avery e Charlotte, seu rabo gorducho caído, enquanto as meninas caminhavam em direção ao parque Amory.

– Coitadinho do Marty – Avery disse, abaixando-se para acariciar o cãozinho. – A gente precisa descobrir um jeito de tirá-lo dessa fossa canina.

Charlotte deu um passo para o lado para desviar de uma criança que passou zunindo em um skate.

– Não sei o que a gente pode fazer. Parece que ele botou na cabeça que quer ficar arrasado desse jeito, seja o que for.

Avery se agachou, pegou um punhado de neve e a atirou para o alto.

– Ei, Marty, quer caçar uns flocos de neve?

– Então, eu perguntei para o meu pai sobre o encontro – Charlotte confessou para se desligar daquele Marty tão tristonho que ignorava os flocos de neve que flutuavam à sua frente.

— Perguntei para a minha mãe também! – Avery deu um sorriso. – Bem, no fim das contas, não era nada.

Avery tirou um pacote de chicletes do bolso e ofereceu um a Charlotte.

— É, era só um grupo de pais solteiros tentando ter um Dia dos Namorados feliz! – Charlotte disse, abrindo o chiclete e o enfiando na boca. – Bom, acho que não vamos ser irmãs.

— Bem, estou meio feliz de eles serem só amigos, mas talvez eu possa adotá-la como minha irmã mesmo assim. Ia ser muito legal!

Avery estourou uma bola de chiclete e sorriu para Charlotte.

Avery era adotada e às vezes imaginava se tinha outros irmãos ou irmãs espalhados por aí. Se tivesse, esperava que eles fossem felizes, mas também não conseguia se imaginar em outra família além da que tinha... a não ser talvez por uma nova irmã... uma irmã como Charlotte.

— Eu também ia gostar! – falou Charlotte sorrindo para Avery.

Ela costumava desejar que as suas amigas GRB fossem suas irmãs. Assim, se um dia ela precisasse se mudar de novo, iriam junto. Se ela tivesse irmãs, sempre haveria alguém com quem conversar a qualquer hora da noite... alguém para contar segredos, alguém para as horas boas e ruins.

— O que você acha, Marty? – Avery perguntou ao cão.

Ele se sentou no meio da calçada, focinho para cima e orelhas erguidas.

— Ele acha *alguma coisa*... mas o quê? Essa é a questão – Charlotte disse, empurrando Marty gentilmente com o tênis para que ele continuasse andando.

— O que foi, amiguinho? – Avery perguntou ao notar que Marty farejava em uma direção específica.

Charlotte enrugou a testa e se abaixou para acariciá-lo. Bem naquela hora, Marty deu um pulo, empurrando o braço de Charlotte com tanta força que quase a fez cair na calçada.

– Nossa!

– Vamos! – Avery gritou quando Marty começou a levá-las correndo pela neve pisoteada em direção a uma construção rosa já conhecida e que, naquele dia, estava totalmente decorada com corações e serpentinas.

– A Rosa Formosa! – Charlotte exclamou. – É isso! Ele quer ver a namorada dele, a La Fanny!

– Aquele ali não é a La Fanny!

Avery apontou para a calçada mais à frente.

Da direção oposta, estavam vindo o namorado da srta. Rosa, Zak, e o cachorro dele. Os pelos marrons e pretos do rottweiler brilhavam sob os raios do sol da tarde quando ele pisava firme no chão, o rabo balançando como um limpador de para-brisa. E, quando ele viu Marty, soltou um rosnado e exibiu os dentes.

De olhos arregalados, Avery e Charlotte se afastaram do cachorro maior. Sem dúvida nenhuma, elas não queriam confusão com o enorme animal.

– Brady – o homem ralhou, segurando mais forte na guia –, que modos são esses?

Charlotte segurou a respiração quando os pelos de Marty se eriçaram. De repente, o latido alto do amiguinho ecoou do outro lado da rua quando ele fincou as patas no chão e mostrou os dentes para Brady.

Avery e Charlotte não conseguiram se segurar. Caíram na risada, assim como Zak.

– O que é que está acontecendo aqui? – a srta. Rosa apareceu na porta da loja, com La Fanny espiando logo atrás.

— Oi, Frambosina – Zak disse, mantendo a mão firme na guia de Brady.

— O Marty está achando que é o King Kong! – Avery exclamou.

Os pelos do cachorrinho se ergueram de fúria quando ele rosnou para o enorme rottweiler. Era como uma versão canina do confronto entre Davi e Golias! Tudo o que Charlotte podia fazer era segurar firme a guia de Marty. O rottweiler também não sabia ao certo o que fazer com o comportamento daquela trouxinha peluda que era Marty. Ficava inclinando a cabeça de um lado para outro.

Mas então La Fanny deu um latidinho delicado e Marty deu um pulo no ar. Brady ficou tão assustado com a ginástica de Marty que soltou um ganido e se escondeu atrás de Zak, tentando parecer o menor possível.

Os lábios da srta. Rosa se contorceram de espanto.

— Ora, ora, mas que homenzinho corajoso você é, Marty!

— É isso aí, Marty! – Avery gritou, olhando com admiração para o amiguinho. – Aquele cachorro ali tem cinco vezes o seu tamanho e, mesmo assim, você está pronto para acabar com ele!

Charlotte riu e se agachou para acalmar o bichinho.

— Até parece mesmo que ele vai deixar o Brady roubar a poodle cor-de-rosa que é o maior amor da vida dele!

Zak coçou atrás das orelhas de Brady.

— Ânimo, Brady. A gente acha outra namorada para você. Não se preocupe.

Marty ficou ao lado de La Fanny enquanto ela abaixava o focinho em uma espécie de cumprimento canino.

— Charlotte! – Avery chamou. – Já sei por que o Marty estava deprimido! O coitadinho estava doente de amor! Olhe só para ele!

– Você tem razão, Avery – Charlotte concordou, observando Marty pular ao redor de La Fanny. – Ele achou que o Brady tinha roubado a La Fanny dele.

Marty deu uma cambalhota no ar e todos riram.

– Ele voltou a ser o Marty de sempre! – Charlotte vibrou.

Em seguida se abaixou e deu um abraço tão apertado em Marty que ele soltou um latido.

– Estou tão superfeliz!

– Agora que todos vocês estão aqui... – a srta. Rosa anunciou. – Vocês *precisam* ver o que eu fiz com a loja!

E todos entraram com os cachorros.

– Feliz Dia dos Namorados! – proclamou a excêntrica dona da loja.

Nem de longe Avery se importava tanto com o cor-de-rosa quanto Maeve, mas tinha que admitir que a srta. Frambosina Rosa fizera um trabalho incrível de decoração para o seu feriado preferido. O teto dentro da loja estava abarrotado de faixas com corações metálicos e luzes piscantes. Uma música romântica tocava baixinho, e balões de hélio em formato de coração giravam no ar em cima de uma estante com cartões do Dia dos Namorados, rosas recém-colhidas e chocolates.

– Nossa! – Charlotte exclamou. – Incrível!

Zak tirou o casaco e revelou uma camiseta rosa-choque. Em seguida, colocou um chapéu de cowboy que estava em um mostruário perto do caixa.

– Como é que eu estou? – perguntou para Avery e Charlotte.

– Hum, rosa?

Charlotte deu umas risadinhas.

– Ótimo!

Ele tirou uma caixa de bombons de trás das costas.

— Para você – disse ele, inclinando-se para a frente e dando um beijinho na bochecha da srta. Rosa.

Enquanto isso, Marty e La Fanny dançavam em volta da estante com as rosas, latindo e se esfregando.

— Por que a gente não leva esses cachorros doidos lá para o parque? – a srta. Rosa sugeriu. – Vou avisar uma das minhas assistentes. Acho que estamos precisando de ar fresco!

No caminho até o parque, Zak conversou com Avery sobre esportes, e Brady, ao que parece batizado em homenagem ao famoso jogador de futebol americano, seguia logo atrás. La Fanny e Marty dançavam na dianteira do grupo, enrolando as guias uma na outra a cada cinco minutos pelo menos.

Charlotte encarou a caixa de bombons que a srta. Rosa carregava enfiada dentro da jaqueta e se lembrou da forma como Zak a tinha beijado na bochecha.

"Agora eu sei qual é a sensação de ser beijada!"

Aquele pensamento zumbiu dentro dela como uma abelhinha.

SEGREDOS REVELADOS

Depois de assistir ao casalzinho canino perseguir um ao outro pela neve por quinze minutos, a srta. Rosa e o namorado se despediram.

— Não posso ficar fora da loja por tanto tempo em um dia como este – a srta. Rosa comentou, afastando-se com La Fanny.

Marty tentou segui-las, mas Avery e Charlotte o distraíram com uns biscoitos de cachorro em formato de coração que a srta. Rosa havia levado.

O amiguinho devorava o agrado balançando o rabo e com um brilho nos olhos. Charlotte tirou a neve de um balanço ali perto e se sentou. Avery se jogou no balanço ao lado e bateu os pés para a frente e para trás, subindo no ar.

— Iupiii! – ela gritou.

— A srta. Rosa e o namorado dela são muito fofos juntos – Charlotte comentou, arrastando os pés na neve.

Avery diminuiu o ritmo um pouco.

— Ele é legal, mas é meio esquisito ele usar cor-de-rosa.

— Eu sei, fica muito combinadinho.

Charlotte sorriu.

— Mas eles são perfeitos um para o outro... Além disso, provavelmente ele só está usando aquela camiseta porque é Dia dos Namorados.

— Ei, Char – Avery chamou de repente séria –, você vai mesmo ser a minha irmã adotada?

— Mas é claro!

— Tem uma coisa em que eu estou pensando já faz um tempo... É meio particular.

Charlotte ficou surpresa. Normalmente, a sua amiga elétrica contava a todos tudo o que estava sentindo.

— Você se lembra do Jason, aquele meu amigo lá do Colorado?

Avery saltou do balanço para fazer uma bola de neve.

— Lembro – Charlotte ficou imaginando onde aquilo iria dar.

Avery jogou a bola de neve com a maior força que conseguiu e Marty saiu em disparada atrás.

— A gente conversou pela internet hoje e eu meio que estou com saudade dele. É estranho isso?

— É normal – Charlotte respondeu. – Quero dizer, eu estou com saudade do Nick e o vi hoje de manhã!

Avery gargalhou.

— Sério?

— Ah, é!

Charlotte suspirou.

O beijo deles era tão precioso, tão especial, tão importante!

"Será que vai estragar a sensação se eu contar para a Avery?"

Avery, uma de suas amigas mais próximas, tinha acabado de dividir os seus sentimentos com ela. Uma parte de Charlotte estava explodindo de vontade de contar os seus sentimentos também.

Marty voltou correndo e Charlotte se esticou para acariciá-lo atrás da orelha.

"Se ela fosse minha irmã de verdade, eu contaria."

– O Nick me beijou – ela sussurrou tão baixo que Avery teve que se esticar e colocar o balanço mais perto. – Ele me beijou – ela repetiu.

– Onde? – Avery perguntou, inclinando a cabeça mais para perto da amiga.

Charlotte apontou para os lábios e prendeu a respiração preocupada com o fato de Avery rir ou dizer algo que a deixasse ainda mais envergonhada. No entanto, isso não aconteceu.

Avery simplesmente sorriu para ela.

– Nossa, Charlotte! Fico feliz por você.

Charlotte arregalou os olhos.

– Só isso? Achei que você ia me provocar pelo menos um pouquinho.

Avery balançou a cabeça.

– Não provoco ninguém quando o negócio é sério! Já contou para o resto das GRB?

– Não, você é a única – Charlotte confessou.

Avery concordou, a expressão séria de repente.

– Bem, a sua história está segura comigo. Vou levá-la para o túmulo.

Charlotte soltou uma risadinha.

— Bem, acho que você não vai precisar fazer isso. É só não dizer nada até que eu me sinta bem para contar para todo mundo.

— Com certeza.

Avery saltou do balanço de novo e jogou mais uma bola de neve para Marty. Mas, ele disparou na direção oposta.

— O que é que foi agora? – Charlotte gritou, correndo atrás dele.

POMBINHOS APAIXONADOS?

Marty parou atrás de um banco onde a sra. Pierce e Yuri dividiam uma xícara de chá fumegante. Ela se inclinou, deu uns tapinhas na cabeça do cãozinho e então acenou para as meninas.

— Olhe só aquilo ali – Avery sussurrou para Charlotte. – Eles estão bebendo na mesma xícara?

Os dois adultos estavam sentados juntinhos e, mesmo de onde Charlotte estava, ela podia ver a felicidade estampada no rosto da sra. Pierce. Yuri, geralmente resmungão, estava até sorrindo. Isso era coisa que não se via todo dia, Yuri sorridente.

Charlotte precisava saber. O mistério já tinha durado o suficiente. Queria descobrir o que estava acontecendo de verdade entre a dona da casa onde ela morava e o proprietário da quitanda.

— Vou lá dar um oi – Charlotte avisou.

— Tudo bem... – Avery alternava o pé de apoio, quase dançando. – Acho que vou voltar para casa. A minha mãe está precisando de uma força minha lá e tenho 1 tonelada de lição...

— Você ainda acha que eles são velhos demais, não acha? – Charlotte brincou baixinho.

Avery deu uma risadinha e depois saiu correndo, acenando para os adultos no banco.

— Tchau, Marty! – gritou.

O amiguinho correu em círculos em volta de Yuri e da sra. Pierce, latindo com alegria. Era definitivo: o mocinho estava 100% de volta ao normal!

— Eu *ficar* feliz de ver que Marty achou o alegria dele de volta — Yuri anunciou com seu sotaque engraçado quando Charlotte se aproximou do banco. — Vejo as senhoritas mais tarde? Eu *ter* frutas para vender — o vendedor disse com um grande sorriso ainda estampado no rosto.

Confusa, Charlotte o observou se afastar.

— Desculpe, sra. Pierce. Eu não queria assustar o Yuri.

A sra. Pierce meramente deu uns tapinhas no espaço vazio do banco.

— Não seja boba, Charlotte, querida. Sempre fico feliz em vê-la... E você não assustou o Yuri. Ele tem frutas para vender — ela disse e riu.

Charlotte não sabia se a senhora estava sendo sincera ou se queria fazer com que ela se sentisse melhor. Ela sempre parecia preocupada em fazer os outros à sua volta se sentirem confortáveis e seguros.

Charlotte se recordou dos primeiros dias ali, quando ela e o pai tinham ocupado alguns cômodos da casa em estilo vitoriano da sra. Pierce. No começo, ela tinha sentido um pouco de medo daquela senhora tão eremita, especialmente quando as GRB quebraram as regras impostas por ela ao explorarem a Torre e deixarem Marty ficar ali. Entretanto, a sra. Pierce não ficou braba. Em vez disso, permitiu que as meninas transformassem a linda Torre na sede do clube delas. Este era o tipo de pessoa que a sra. Pierce era: incrivelmente gentil e acolhedora.

Charlotte deixou as suas preocupações de lado e se sentou no banco.

— Muito bem, sra. Pierce. Tem alguma coisa acontecendo entre a senhora e o Yuri? Vocês dois estão, tipo, caidinhos um pelo outro ou coisa assim?

A sra. Pierce riu.

— Bem, Charlotte, não sei se eu diria que estamos "caidinhos", mas posso lhe garantir uma coisa: gosto muito da companhia do Yuri. Ele é um homem gentil e bondoso, com um intelecto muito perspicaz e uma personalidade fascinante. Você sabia — ela sussurrou em tom conspiratório — que lá na Rússia, o Yuri era professor de literatura russa? Ele sabe tudo sobre Tolstói e todos os grandes escritores russos.

Charlotte não sabia bem quem era Tolstói, mas de uma coisa tinha certeza: a sra. Pierce estava radiante e parecia muito bonita para uma senhora.

Mesmo assim, Charlotte ainda tinha uma pergunta a fazer:

— Sra. Pierce, a senhora se importa de o Yuri ser meio grosseirão às vezes?

A sra. Pierce afastou os cabelos de Charlotte da testa da menina.

— Nem um pouco. Sabia que o Yuri ama poesia? Ora, ele consegue recitar Pushkin de cor!

— Pushkin?

Charlotte pousou a cabeça no ombro da sra. Pierce.

— Um famoso poeta russo, querida. Escute só: "De nosso encontro, aquele lindo momento / Eu me lembro bem de sua aparição / Diante de mim era um sonho ao vento / Um anjo em pura e simples perfeição."

— Nossa — Charlotte inspirava e expirava, observando o ar formar nuvens no clima gelado. — Como é que a gente sabe quando está apaixonada, sra. Pierce? — ela perguntou de repente.

Essa era uma pergunta que deveria ser feita à noite, pouco

antes de dormir, quando a mãe vem colocá-la na cama e deixa um beijo gostoso na sua testa.

"Mas vai ter que ser com a sra. Pierce", Charlotte se deu conta ao inspirar o perfume da senhora, com cheiro de chá verde e flores.

A sra. Pierce sorriu e pensou por um instante antes de responder.

– Não sou poeta, mas acho que... O Pushkin estava no caminho certo, de maneira geral. O amor está naquele lindo momento em que você encontra e se reconhece em outra pessoa.

– E a perfeição de um anjo? – Charlotte perguntou.

– Bem, o amor vai além da aparência física... O que mais importa é a pessoa por dentro: a beleza do coração. As pessoas ficam velhas, o cabelo fica grisalho, a gente ganha rugas – a sra. Pierce apontou para algumas linhas no próprio rosto.

– Eu nem presto atenção nelas, sra. Pierce! – Charlotte exclamou.

– Charlotte – a sra. Pierce disse com um movimento de cabeça –, isso é porque você já se importa comigo. Sempre achamos que as pessoas que amamos são bonitas e perfeitas, mas as pessoas que você acha que são bonitas nem sempre a amam. Pode ser muito confuso. Mas o amor é assim.

Charlotte pensou em Nick, no sorriso nele, na forma como os olhos se iluminavam quando ele conversava sobre esportes ou sobre um livro novo que estava lendo. Na forma como ele olhava para ela. No beijo especial que eles tinham trocado depois do baile. Pensou nos mal-entendidos e naquela confusão toda, nas lágrimas que ela tinha derramado quando achou que ele não gostava mais dela. E Charlotte soube, houvesse o que houvesse entre ela e Nick, que era algo que ela sempre guardaria com carinho no coração.

Mas uma coisa era certa: se astrônomas podiam se apaixonar por quitandeiros, se vira-latas podiam se apaixonar por poodles cor-de-rosa, então ela seria capaz de encontrar alguém para amar que a amaria também, assim como Katani, Avery, Maeve e Isabel encontrariam.

Naquela noite, Charlotte entrou na internet e viu um e-mail de Sophie esperando-a na caixa postal.

```
Para: Charlotte
De: Sophie
Assunto: Bonjour!


Charlotte, ma chérie, você é menina mais
sortuda do mundo! Eu sabia que o Nick era
um cara direito. Vou lhe dar uma rosa para
comemorar @}~~~~ (Gostou?) Não acredito
que ele beijou você! Só beijei um menino
na bochecha uma vez. Não se preocupe, seu
segredo está seguro comigo, mas você pode
contar para as suas amigas GRB! Elas vão
guardar segredo também.
Saudade de você, Charlotte. Nunca se
esqueça de mim.

Bisous,
Sophie
```

Para: Sophie
De: Charlotte
Assunto: Bonjour, Mon Amie!

Querida Sophie,

Também sinto muita saudade sua. Queria que você conhecesse o Nick e todos os meus amigos novos. Contei para a Avery sobre o beijo e me senti um pouco melhor. Menos doida, na verdade, mas ainda estou nas nuvens!!!! E o Marty também já melhorou. Ele estava doente de paixão por causa de uma poodle cor-de-rosa chamada La Fanny. Os dois formam um casal lindo!
Se você vir a Orangina, conte para ela que vou escrever uma história sobre as viagens dela.

Au revoir!
Charlotte

Sala de Bate-papo: GRB

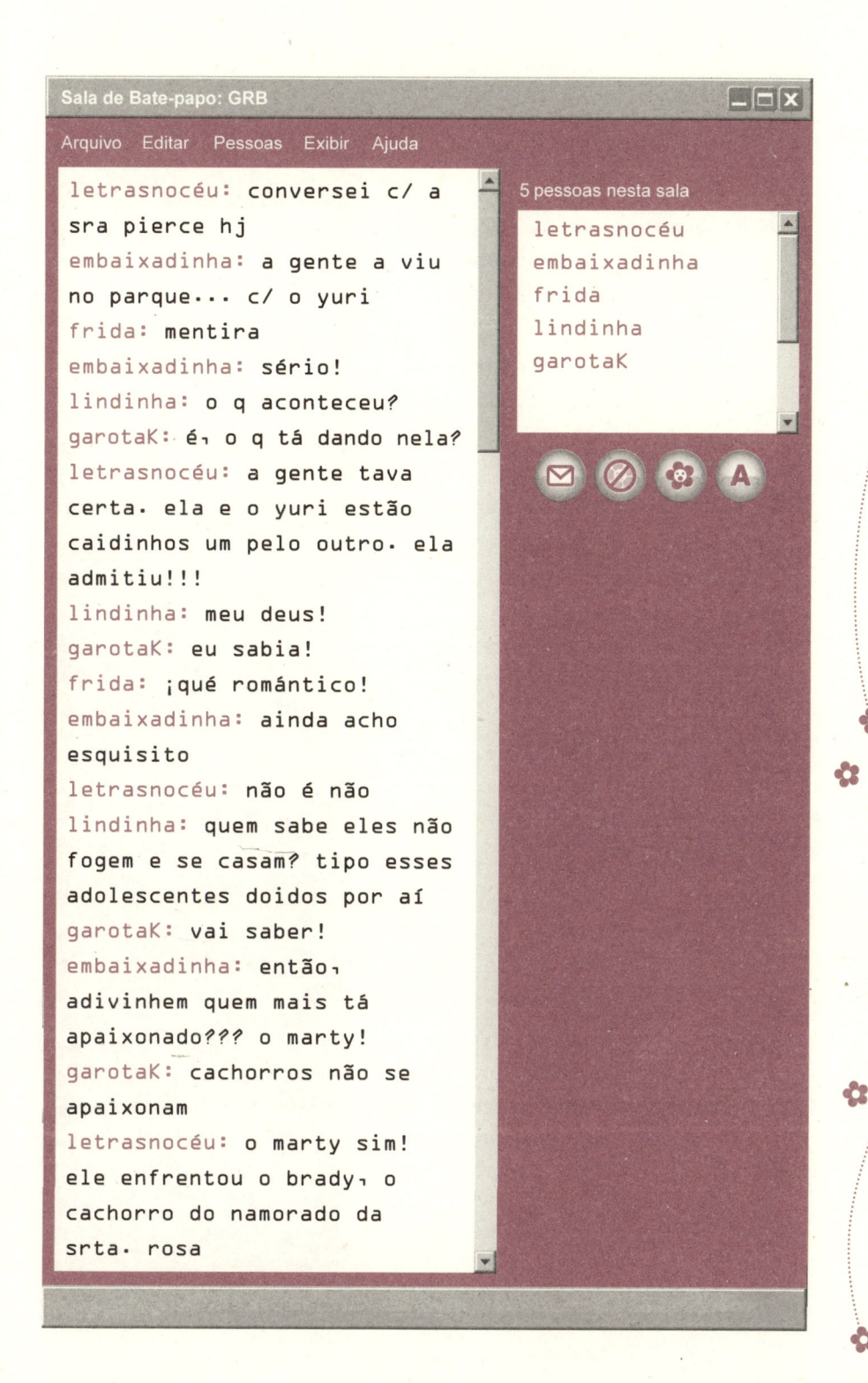

Arquivo   Editar   Pessoas   Exibir   Ajuda

letrasnocéu: conversei c/ a sra pierce hj
embaixadinha: a gente a viu no parque... c/ o yuri
frida: mentira
embaixadinha: sério!
lindinha: o q aconteceu?
garotaK: é, o q tá dando nela?
letrasnocéu: a gente tava certa. ela e o yuri estão caidinhos um pelo outro. ela admitiu!!!
lindinha: meu deus!
garotaK: eu sabia!
frida: ¡qué romántico!
embaixadinha: ainda acho esquisito
letrasnocéu: não é não
lindinha: quem sabe eles não fogem e se casam? tipo esses adolescentes doidos por aí
garotaK: vai saber!
embaixadinha: então, adivinhem quem mais tá apaixonado??? o marty!
garotaK: cachorros não se apaixonam
letrasnocéu: o marty sim! ele enfrentou o brady, o cachorro do namorado da srta. rosa

5 pessoas nesta sala

letrasnocéu
embaixadinha
frida
lindinha
garotaK

Sala de Bate-papo: GRB

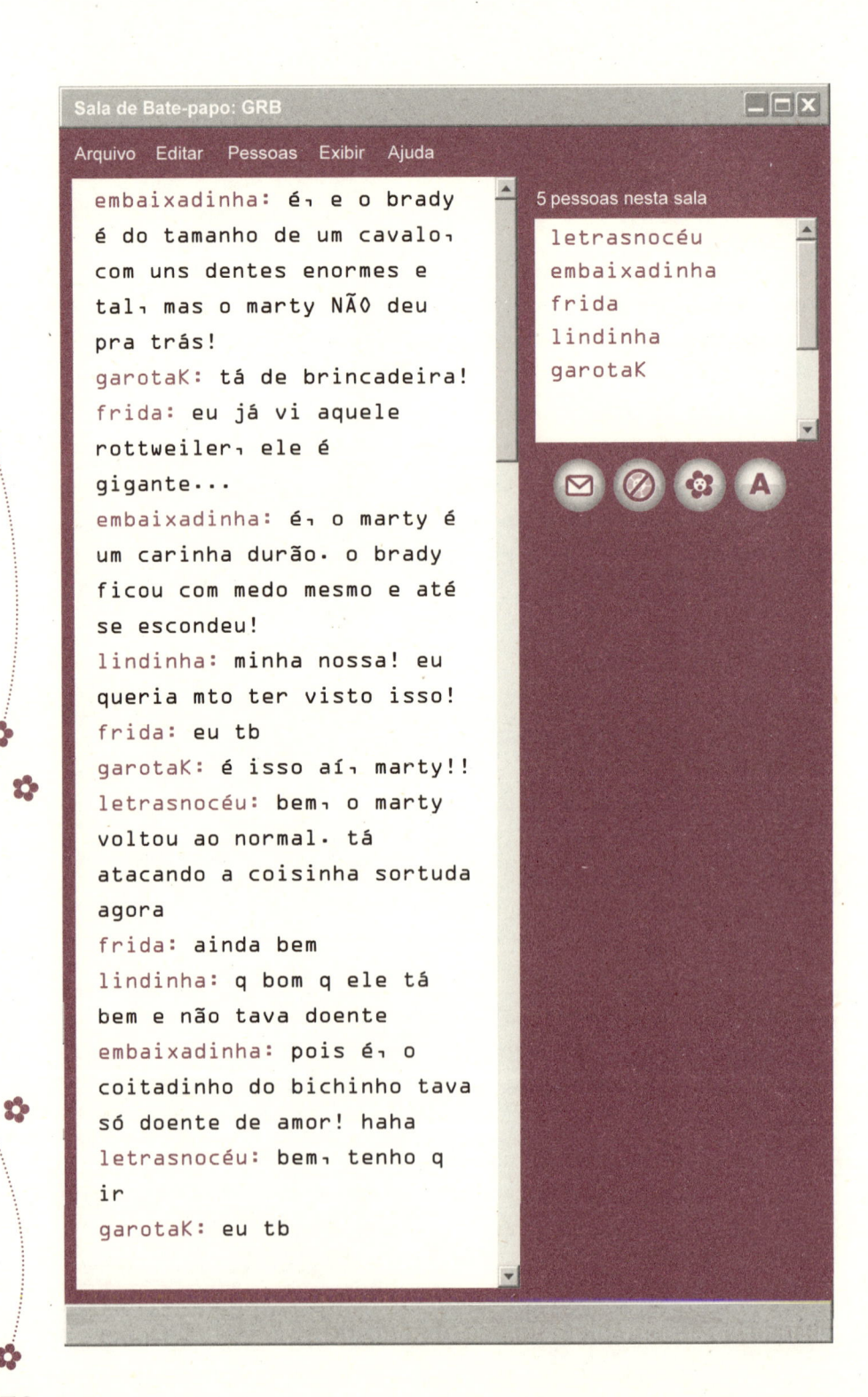

Arquivo Editar Pessoas Exibir Ajuda

embaixadinha: é, e o brady é do tamanho de um cavalo, com uns dentes enormes e tal, mas o marty NÃO deu pra trás!
garotaK: tá de brincadeira!
frida: eu já vi aquele rottweiler, ele é gigante...
embaixadinha: é, o marty é um carinha durão. o brady ficou com medo mesmo e até se escondeu!
lindinha: minha nossa! eu queria mto ter visto isso!
frida: eu tb
garotaK: é isso aí, marty!!
letrasnocéu: bem, o marty voltou ao normal. tá atacando a coisinha sortuda agora
frida: ainda bem
lindinha: q bom q ele tá bem e não tava doente
embaixadinha: pois é, o coitadinho do bichinho tava só doente de amor! haha
letrasnocéu: bem, tenho q ir
garotaK: eu tb

5 pessoas nesta sala

letrasnocéu
embaixadinha
frida
lindinha
garotaK

Alerta de Paixão

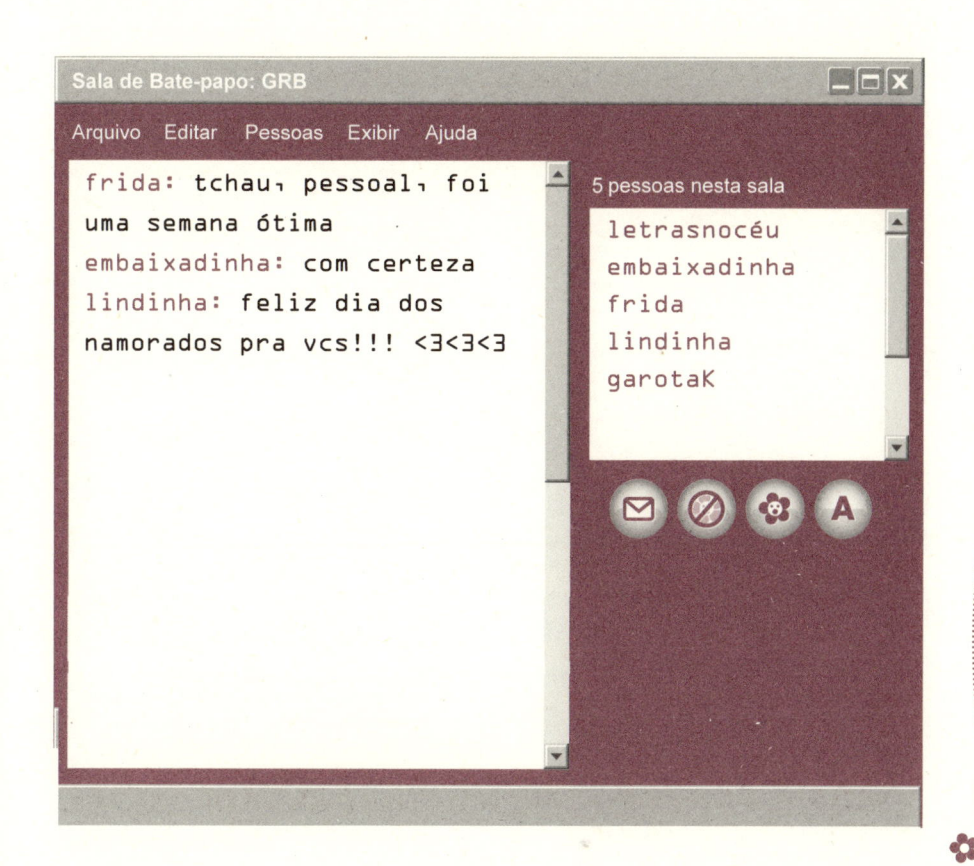

Sala de Bate-papo: GRB

Arquivo   Editar   Pessoas   Exibir   Ajuda

frida: tchau, pessoal, foi uma semana ótima
embaixadinha: com certeza
lindinha: feliz dia dos namorados pra vcs!!! <3<3<3

5 pessoas nesta sala

letrasnocéu
embaixadinha
frida
lindinha
garotaK

QUESTÕES PARA DEBATE

DEZ PERGUNTAS PARA VOCÊ DISCUTIR COM OS SEUS AMIGOS

1. Maeve finge estar interessada em esportes para impressionar Dillon. É uma boa ideia mudar quem você é só para fazer com que alguém goste de você? O que Maeve deveria ter feito em vez disso?
2. Marty precisa ir ao veterinário porque está "doente de amor". Você já acompanhou um bichinho de estimação ao veterinário? O que aconteceu lá? O bichinho melhorou?
3. Charlotte elabora uma lista das dez principais coisas para se fazer sozinho no Dia dos Namorados. Como seria a sua lista?
4. Maeve faz o gol da vitória para o seu time de futebol, mas cai de cara no chão! Como você se sentiria no lugar dela? Qual foi o seu momento mais constrangedor nos esportes?
5. Charlotte encontra o caderno particular de Riley, cheio de letras que ele compôs. Ela decide não lê-las e devolve o caderno sem contar nada às amigas. Foi uma boa decisão? Você já descobriu algum segredo que não deveria saber? Contou para alguém ou manteve segredo?

6. Katani convida Reggie para o baile e depois convence Charlotte a convidar Nick. O plano não dá certo, mas o que você acha das razões de Katani? Você, como menina, preferiria convidar um garoto para ir ao baile com você ou esperar que ele a convidasse? Por quê?

7. Isabel escolhe manter a promessa de ajudar um abrigo em vez de ir ao baile. Você já teve que escolher entre dois eventos que aconteceriam ao mesmo tempo? Como tomou uma decisão?

8. As Rainhas Malvadas dificultam as coisas para Chelsea durante o baile, mas tanto Maeve quanto Trevor as enfrentam. Como você se sentiria se alguém estivesse provocando um de seus amigos? E se a vítima não fosse um amigo, mas só alguém que você conhece? Você reagiria de maneira diferente?

9. Sophie garante a Charlotte que não há problema em contar às amigas dela sobre seu primeiro beijo. Você acha que um momento como o de Nick e Charlotte é para ser mantido em segredo ou dividido com os melhores amigos?

10. Charlotte e Avery se abrem com os pais sobre meninos. Você já conversou com alguém da sua família sobre uma paixão sua? O que aconteceu? Os seus pais ou irmãos sabem alguma coisa a respeito de quem você gosta?

CHARLOTTE RAMSEY

DICIONÁRIO DITO ESQUISITO DA CHARLOTTE

Palavras GRB

giganorme: (p. 148) adjetivo – *gigantesco e enorme.*
fantabuloso: (p. 153) adjetivo – *fantástico e fabuloso ao mesmo tempo.*
maravilindo: (p. 178) adjetivo – *maravilhoso e lindo ao mesmo tempo.*
incribilíssima: (p. 183) adjetivo – *incrível demais.*
fabulosidade: (p. 188) substantivo – *qualidade do que é fabuloso.*
fabulástico: (p. 233) adjetivo – *fabuloso.*

Palavras e Expressões em Espanhol

maravilloso: (p. 9) – *maravilhoso, incrível.*
abuelita: (p. 122) – *avozinha*
chica: (p. 162) – *menina.*
muy bonita: (p. 165) – *muito bonita.*
mi hermana: (p. 167) – *minha irmã.*
mi hija: (p. 176) – *minha filha.*
¡qué romántico!: (p. 276) – *que romântico!*

Palavras e Expressões Francesas

ma chère: (p. 74) – *minha querida.*
au revoir: (p. 74) – *tchau, adeus.*
bonjour: (p. 77) – *bom-dia; olá.*
très magnifique: (p. 78) – *muito maravilhoso.*
mon amie: (p. 78) – *minha amiga.*
bisous: (p. 146) – *beijos.*

beaucoup de bisous: (p. 146) – *um montão de beijos.*
ma meilleure amie: (p. 245) – *minha melhor amiga.*
ton amie: (p. 245) – *sua amiga.*

Outras Palavras Legais...

compadecer-se: (p. 15) verbo – *sentir pena, compaixão.*
hipócrita: (p. 38) adjetivo – *falso, fingido, dissimulado*
intimidante: (p. 40) adjetivo – *que causa medo ou falta de coragem.*
sépia: (p. 44) adjetivo – *cor marrom avermelhada.*
ênfase: (p. 47) substantivo – *destaque ou realce de importância de algo.*
vivacidade: (p. 61) substantivo – *energia, vigor.*
letárgico: (p. 63) adjetivo – *que ou quem se mostra sem ânimo, sem vontade de agir*
rememorar: (p. 72) verbo – *lembrar, recordar.*
requintado: (p. 63) adjetivo – *sofisticado, refinado, de bom gosto.*
pacto: (p. 106) substantivo – *acordo, contrato, convenção entre duas pessoas*
fenômeno: (p. 110) substantivo – *um evento incomum ou extraordinário.*
sutileza: (p. 132) substantivo – *detalhe muito difícil de perceber.*
pulverizar: (p. 140) verbo – *reduzir a pó.*
terrário: (p. 145) substantivo – *caixa de vidro para manter animais pequenos.*
impassível: (p. 206) adjetivo – *imperturbável, sem emoção.*
imaculado: (p. 256) adjetivo – *completamente puro e limpo.*
eremita: (p. 271) adjetivo – *indivíduo que foge do convívio social, que vive isolado, solitário.*
conspiratório: (p. 272) adjetivo – *relativo a conspiração, a um plano maldoso.*

1. De onde é o garoto novo, Trevor?
A. Havaí
B. Califórnia
C. Flórida
D. Texas

2. Que tipo de lanche Charlotte derruba na reunião do jornal?
A. Salgadinho de queijo
B. Pretzels
C. Bolacha
D. Batatinha sabor barbecue

3. Qual calçado Maeve estraga durante a partida de futebol?
A. Botas cor-de-rosa com pelos
B. Botas pretas de salto alto
C. Galochas em xadrez rosa e branco
D. Sapatinhos de couro rosa

4. Quando Charlotte descobre a doença de Marty, onde ela o encontra?
A. Na sacada do quarto dela
B. Dentro do banheiro
C. Debaixo da mesa do pai
D. Nos aposentos da sra. Pierce

5. Quando Charlotte conversa com o pai sobre Nick, a que eles estão assistindo?
A. Um especial sobre o Serengeti
B. Um documentário sobre a França renascentista
C. Uma comédia romântica
D. Um documentário sobre a exploração da Grande Barreira de Corais

6. O que se acrescenta ao suco de repolho para transformá-lo em uma espuma cor-de-rosa?
A. Refrigerante diet
B. Bicarbonato de sódio
C. Vinagre
D. Antiácido

7. Qual destes NÃO é o título de uma música que Riley escreve em seu caderno?
A. *Garoto Objeto*
B. *Música dos Namorados*
C. *Você, Você, Você*
D. *Minha Garota, Minha Estrela*

8. Qual objeto de Dia dos Namorados Isabel e Kevin ensinam para as crianças do abrigo a fazer?
A. Flores de papel crepom
B. Cartões pop-up
C. Ímãs de coração pintados
D. Carimbos de coração feitos de batata

9. Qual é o nome do cachorro do namorado da srta. Rosa?
A. Duke
B. Brady
C. Washington
D. Rex

10. Qual é a cor do vestido que Charlotte usa no baile?
A. Verde-claro
B. Lilás
C. Azul-marinho
D. Rosa

RESPOSTAS: 1. B. Califórnia 2. D. Batatinha sabor barbecue 3. A. Botas cor-de-rosa com pelos brilhantes 4. C. Debaixo da mesa do pai 5. A. Um especial sobre o Serengeti 6. C. Vinagre 7. D. Minha Garota, Minha Estrela 8. C. Ímãs de coração pintados 9. B. Brady 10. B. Lilás

Espiadinha!

Livro 15: *A Grande Caça ao Tesouro*

O CLUBE DE AVENTURA AO AR LIVRE APRESENTA:

Três equipes,

dois dias,

um vencedor!

Você tem o que é preciso?

QUER FICAR POR DENTRO DO QUE ACONTECE NA EDITORA FUNDAMENTO? ENTÃO CADASTRE-SE E RECEBA POR E-MAIL TODAS AS NOVIDADES!

*Nome

Endereço

Cidade Estado CEP -

Sexo M ☐ F ☐ Nascimento Telefone

*E-mail

Costumo comprar livros: Em livrarias ☐ Em feiras e eventos ☐ Na internet ☐ Outros ☐ Descreva

* Interesso-me por livros: Infantis ☐ Infantojuvenis ☐ Romances ☐ Negócios ☐ Autoajuda ☐

*Preenchimento obrigatório

EDITORA FUNDAMENTO

www.editorafundamento.com.br

CARTÃO-RESPOSTA

NÃO É NECESSÁRIO SELAR

O Selo será pago pela Editora Fundamento Educacional Ltda.

"NÃO COLOCAR EM CAIXA DE COLETA
ENTREGAR NO GUICHE DE UMA AGÊNCIA DA ECT"

80240-240 – A/C EDITORA FUNDAMENTO

Cartão-Resposta
9912208203/08 – DR/PR
EDITORA FUNDAMENTO
CORREIOS